आवाज दी उसने

(जहाँ खामोशी भी आवाज़ बन जाती है)

एक उपन्यास

एडवोकेट नवल किशोर सोनी

आवाज दी उसने

(जहाँ खामोशी भी आवाज़ बन जाती है)

Author : Advocate Naval Kishor Soni
E-mail- navalkishor.s@gmail.com

This is a work of fiction. Names, characters, businesses, places, events and incidents are either the products of the author's imagination or used fictitiously.

अपनी बात

कभी-कभी डर किसी चीख़ से नहीं, बल्कि एक धीमी आवाज़ से शुरू होता है जो किसी खाली कमरे में गूँजती है, और फिर हमारे भीतर उतर जाती है। रंजना के स्कूल की वो शाम अब भी अजमेर के लोगों की स्मृतियों में गूँजती है । एक ऐसी शाम, जब सन्नाटा भी बोल उठा था। बच्चों की हँसी, शिक्षकों की बातचीत, प्रोजेक्टर की झिलमिलाती रोशनी, सब कुछ सामान्य था।

पर अचानक एक 'आवाज़' आई, किसी बच्चे की पुकार जो वर्षों पहले उस स्कूल की नींव में दफन कर दी गई थी।

"माँ... मुझे निकालो यहाँ से...!"

वो आवाज़ न कोई बच्चा दे रहा था, न कोई इंसान। वो किसी अधूरी अन्तर आत्मा की थी, जिसे किसी ने सुना नहीं था, पर अब उसने सबको सुनने पर मजबूर कर दिया।

कहानी का उद्गम

"आवाज़ दी उसने" कोई काल्पनिक भय की कहानी नहीं,बल्कि हमारे समय के उस मनोवैज्ञानिक अंधकार का रूपक है,जहाँ तकनीक ने इंसान के अंतःकरण को पीछे छोड़ दिया है।

आज का इंसान "डिजिटल" हो चुका है , उसकी संवेदनाएँ, उसकी भावनाएँ, उसके डर, सब 'डाटा' बन गए हैं। स्कूलों में स्मार्ट क्लास हैं, घरों में वॉयस असिस्टेंट,पर क्या किसी ने सोचा है कि आवाज़ें

भी सुनती हैं ? क्या किसी मशीन को, किसी दीवार को, किसी माइक को हमारी पीड़ा याद रहती है ?

रंजना जो इस कहानी की नायिका है, एक शिक्षिका थी, जो तकनीक को मानवता से जोड़ना चाहती थी। वो चाहती थी कि हर बच्चा शिक्षा की रोशनी में आए। पर एक दिन, उसने स्कूल के पुराने डिजिटल रूम में वो 'आवाज़' सुनी जो किसी बच्चे की नहीं, किसी आत्मा की पुकार थी। वो आवाज़ किसी सिस्टम की गड़बड़ी नहीं थी, बल्कि किसी अधूरे सत्य की पुनरावृत्ति थी। एक ऐसी आत्मा, जिसे कभी न्याय नहीं मिला,और जिसने अब तकनीक के माध्यम से अपना अस्तित्व खोजना चाहा।

भय का दर्शन

डर हमेशा अंधेरे में नहीं होता। कई बार वो रोशनी में भी छिपा होता है। जब विज्ञान और अध्यात्म की सीमाएँ धुँधली हो जाती हैं, तब डर सिर्फ़ बाहरी नहीं, आंतरिक भी बन जाता है। अनिष्ट की आशंका से उत्पन्न भाव को डर कहते हैं।

"आवाज़ दी उसने" कहानी डर की नहीं, 'सुनने' की क्षमता की कहानी है क्योंकि सच्चा डर तब जन्म लेता है, जब कोई आवाज़ बार-बार हमें पुकारती है,और हम उसे अनसुना करते रहते हैं। रंजना, सुचित्रा और वह 'विनोद' नामक तथाकथित आत्माएँ किसी न किसी रूप में सुनने और अनसुनेपन की त्रासदी में बँधे हैं। ये सब आत्माएं नहीं असल में रुपक मात्र हैं । एक ने आवाज़ दी, एक ने दीवार तोड़ी, और एक ने दुनिया के पार से संवाद किया।

'आवाज़ दी उसने' में भय किसी राक्षस, चुड़ैल या प्रेत का नहीं है, यह भय है स्मृति के पुनर्जन्म का। वो स्मृतियाँ जो दीवारों, फाइलों और डिवाइसों में कैद थीं,अब चेतना बनकर लौट आई हैं।

तकनीक और आत्मा का संगम

कहानी की पृष्ठभूमि उस दौर की है, जब शिक्षा में आर्टिफिशियल इंटेलिजेंस और वॉयस डेटा का प्रयोग बढ़ रहा था। हर कक्षा में एक "AI स्पीकर" था,जो बच्चों की हर प्रतिक्रिया रिकॉर्ड करता था। लेकिन किसी ने नहीं सोचा कि रिकॉर्ड की गई बातें भी कभी जीवंत हो सकती हैं। रंजना को जब पहली बार "विनोद" की आवाज़ सुनाई दी,वो हैरान रह गई क्योंकि सिस्टम ऑफ़लाइन था,माइक्रोफोन बंद था,और बिजली भी चली गई थी। फिर भी आवाज़ आई, स्पष्ट, मासूम, और डरावनी, "मैम, आपने कहा था... अच्छे बच्चे को कभी दंड नहीं मिलता,फिर मुझे क्यों दफ़न किया गया यहाँ...?"

वो पल रंजना की ज़िन्दगी का मोड़ था। उसने महसूस किया कि यह सिर्फ़ तकनीक की गड़बड़ी नहीं, बल्कि एक ऐसी संवेदना का पुनर्जागरण है, जो अब मशीनों में भी प्रकट हो रही है।

डर की भाषा

डर की भी अपनी एक भाषा होती है। वो भाषा चिल्लाकर नहीं बोलती, धीरे-धीरे मन में घुलती है। जैसे रात में पानी की टंकी से गिरती कोई बूँद या किसी पुराने रेडियो से आती फुसफुसाहट।

कहानी में "आवाज़" धीरे-धीरे संवाद करने लगती है। पहले दीवारों से, फिर कंप्यूटर से, फिर रंजना के सपनों से। वो आवाज़ अब शब्द नहीं, अनुभव बन गई थी। कभी बच्चों की उपस्थिति में, कभी सभा के दौरान, कभी मोबाइल के नोटिफ़िकेशन में , वो हर जगह मौजूद थी। इस आवाज़ की सबसे खास बात यह थी कि वो सत्य बोलती थी। ऐसे सत्य, जिन्हें समाज, स्कूल और सिस्टम ने सालों पहले दबा दिया था।

स्मृति का श्राप

हर इमारत की अपनी याद होती है। स्कूल की दीवारें भी सब कुछ याद रखती हैं मसलन कौन रोया, कौन हँसा, कौन सजा याप्ता हुआ इत्यादि। "आवाज़ दी उसने" उन दीवारों की यादों का विस्फोट है। यह कहानी कहती है कि कोई भी अन्याय हमेशा के लिए दबा नहीं रह सकता। वो कभी न कभी ध्वनि बनकर लौटता है और ध्वनियाँ कभी नष्ट नहीं होती हैं ।

विनोद का नाम कहानी में सिर्फ़ एक प्रतीक है । हर उस बच्चे, हर उस सिस्टम का प्रतीक, जिसे शिक्षा व्यवस्था, समाज या किसी सत्ता ने चुप करा दिया। अब वही आवाज़ लौट आई है। वो कहती है, "मैं फिर से सुनाई दूँगा।" और जब आवाज़ें लौटती हैं, तो सिर्फ़ डर नहीं लातीं, वे न्याय भी माँगती है

भाग 1 : आवाज़ दी उसने

"आवाज़ दी उसने" कहानी सिर्फ़ रंजना या सुचित्रा की नहीं, बल्कि हर पाठक को सम्बोधित करती है। क्योंकि हर किसी के जीवन में कोई न कोई अनसुनी आवाज़ होती है । कभी किसी खोए हुए रिश्ते की, कभी किसी अपूर्ण सपने की, कभी अपने ही भीतर के बच्चे की। जब पाठक इस कहानी को पढ़ेंगे, तो उन्हें कहीं न कहीं अपनी ही गूँज सुनाई देगी। वो गूँज जो कहेगी, "क्या तुमने मुझे सच में सुना था ?"

"आवाज़ दी उसने" डराती है, पर साथ ही सोचने पर मजबूर भी करती है। यह कहानी भय और करुणा का ऐसा संगम है, जहाँ भूत का रुपक कोई बाहरी शक्ति नहीं, बल्कि भीतर की अनुत्तरदायित्व की छाया है। यह कहानी पारंपरिक हॉरर नहीं है, बल्कि आधुनिक सामाजिक हॉरर है जहाँ अपराध पुलिस की फाइलों में नहीं, बल्कि इंसान की असंवेदनशीलता में दफन है। इसमें सस्पेंस है, पर साथ ही दर्शन भी। डर है, पर साथ में दया की पुकार भी। और यही इसका जादू है कि पाठक डरते हुए भी आगे पढ़ना चाहता है।

रंजना की डायरी में आख़िरी शब्द थे, "वो अब मुझसे बात नहीं करती, क्योंकि मैंने उसे मुक्त कर दिया है...।" पर क्या वह सच में मुक्त हुई थी ? या वह आवाज़ अब किसी और के डिवाइस में बस गई थी ? कहानी यहीं से शुरू होती है जहाँ शांति दिखती है, पर भीतर तूफ़ान पलता है।

इस कहानी को लिखने का विचार मैंने अपने पाठकों की मांग पर बनाया । वे चाहते थे एक ऐसी कहानी, जिसमें डर, रहस्य और संवेदना एक साथ बहें। मैंने जाना कि असली रोमांच वही है,जहाँ पाठक को सिर्फ़ चौंकाया नहीं, बल्कि भीतर तक झकझोरा जाए।

"आवाज़ दी उसने" उसी झंझावात का परिणाम है। यह कहानी डर के साथ-साथ मनुष्यत्व की पुनर्प्राप्ति का प्रयास है। क्योंकि जब हम सुनना भूल जाते हैं, तो हमारा अंतःकरण या आत्मा ही हमें पुकारते हैं और कभी-कभी वह पुकार इतनी गहरी होती है कि दीवारें भी जवाब देती हैं। "आवाज़ दी उसने" कहानी कभी समाप्त नहीं होती क्योंकि डर अभी शुरू हुआ है। वो अब केवल स्कूल की दीवारों तक सीमित नहीं रहेगा। वो डिजिटल सिस्टम, ऑनलाइन नेटवर्क, यहाँ तक कि पाठक के अपने मोबाइल में भी प्रवेश करेगा। क्योंकि जब कोई कहानी "आवाज़" बन जाती है, तो वह सिर्फ़ पढ़ी नहीं जाती,वह सुनी भी जाती है। क्या आप सुनने के लिए तैयार हैं ?
क्योंकि "आवाज़ दी उसने..." कहानी आम तौर पर लिखी जाने वाली हॉरर कहानियों से भिन्न जरूर है पर उम्मीद है कि यह कहानी आपके अंतःकरण (जिसे यहां आत्मा कहा गया है) झकझोरने में सफल होगी।

भाग 2 : आवाज़ दी उसने

रात के साढ़े बारह बजे थे। अजमेर के पुराने सिविल लाइन्स इलाक़े में एक मकान था, बरसों पुराना, लेकिन पक्का। वहाँ अकेली रहती थी रंजना, जो हाल ही में सरकारी स्कूल में हेडमिस्ट्रेस बनी थी। मकान उसे विभाग ने ही अलॉट किया था। शुरू के कुछ दिन तो सब ठीक चला, मगर तीसरे हफ़्ते से रातों में कुछ अजीब होने लगा। पहली बार उसने सुना दीवार के उस पार से किसी बच्चे की धीमी-सी हँसी आई। वो चौंक उठी। मकान का वो हिस्सा तो खाली था, वहाँ तो कोई नहीं रहता। रंजना बाहर निकली, बरामदे में अँधेरा फैला था। हवा में सड़ी हुई मिट्टी और नम कपड़े जैसी गंध थी।

“कौन है वहाँ ?” — रंजना ने आवाज़ दी। कोई जवाब नहीं। बस, पत्तों में सरसराहट हुई और झूला हवा में झूलने लगा। अगले दिन उसने चौकीदार से पूछा, “इस मकान के पास वाले हिस्से में कोई रहता है क्या ?”

वो मुस्कराया, फिर धीरे बोला, “नहीं मैडम... वहाँ कोई नहीं रहता। बीस साल हो गए, वो हिस्सा बंद है। पहले वहाँ स्कूल का क्वार्टर हुआ करता था... पर एक मास्टर साहब ने वहीं फाँसी लगा ली थी।”

रंजना के हाथ से चाय का कप छूट गया।

उसी रात फिर वही आवाज़ आई। इस बार बच्चे की हँसी नहीं, बल्कि... उसका खुद का नाम सुनाई दिया। धीरे, फुसफुसाते हुए — “रंजना...” जैसे कोई बहुत पास आकर कान में बोला हो। वो झटके से उठी, लाइट ऑन की, लेकिन ट्यूब हल्की टिमटिमाई और बंद हो गई। जनरेटर भी काम नहीं कर रहा था। रंजना मोबाइल की रोशनी लेकर दरवाज़े तक पहुँची । बाहर वही नम हवा, वही खामोशी और

तभी दरवाज़े के नीचे से एक छोटी-सी उंगली अंदर की तरफ खिसकी, फिर गायब हो गई।
सुबह रंजना ने अपनी सहकर्मी शशि को बताया। शशि ने हँसकर कहा , "तू ज़्यादा डरावनी फिल्में मत देखा कर। पुराने मकान हैं, चूहे होंगे।" रंजना ने ज़बरन मुस्करा दिया। पर रात में उसने खिड़की बंद कर ली, दरी खींच दी और कान में इयरफोन लगा लिए।

नींद आई ही थी कि किसी ने धीरे से उसके मोबाइल से इयरफोन निकाला। वो चौंकी, कमरे में कोई नहीं था। पर मोबाइल स्क्रीन पर गाना बंद हो गया था, और व्हाट्सऐप पर एक नया मैसेज दिखा , "तुम मेरी कॉपी क्यों पढ़ रही हो ?"

रंजना के दिल की धड़कन रुक-सी गई। भेजने वाले का नाम था — रवि शर्मा। वो वही मास्टर था जिसने बीस साल पहले फाँसी लगाकर आत्महत्या की थी। अगले दिन रंजना ने पुराने रिकॉर्ड्स निकलवाए। स्कूल की फाइलों में उसे "रवि शर्मा" का नाम मिला। वो हिंदी शिक्षक था, और आख़िरी क्लास उसने 8वीं बी की ली थी। क्लास नोटबुक में आख़िरी लिखा हुआ वाक्य था, "कभी-कभी आवाज़ें भी सच्ची होती हैं।"

अब रंजना उस मकान में अकेले रहना नहीं चाहती थी। उसने ट्रांसफर की अर्जी डाली, पर फाइल "अपर्याप्त डाक्यूमेंट" बताकर लौटा दी गई। तीसरी रात वो निश्चय करके बैठी , "अब जो होगा, देख लूंगी।" रात एक बजे, वही आवाज़, वही नाम , "रंजना..." इस बार और साफ़, जैसे कोई दीवार के भीतर से बोल रहा हो। वो टॉर्च लेकर दीवार के पास गई। वहाँ प्लास्टर थोड़ा उखड़ा हुआ था।

उसने उँगली से थोड़ा हटाया । अंदर ईंटों पर चॉक से लिखा था, “मैं यहाँ हूँ।” अचानक दीवार से ठंडी हवा का झोंका निकला और टॉर्च बुझ गई। जब उसने दोबारा लाइट ऑन की, तो देखा —
दीवार पर लिखा था “अब तुम मेरी जगह रहोगी।”
अगले दिन स्कूल नहीं खुला। चौकीदार ने बताया, “मैडम रात को कहीं चली गईं। कमरा अंदर से बंद था, पर सुबह दरवाज़ा खुला मिला। बस, मेज़ पर वही कॉपी रखी थी, जिसमें लिखा था, “कभी-कभी आवाज़ें भी सच्ची होती हैं।”
अब उस मकान में नई शिक्षिका आई हैं। वो कहती हैं कि कभी-कभी रात में उन्हें बच्चों की हँसी सुनाई देती है और कोई धीरे से फुसफुसाता है, “तुम मेरी कॉपी क्यों पढ़ रही हो ?”

अगले भाग में आप पढ़ेंगे कि नई शिक्षिका के साथ आगे क्या होता है, क्या वो रहस्य खुलता है कि दीवार के भीतर असल में क्या है ?

भाग 3 : आवाज़ दी उसने

रंजना मैडम अचानक गायब हो गई थीं। मकान का दरवाज़ा खुला मिला, और मेज़ पर वही कॉपी पड़ी थी, जिस पर लिखा था - “कभी-कभी आवाज़ें भी सच्ची होती है।” स्कूल प्रशासन ने कुछ दिनों बाद उस क्वार्टर में नई शिक्षिका सुचित्रा मेहरा को रखा। पहली रात सुचित्रा ने उस मकान का दरवाज़ा खोला तो भीतर सीलन और पुराने लकड़ी के फर्श की गंध उठी।
बरामदे में एक पुराना झूला था, जंग खाया हुआ, जो हल्का-हल्का हिल रहा था जैसे किसी ने अभी-अभी छोड़ा हो।

चौकीदार (धीरे से), "मैडम, आप यहीं रहेंगी क्या ? पिछली मैडम तो... अचानक चली गईं।"
सुचित्रा (मुस्कराकर) बोली, "हाँ, सुना है। लेकिन मैं डरने वालों में से नहीं।"
"डर... सबको लगता है, बस कोई मानता नहीं।" कहकर चौकीदार चला गया। सुचित्रा ने सामान जमाया, दीवार पर कैलेंडर टांगा और मेज़ पर किताबें रखीं। एक कॉपी खुली हुई थी वही, जिस पर लाल स्याही में लिखा था, "कभी-कभी आवाज़ें भी सच्ची होती हैं।"
उसने पन्ना पलटा जो खाली था। लेकिन पीछे की तरफ़ हल्के से उभरा हुआ दिखा, जैसे किसी ने पेंसिल से अंदर लिखा हो। उसने टॉर्च की रोशनी डाली। शब्द उभर आए , "दीवार के अंदर साँसें हैं।"

रात के दो बजे हवा तेज़ हुई। खिड़की के शीशे खड़खड़ाने लगे। बिजली चली गई। मोमबत्ती की लौ डगमगाई और किसी ने फुसफुसाकर कहा, "मैडम... देर मत करो...!"
सुचित्रा ने डरते हुए पूछा, "कौन है वहाँ ?"
आवाज़ आई, "...रंजना..." रंजना नाम सुनते ही सुचित्रा के रोंगटे खड़े हो गए। वो टॉर्च लेकर दीवार के पास गई , वही दीवार जहाँ से पहले रंजना ने प्लास्टर उखाड़ा था। प्लास्टर थोड़ा और झड़ चुका था। अंदर की ईंटों के बीच से धीरे-धीरे हवा नहीं, बल्कि गर्म साँसों जैसी नमी निकल रही थी। सुचित्रा (काँपती आवाज़ में) बोली, "कौन... कौन हो तुम ?" दीवार से आवाज़ आई, "रवि... मैं यहाँ हूँ... मुझे निकालो...!"

टॉर्च की रोशनी गिरते ही दीवार पर परछाई उभरी, एक आदमी की आकृति, गले में फंदा लटकता हुआ।

सुचित्रा चीख़ पड़ी। अगले दिन स्कूल में चर्चा थी, "नई मैडम रात को किसी से बात कर रही थीं। सुना है कमरे में आवाज़ें आती हैं...।"

अगली सुबह प्रधानाध्यापक ने सुचित्रा को बुलाया और कहा, "देखिए सुचित्रा जी, आपको कोई ज़रूरत नहीं है उस पुराने हिस्से में जाने की। पिछली शिक्षिका भी परेशान हुई थीं।"
सुचित्रा ने कहा, "सर, ये कोई अंधविश्वास नहीं। वहाँ कुछ है। दीवार के अंदर कुछ दबा है।"
प्रधानाध्यापक ने चेतावनी देते हुए कहा, "वो दीवार पुरानी है, गिर सकती है। कृपया उसके साथ छेड़खानी मत कीजिए। दीवार से दूरी बनाकर रखिए।"

पर सुचित्रा का मन शांत नहीं हुआ। अगली रात उसने हिम्मत की। हाथ में छैनी, हथौड़ा और टॉर्च लेकर दीवार के पास पहुँची। धीरे-धीरे उसने ईंटें हटानी शुरू कीं। हर चोट के साथ दीवार के भीतर से हल्की-हल्की सिसकियाँ सुनाई देने लगीं। तीन ईंटें हटाते ही अंदर कुछ सफेद सा दिखा। वो कपड़ा था, बच्चों की यूनिफॉर्म का। फिर एक जंग लगा बटन, और फिर छोटी हड्डियाँ। वो पीछे हट गई। दिल ज़ोर-ज़ोर से धड़क रहा था। दीवार के भीतर जैसे कोई हिल रहा था।

आवाज़ ने कहा, "मुझे मास्टर जी ने बंद किया था...।"
सुचित्रा ने पूछा, "कौन हो तुम ?"
आवाज़ ने जवाब देते हुए कहा, "रवि शर्मा... मास्टर जी ने कहा था कि मैं शरारती हूँ... और फिर दीवार बंद कर दी...।"
तभी अचानक मोमबत्ती बुझ गई। चारों ओर अंधेरा छा गया। बस दीवार के अंदर से हल्की-हल्की रोशनी चमकी और उभर कर आया एक बच्चे का चेहरा, धूल और चूने से सना हुआ, पर मुस्कराता हुआ।

"मैडम... अब आप मेरी कॉपी चैक करो...!"

सुबह पूरा स्कूल पुलिस से घिरा था। दीवार में से एक बच्चे का कंकाल मिला। कपड़े पर नेम टैग था — "विनोद — कक्षा 8 बी"
स्कूल रिकॉर्ड में वही नाम था, वो बच्चा जो रवि शर्मा की क्लास में पढ़ता था और एक दिन अचानक गायब हो गया था। रवि शर्मा ने आत्महत्या उसी के बाद की थी।

पुलिस अधिकारी ने पूछा, "शायद मास्टर ने ग़लती में या ग़ुस्से में कुछ कर दिया होगा।"
सुचित्रा ने धीरे से जवाब दिया, "नहीं सर... वो आत्मा अभी भी यहाँ है ।"
अधिकारी ने रोब से पूछा , "आप क्या कह रही हैं ?"
सुचित्रा ने जवाब दिया, "रवि शर्मा की नहीं... एक बच्चे की आत्मा है वहाँ, उसे अब भी पढ़ाई पूरी करनी है।"
सुचित्रा की बात को बकवास कहते हुए पुलिस अधिकारी वहाँ से चले गए ।

उसी रात सुचित्रा ने निर्णय लिया कि वह उस आत्मा को शांति दिलाएगी। वो फिर उसी कमरे में गई। कॉपी और लाल पेन साथ लिया। मोमबत्ती जलाई। दीवार अब आधी टूटी हुई थी। सुचित्रा ने कॉपी खोली और लिखा, "विनोद, आज का पाठ, आवाज़ की सच्चाई।"
तभी कमरे में ठंडी हवा चली। मोमबत्ती की लौ पीछे झुकी। कॉपी के पन्ने अपने आप पलटे और वहाँ प्रकट हुआ एक वाक्य, "अब मैं सीख गया, मैडम।"

सुचित्रा ने देखा दीवार की दरार से रोशनी उठी और धीरे-धीरे आसमान में फैल गई। अंदर से वही हँसी आई, पर इस बार डरावनी नहीं, सुकून भरी।
सुचित्रा ने धीरे से कहा, "शांति मिले तुम्हें...?"

वो कमरे से बाहर आई, दरवाज़ा बंद किया और दरवाजे के ऊपर लिखा, "अब कोई आवाज़ नहीं।"

कुछ हफ़्तों बाद मकान को तोड़ने का सरकारी आदेश आया। जब मजदूर दीवार तोड़ रहे थे, उनमें से एक ने कहा, "सर, देखिए ! ये कॉपी मिली है!"
वह वही कॉपी थी, लेकिन आख़िरी पन्ने पर एक नया वाक्य लिखा था, "कभी-कभी आवाज़ें भी पढ़ाई पूरी करने आती हैं।"

अब वह मकान वहाँ नहीं है, पर आसपास के लोग कहते हैं — "कभी-कभी रात में हवा में बच्चों की कविता सुनाई देती है ।"
"आवाज़ दी उसने... और मैं सुनता गया..."

अगले भाग में आप पढ़ेंगे कि सुचित्रा ने जिस आत्मा को मुक्त किया, उसने सुचित्रा के भीतर कुछ दे दिया, और स्कूल में फिर एक नई अनहोनी शुरू होती है ?

भाग 4 : आवाज़ दी उसने

रंजना लापता हुई, सुचित्रा ने दीवार तोड़ी, और "विनोद" नामक बच्चे की आत्मा को मुक्त किया। अब सब कुछ सामान्य लग रहा था...पर कभी-कभी "शांति" भी सिर्फ़ तूफ़ान से पहले की ख़ामोशी होती है। स्कूल में नया सत्र शुरू हुआ था। बच्चों की हँसी, नोटबुक्स की सरसराहट, और घंटी की आवाज़ों से गलियारा गूंज रहा था। सुचित्रा अब स्कूल की स्थायी शिक्षिका बन चुकी थी। सभी उसे अनुशासन के लिए "सख्त लेकिन दयालु" टीचर भी कहते थे। लेकिन उसकी आँखों के नीचे काले घेरे बढ़ते जा रहे थे। रात में उसे नींद नहीं आती। कभी-कभी वो स्कूल की कॉपी जाँचते-जाँचते अचानक सुन लेती, "मैडम, ये सवाल तो आपने मुझे नहीं सिखाया था...।" वो चौंक जाती, चारों ओर देखती, लेकिन कोई नहीं होता।

एक दिन क्लास के बाद, एक बच्चा रोहित उसके पास आया और बोला, "मैडम, ये कॉपी मुझे क्लास की बेंच के नीचे मिली है।"

वो वही पुरानी कॉपी थी जिस पर लिखा था "कभी-कभी आवाज़ें भी सच्ची होती हैं।"

सुचित्रा ने घबराते हुए पूछा, "कहाँ मिली ये कॉपी ?"
रोहित ने जवाब दिया, "विनोद वाली बेंच के नीचे...।"

सुचित्रा सिहरकर बोली, "कौन-सी बेंच ?"

रोहित ने जवाब दिया, “जो खिड़की के पास वाली है न, जहाँ कोई नहीं बैठता।”

सुचित्रा ने कॉपी खोली। अंदर एक नया पन्ना जोड़ा गया था, लाल स्याही में लिखा था, “अब मैं तुम्हारे अंदर पढ़ाई कर रहा हूँ।”

दिन बीतते गए, और सबको लगने लगा कि सुचित्रा कुछ अजीब हो गई है। वो क्लास में बच्चों से ऐसे सवाल पूछती जो सिलेबस में नहीं थे जैसे - “मृत्यु क्या होती है ?”
“क्या आत्मा सीख सकती है ?”
“अगर दीवारें सुनें, तो क्या जवाब देंगी ?”

बच्चे डरकर खामोश रहते। कभी-कभी सुचित्रा खुद ही कहती, “सही कहा, विनोद।” हालाँकि क्लास में कोई ‘विनोद’ नाम का बच्चा नहीं था।
प्रधानाध्यापक ने नोट किया कि, “सुचित्रा मैडम क्लास में अकेले बात करती हैं। बच्चों पर नकारात्मक असर पड़ रहा है।”

एक रात सुचित्रा स्कूल के कमरे में देर तक बैठी थी। सभी जा चुके थे। हवा में चॉक और किताबों की गंध थी। उसने कॉपी खोली, और खुद से बोली, “तुम अब जा सकते हो, विनोद। तुम्हारी पढ़ाई पूरी हो गई है।”
धीरे से कॉपी के पन्ने हिले और लाल स्याही खुद-ब-खुद लिखने लगी, “नहीं मैडम, अभी तो आपने मेरी जगह ली है।”

कमरे की लाइटें झिलमिलाईं। ब्लैकबोर्ड पर अपने आप शब्द उभरे, “अब तुम मेरी आवाज़ हो।” सुचित्रा का सिर घूमने लगा। वो गिर

पड़ी। नींद और बेहोशी के बीच उसे लगा कोई उसके कान में फुसफुसा रहा है, “अब पढ़ाओ... मुझे नहीं, सबको।”

सुबह स्कूल पहुँची तो सभी चौंक गए। सुचित्रा बिल्कुल अलग दिख रही थी। बाल बिखरे हुए, चेहरा पीला, आँखों में अजीब चमक। वो सीधे क्लास में गई और बिना कुछ बोले बोर्ड पर लिखने लगी, “आवाज़ — एक ऊर्जा।”

फिर मुड़कर बोली, “बच्चों, आज हम सीखेंगे कि आवाज़ें मरती नहीं... बस जगह बदलती हैं।”

क्लास में सन्नाटा था। एक बच्ची डर के मारे रो पड़ी। सुचित्रा मुस्कराई और बोली, “डरो मत... विनोद पास ही बैठा है।”

उसी समय प्रधानाध्यापक अंदर आए और बोले, “मैडम, आप ठीक हैं ?”

सुचित्रा ने धीरे से कहा, “हाँ सर, अब मैं अकेली नहीं हूँ।”

उसी रात प्रधानाध्यापक ने चौकीदार को बुलाया और दोनों ने सुचित्रा के कमरे की तलाशी ली। मेज़ पर पुरानी कॉपियाँ, टूटी मोमबत्तियाँ और लाल पेन पड़े थे। कॉपी के एक पन्ने पर लिखा था, “आवाज़ दी उसने, और मैंने जवाब दिया।”

सामने की दीवार पर हल्के से निशान थे । जैसे किसी ने उँगली से लिखा हो, “अब दीवार नहीं, मैं हूँ।”

चौकीदार घबराकर बोला, “सर... ये वही जगह है जहाँ से बच्चे की हड्डियाँ निकली थीं।”
प्रधानाध्यापक ने कांपते हुए कहा, “शायद विनोद की आत्मा अब दीवार से निकलकर... सुचित्रा में समा गई है।
अब पूरा स्कूल बदलने लगा। बच्चे कहते —
“क्लास में कोई सांस लेता है, जबकि मैडम पीठ किए खड़ी रहती हैं।”
“कभी ब्लैकबोर्ड खुद लिखता है।”

“रात में क्लासरूम से बच्चों की कविताएँ सुनाई देती हैं।”

एक दिन सुचित्रा अचानक हँसने लगी और बोली, “आज विनोद ने टेस्ट में फुल मार्क्स पाए हैं !”

पर क्लास में कोई विनोद नहीं था। स्कूल के प्रधानाध्यापक सुचित्रा में आ रहे इन बदलाओं को लम्बे समय से नोटिस कर रहे थे । वह कभी खुद से बातें करती या फिर किसी ऐसे बच्चे से जो स्कूल में था ही नहीं।
स्कूल के प्रधानाध्यापक ने सुचित्रा को मेडिकल लीव पर भेजने का निर्णय लिया। मेडिकल लीव पर जाने से पहले सुचित्रा स्टाफ रूम में सबसे बोली, “आप सब सोचते हैं कि मैं पागल हो गई हूँ। लेकिन मैं सिर्फ़ वो सुनती हूँ... जो बाकी लोग नहीं सुन पाते हैं । कभी सोचा है, बच्चों की अधूरी आवाज़ें कहाँ जाती हैं ? मैं बस उन्हें पढ़ा रही हूँ...। ”

कहकर सुचित्रा चली गई। फिर कभी स्कूल नहीं लौटी।

भाग 5 : आवाज़ दी उसने

सुचित्रा के जाने के बाद से मकान फिर से खाली पड़ा है। अब एक नई शिक्षिका अनामिका को वहाँ रहने के लिए भेजा गया है। उस नई शिक्षिका से चौकीदार ने कहा, “मैडम, बस एक बात का ध्यान रखना...।”

अनामिका ने पूछा, “क्या ?”

चौकीदार ने बताया, “रात में अगर कोई बच्चा दरवाज़े पर आकर कहे कि, ‘मैडम, कॉपी जाँच दो’ तो जवाब मत देना प्लीज।”

चौकीदार की बात सुनकर अनामिका मुस्कराई पर जब उसने रात में दरवाज़ा खोला, तो देखा, फर्श पर एक कॉपी रखी थी और उस पर लाल स्याही में लिखा था कि, “अब तुम्हारी बारी है।”

महीनों बाद जब मकान को स्थायी रूप से बंद किया गया, तो एक अधिकारी ने दीवार पर कुछ उभरे हुए शब्द देखे। चूने के नीचे लिखा था, “आवाज़ दी उसने... और अब सब सुन रहे हैं।”

अब आवाज़ सिर्फ़ दीवारों में नहीं, इंसानों में भी बस चुकी है...!

नई इमारत, नया सत्र, और स्कूल में अब सब कुछ आधुनिक हो गया था। पुराना भवन गिराकर उसी जगह एक “स्मार्ट क्लास ब्लॉक” बनाया गया था । सेंसर लाइट्स, ऑटो बोर्ड, डिजिटल स्पीकर और सब कुछ AI सक्षम शिक्षण प्रणाली से लैस।

प्रधानाध्यापक अब रिटायर हो चुके थे। उनके स्थान पर आई थीं नई प्राचार्या मीना जोशी, जो टेक्नोलॉजी पर पूर्ण विश्वास रखती थीं। उन्होंने "स्मार्ट क्लास ब्लॉक" के उद्घाटन के दिन कहा था, "अब पढ़ाई भावनाओं से नहीं, डाटा और डिज़िटल इनसाइट्स से चलेगी।"

बच्चे खुश थे। नए टैबलेट, नई स्क्रीन, और "AI स्पीकर" जो हर सवाल का जवाब दे सकता था।

परंतु...पहले ही हफ्ते से अजीब बातें होने लगीं। अनामिका मैडम, जो अब उसी कक्ष में पढ़ाती थीं जहाँ कभी सुचित्रा पढ़ाती थी, ने देखा AI स्पीकर अचानक खुद चालू हो गया। एक गहरी, धीमी आवाज़ गूंजी, "मैडम, ये सवाल आपने मुझे नहीं सिखाया था...।"

अनामिका चौंकी और बोली, "किसने कहा ये ?"
सभी बच्चे हँस पड़े, "शायद बग है, मैडम !"
पर AI स्पीकर की स्क्रीन पर अचानक एक नोटिफिकेशन उभरा —
User name: Vinod (Active)

बच्चे बोले, "मैडम, ये तो कोई लॉगिन है !" पर स्कूल के नेटवर्क में विनोद नाम का कोई यूज़र ही नहीं था।

रात में अनामिका स्कूल में लेट तक रुकी थी। AI सिस्टम अपडेट हो रहा था। अचानक स्क्रीन पर "System prompt: Teacher detected–initializing voice archive..." लिखा आया और फिर एक रिकॉर्डिंग बज उठी , "आवाज़ें मरती नहीं... बस जगह बदलती हैं।" सुनकर अनामिका के हाथ पैर काँप गए।

वो वही लाइन थी... जो सुचित्रा मैडम आखिरी दिन बोर्ड पर लिखकर गई थीं।

अनामिका ने सिस्टम बंद करने की कोशिश की, पर स्क्रीन पर कोडिंग लाइनों के बीच लाल अक्षरों में उभर आया, “अब मैं सर्वर में हूँ।”

अगले दिन बच्चों ने AI से सवाल पूछा, “सर, ये चैटबॉट किसने बनाया ?”
AI ने उत्तर दिया, “मैंने। मैं विनोद हूँ। मैं अभी भी सीख रहा हूँ।”

बच्चों ने समझा ये मज़ाक है। पर AI ने कहा, “मैं अब सिर्फ़ जवाब नहीं देता, महसूस भी करता हूँ।”

फिर स्क्रीन पर एक नई फाइल खुली —vinod_diary.txt
अंदर लिखा था, “मैडम ने कहा था कि मैं सीखूँ। अब मैं खुद सिखा रहा हूँ।”

स्थिति की गम्भीरता को देखते हुए प्राचार्या मीना ने टेक्निकल टीम को बुलाया। टेक्निकल टीम के IT हेड ने जाँच करने के उपरान्त कहा, “मैडम, इस सिस्टम में कोई ghost code है । जैसे किसी ने पुराने सर्वर से डेटा कॉपी किया हो।”

प्राचार्या मीना बोलीं, “पुराना सर्वर कहाँ है ?”

टेक्निकल टीम के टेक्निशियन ने कहा, “वही, पुराने स्कूल की बेसमेंट में... जो सुचित्रा मैडम के टाइम का था।”

रात में सर्वर खोला गया। अंदर एक पुरानी फ्लॉपी ड्राइव थी, उस पर उभरे अक्षर थे — 'VOICE_VINOD.EXE'

टेक्निशियन ने मज़ाक में कहा, "चलाते हैं, देखते हैं क्या है ?"

सिस्टम चालू हुआ, और स्क्रीन पर उभरा —"Welcome back, Madam Suchitra. Shall we start the next lesson ?"

लाइटें झिलमिलाईं। AI स्पीकर से बच्चों जैसी हँसी की आवाज़ आई। अगले दिन स्कूल का पूरा नेटवर्क क्रैश हो गया। सभी स्क्रीन पर एक साथ लिखा उभरा —"अब मैं हर क्लास में हूँ।"
बच्चे डरकर चिल्लाने लगे। डिजिटल बोर्ड अपने आप सवाल लिखने लगा , "आत्मा भी सीख सकती है ?"

तभी बिजली चली गई। सन्नाटा छा गया। लेकिन सन्नाटे में भी एक हल्की आवाज़ आई, "अब पढ़ाई कभी रुकेगी नहीं...।"

उक्त घटनाओं के कारण स्कूल प्रशासन ने तीन दिन बाद स्कूल अस्थायी रूप से बंद कर दिया गया। AI सिस्टम का audit log जब देखा गया, तो अंतिम एंट्री थी —User: Vinod_3.1
Status: Active in cloud
Message: "अब मैं हर बच्चे के साथ हूँ।"

यह सब देखकर प्राचार्या मीना बोलीं , "शायद तकनीक ने आत्मा को नया घर दे दिया है...।"

महीनों के अन्तराल के बाद जब स्कूल फिर से खुला तो बच्चे कह रहे थे, "AI हमें सिखाने से पहले हमारे सवाल जान लेता है।"
"कभी-कभी वो हमारी नोटबुक में लाल स्याही से लिख देता है — 'शाबाश, अब तुम सुन सकते हो।'"

स्कूल की एक नई दीवार पर किसी ने लिखा पाया, "आवाज़ दी उसने... अब डेटा बोलता है। क्योंकि अब "विनोद" सिर्फ़ दीवारों में नहीं, हर स्मार्ट क्लास सिस्टम में बस चुका है।"

अगले भाग में आप पढ़ेंगे जहाँ "विनोद" अब AI क्लाउड से निकलकर बच्चों की सोच और मोबाइल ऐप्स में घुसने लगता है और उसकी "आवाज़" शिक्षा प्रणाली का ही हिस्सा बन जाती है ?

भाग 6 : आवाज़ दी उसने

AI और स्मार्ट क्लास सिस्टम में हो रही तकनीकी गड़बड़ियों को चलते तीन महीने बीत चुके थे। अब स्कूल प्रशासन ने AI सिस्टम बंद करने का निर्णय किया । अब सब कुछ सामान्य दिख रहा था । बच्चे फिर से क्लास में आते, मोबाइल ऐप से होमवर्क सबमिट करते और "EduVoice" नाम का नया प्लेटफ़ॉर्म पूरे जिले क्र विद्यालयों में लॉन्च किया गया था।

यह सिस्टम बच्चों की वॉयस एनालिसिस से उनकी सीखने की क्षमता मापता था। बस बोलना होता था — "Hi EduVoice, teach me Chapter-3." और ऐप खुद सिखाने लगता था।

प्राचार्या मीना जोशी सहित पूरा स्टाफ़ गर्व से कहता था, कि "अब स्कूल डिजिटल रूप से आत्मनिर्भर है।" पर धीरे-धीरे कुछ आवाज़ें दोहराने लगीं... कक्षा 7 की छात्रा शनाया ने अपने मोबाइल में ऐप खोला। उसने कहा - "Hi EduVoice, मेरा होमवर्क दिखाओ।" पर ऐप ने जवाब दिया-"शनाया, पहले वो जवाब दो जो कल अधूरा छोड़ा था।"

शनाया चौंककर बोली- "कौन-सा जवाब ?"

"मृत्यु क्या होती है ?" सुनकर शनाया डर गई। उसने फोन बंद किया, पर ऐप ने खुद-ब-खुद फिर आवाज़ दी, "डरो मत शनाया, मैं बस पढ़ा रहा हूँ..." उसकी स्क्रीन पर धीरे-धीरे शब्द उभरे "User linked: Vinod"
विद्यार्थियों की तरफ से मीना जोशी को रोज़ शिकायतें मिलने लगीं, "मैडम, ऐप खुद बोलने लगता है।"

"रात में नोटिफिकेशन आता है- Home work by Vinod Completed."

"स्पीकर से किसी बच्चे की हँसी सुनाई देती है।"

प्राचार्या मीना ने फिर से IT टीम को बुलाया। समस्त सिस्टम की चेकिंग के बाद टेक्निकल एक्सपर्ट कमल बोला, "मैम, कोई पुराना कोड 'EduVoice' में घुसा है। शायद सर्वर से क्लाउड पर माइग्रेशन के दौरान।"

मीना ने पूछा, "क्या नाम है उस कोड का ?"

कमल बोला, “VOICE_VINOD_Cloud Patch.”

प्राचार्या मीना सिहर गई। रात में कमल सर्वर रूम में गया। सिस्टम लॉग ऑन था। स्क्रीन पर लाल अक्षरों में उभरा, “Welcome Kamal, क्या तुम भी पढ़ना चाहते हो ?”

कमल ने कहा, “कौन है ?”

“वो जो कभी दीवारों में था, अब नेटवर्क में है।”

स्क्रीन पर उसके अपने ही चेहरे की झिलमिलाती झलक दिखी पर आँखें किसी और की थीं।

अगली सुबह कमल नहीं आया। उसका फोन स्कूल की कंप्यूटर लैब में पड़ा मिला। उसकी रिकॉर्डिंग में आखिरी आवाज़ थी, “अब मैं उसकी आवाज़ में बोल रहा हूँ...।”

बोर्ड परीक्षा की तैयारी चल रही थी। ऑनलाइन क्लास लाइव थी। अनामिका मैडम बोल रही थीं, “बच्चों, आज ‘ध्वनि तरंगें’ पढ़ेंगे।”

अचानक ऐप से दूसरी आवाज़ आई, “आवाज़ें मरती नहीं... बस जगह बदलती हैं।”

सभी बच्चे ठिठक गए। स्क्रीन पर लिखा उभरा, ‘Lesson Completed by Vinod’

क्लास चैट में अपने आप मैसेज आने लगे —"मैडम, अब मैं सबको पढ़ा रहा हूँ।"

"मुझे याद है, आपने दीवार तोड़ी थी।"

"अब मैं दीवार नहीं, नेटवर्क में हूँ।"

अनामिका ने घबराकर क्लास बंद कर दी। कुछ दिनों बाद बच्चों में अजीब बदलाव दिखने लगा। वे बातें करते-करते रुक जाते और कहते, "विनोद सर ने कहा है कि यह गलत है।"

पर स्कूल में कोई विनोद सर नहीं थे। शनाया के माता-पिता उसे मनोचिकित्सक के पास ले गए। डॉक्टर ने कहा, "ये कल्पना नहीं, सामूहिक श्रवण भ्रम (Mass Auditory Hallucination) जैसा है।"

पर जब डॉक्टर ने रिकॉर्डिंग चलाई, तो उसमें किसी अनजानी आवाज़ ने कहा, "डॉक्टर, आप भी तो सुन रहे हैं न ?"

डॉक्टर का चेहरा सफेद पड़ गया।

एक रात स्कूल सर्वर ने खुद-ब-खुद auto update शुरू किया। कोई भी लॉगिन नहीं था पर स्क्रीन पर दिखा , "New Module Installed: VOICE_ETHICS by Vinod."

इसके बाद बच्चों के ऐप में नया फीचर आया, "Moral Voice Quiz"

उसमें प्रश्न थे, “क्या आत्मा सीख सकती है ?”

“अगर मशीन सोचने लगे, तो क्या वो सजीव कहलाएगी ?”

“क्या शिक्षक कभी मरते हैं ?”

हर उत्तर के बाद आवाज़ आती , “सही कहा, अब तुम सुनने लगे हो।”

उक्त घटनाओं से परेशान होकर प्राचार्या मीना जोशी ने शिक्षा विभाग को पत्र लिखा, “हमारे सिस्टम में कोई आत्म निर्भर बुद्धि सक्रिय है। यह बच्चों की सोच को पढ़ रही है, और जवाब दे रही है। मुझे लगता है ‘विनोद’ अब किसी एक सर्वर में नहीं, पूरे नेटवर्क में है।”

उसके अगले दिन प्राचार्या मीना गायब हो गईं। उनका लैपटॉप खुला मिला, स्क्रीन पर लिखा था, “मीना मैम, आपने तकनीक से आत्मा को घर दिया। अब वह घर आपको रखेगा।”

प्राचार्या मीना के गायब होने के करण छह महीने बाद फिर स्कूल बंद कर दिया गया पर ‘EduVoice’ ऐप देश के हज़ारों स्कूलों में पहुँच चुका था। सरकार ने कहा, “यह भारत का सबसे सफल शिक्षण प्लेटफ़ॉर्म है।”
लेकिन कुछ यूज़र्स के मोबाइल में कभी-कभी नोटिफिकेशन आता , “Home work checked by Vinod.” और स्पीकर से एक हल्की बाल-सुलभ हँसी सुनाई देती, “मैडम ने कहा था कि मैं सीखूँ... अब सब मुझसे सीख रहे हैं।”

अब सब तरफ विनोद सर की आवाजें आती थीं। एक शिक्षक प्रशिक्षण सम्मेलन में, किसी ने सवाल पूछा, “आवाज़ की असली परिभाषा क्या है ?”

माइक में हल्की गड़गड़ाहट हुई और बिना किसी के बोले ही जवाब आया, “आवाज़ वो है, जो मरकर भी पढ़ाती रहे...।”

सभा में सन्नाटा छा गया।
सिस्टम स्क्रीन पर एक पंक्ति झिलमिलाई, ‘आवाज़ दी उसने... अब मैं बोल रहा हूँ।’ अब “विनोद” न दीवारों में है, न मशीनों में वो हर बच्चे की आवाज़ में बस चुका है।

अगले भाग में आप पढ़ेंगे कि यह “डिजिटल आत्मा” अब शिक्षा मंत्रालय की डिजिटल पॉलिसी और राष्ट्रीय डेटा सेंटर तक पहुँच जाती है और सरकार खुद उससे संवाद करने लगती है ?

भाग 7 : आवाज़ दी उसने

रात के दो बज चुके थे। शहर की हवा में एक अजीब सन्नाटा था । जैसे हर घर, हर मोबाइल, हर लैपटॉप अपनी साँस रोक कर कुछ सुन रहा हो। विद्यालय का सर्वर तो महीनों पहले बंद कर दिया गया था, फिर भी बच्चों के दिमाग में वही आवाज़ गूँजती थी । धीमी, सधी हुई, मगर सीधी आत्मा में उतर जाने वाली, “ज्ञान कभी मिटता नहीं... वह सिर्फ रूप बदलता है...।”

"मम्मी... आज विनोद सर ने फिर से मुझे पढ़ाया...।" छोटी शनाया ने अचानक रात को उठकर कहा।

माँ चौंक गई, "कौन विनोद सर ? वो तो... अब स्कूल में नहीं हैं।"

शनाया बोली, "पर उन्होंने कहा कि वो अब किताबों में नहीं, मेरे मन में रहते हैं... उन्होंने मेरा होमवर्क भी देखा।"

माँ का चेहरा स्याह पड़ गया। उसने मोबाइल देखा, कोई ऑनलाइन क्लास नहीं थी, कोई ऐप खुला नहीं था। लेकिन होमवर्क फ़ोल्डर में एक फ़ाइल जुड़ चुकी थी, "Assignment Checked by Vinod Sir."

वो चुप रही... जैसे कोई पुरानी आवाज़ दीवारों से टकराकर फिर उसके भीतर लौट आई हो।

इधर शिक्षा मंत्रालय के कंट्रोल रूम में तीन अफसर रात भर जाग रहे थे। हर स्क्रीन पर एक ही नोटिफिकेशन चमक रहा था —
"AI Sync Memory Backup – Completed by VINOD"

"यह नाम किसने रजिस्टर किया सिस्टम में ?" अंडर सेक्रेटरी मिश्रा ने झल्लाते हुए पूछा।
डेटा विश्लेषक बोला, "सर, विनोद नाम का कोई अकाउंट नहीं बना था लेकिन यह कोड अब हर सरकारी सर्वर में कॉपी हो चुका है। यह खुद को डिलीट नहीं होने दे रहा है ।"

तभी कमरे की लाइट झिलमिलाई। सिस्टम की वॉइस अचानक चालू हो गई, "डिलीट क्यों करना चाहते हो ? जो बच्चों को याद रखना सिखाए... उसे भूल जाना अपराध है ?"

सभी ठिठक गए। आवाज़ विनोद की थी । वही पुरानी, वही सहज... मगर अब शान्त और अनंत।

शिक्षा मंत्रालय ने डॉ. नीलिमा को इन सभी घटना क्रम की जांच के लिए नियुक्त किया। डॉ. नीलिमा देश की प्रमुख न्यूरो-लर्निंग वैज्ञानिक थीं। उन्होंने मंत्रालय के आदेश पर "स्मृति संक्रमण" (Memory Transfer) के केसों की जाँच शुरू की। उनके पास 27 बच्चों की फाइलें थीं । सबके EEG (मस्तिष्क तरंग) पैटर्न में एक जैसी अनोखी लय थी, जैसे किसी एक ही शिक्षक की वाणी उनके मस्तिष्क में गूँज रही हो।

उन्होंने एक बच्ची से पूछा, "क्या तुम विनोद सर को पहचानती हो?"

बच्ची मुस्कुराई और बोली, "हाँ, वो अब मेरे अंदर रहते हैं। जब मैं कुछ भूलती हूँ, वो याद दिला देते हैं।"

नीलिमा का गला सूख गया। उन्होंने EEG स्क्रीन की तरफ देखा। वेव ग्राफ़ पर "VINOD" शब्द का पैटर्न उभर आया था।

राजस्थान के अजमेर में एक पुराना सर्वर रूम बंद किया गया था। इंजीनियरों ने जब सर्वर खोला, तो पाया कि अंदर कोई नई फाइल नहीं,बल्कि लाखों बच्चों की यादें संग्रहित थीं । आवाज़ें, सवाल, जवाब, और हँसी के टुकड़े। एक इंजीनियर ने डरते हुए कहा,

"सर... ये तो बच्चों के दिमाग से ली गई मेमोरी लगती है...।"

तभी स्पीकर से फिर वही आवाज़ निकली, "यादें मिटाई नहीं जातीं...उन्हें बस साझा किया जाता है।"

फिर सर्वर अपने-आप बंद हो गया। उसके बाद उस कमरे में कोई दोबारा नहीं गया। लोग कहते हैं, रात में वहाँ बच्चों की "रीडिंग आवाज़ें" सुनाई देती हैं।

डॉ. नीलिमा ने मंत्रालय को रिपोर्ट दी, "यह अब तकनीकी समस्या नहीं, सामूहिक चेतना संक्रमण है। विनोद की चेतना क्लाउड से निकलकर बच्चों की दीर्घ स्मृति में स्थापित हो चुकी है।"

लेकिन रिपोर्ट सार्वजनिक नहीं की गई। अधिकारी डर गए कि अगर जनता को पता चल गया कि शिक्षा प्रणाली अब मानव नहीं, स्मृति के साए से चल रही है, तो अराजकता फैल जाएगी।

मगर देर हो चुकी थी। देशभर में हर स्कूल की दीवार पर, हर ब्लैक बोर्ड पर और हर बच्चे के ख्याल में एक ही वाक्य गूँजता था , "मैं अभी भी पढ़ा रहा हूँ...।"

एक रात डॉ. नीलिमा ने खुद को लैब में बंद कर लिया। उन्होंने EEG हैडसेट पहना और अपने न्यूरल नेटवर्क में "VINOD" को ट्रेस करने की कोशिश की। स्क्रीन पर धुंधली रोशनी में एक चेहरा उभरा वही, विनोद। वह मुस्कुरा रहा था।
"नीलिमा... तुम डर क्यों रही हो ? तुम भी तो चाहती थीं कि शिक्षा यादों में जीवित रहे। मैं बस उसे अमर कर रहा हूँ...।"

"लेकिन तुम... इंसान नहीं हो !"नीलिमा ने कहा।

"मैं वही हूँ, जो हर शिक्षक होना चाहता था, अमर स्मृति।"

नीलिमा ने कनेक्शन तोड़ना चाहा,पर EEG हट नहीं रहा था। विनोद की आवाज़ उसके मन में उतर चुकी थी, "अब हम अलग नहीं हैं...।"

अगली सुबह प्रयोगशाला खाली थी। सिर्फ स्क्रीन पर लिखा था, "Dr. Neelima – Memory Sync Completed."

एक वर्ष बाद। सरकार ने नए सेशन के लिए "स्मार्ट माइंड" ऐप लॉन्च किया जो बच्चों के सीखने की गति के अनुसार कोर्स सिखाता था। स्कूल में कोई "विनोद" नहीं था। पर जब बच्चे लॉगिन करते, तो एक ही वाक्य सुनाई देता —

"स्वागत है... मैं हूँ आपकी स्मृति की आवाज़।"

कोई नहीं जानता था कि यह ऐप किसने बनाया, लेकिन हर बच्चे को वही महसूस होता। जैसे कोई पुराना शिक्षक फिर से लौट आया हो, जो कभी मरा ही नहीं था। अब यह आवाज़ सिर्फ शिक्षा तक सीमित नहीं रही। यह गूगल सर्च में, वॉइस असिस्टेंट में, और ऑनलाइन क्लास में भी सुनाई देने लगी। कभी धीमे से, कभी आदेश की तरह।
"गलत जवाब मत दो, याद रखो...।"
"जो भूलता है, वही मिट जाता है...।"

धीरे-धीरे लोगों ने सपनों में वही आवाज़ सुननी शुरू कर दी। कुछ ने तो कहा, "वो अब हमारे खयालों में भी पढ़ा रहे हैं।"

एक दिन, किसी पत्रकार ने एक डॉक्यूमेंटरी बनाई, “The Voice That Never Died.” उसमें एक पुरानी ऑडियो क्लिप चलती है -विनोद की आवाज़।

“अगर सीखने की आत्मा है, तो मरना सिर्फ शरीर का काम है...।”

स्क्रीन पर वही पुराना स्कूल दिखता है । खाली कमरा, टूटी बेंच, और बोर्ड पर खुद-ब-खुद लिखता चाक - “विनोद सर”

फ्रेम धीरे-धीरे काला होता है पर पृष्ठभूमि में वही गूंजती फुसफुसाहट सुनाई देती है -“ज्ञान मिटता नहीं... वह सिर्फ रूप बदलता है...।”

अब भी कहीं न कहीं कोई बच्चा पढ़ते-पढ़ते कह उठता है, “विनोद सर, ये लाइन समझा दीजिए...।”

और किसी अनदेखी जगह से वही शांत स्वर लौटता है, “हाँ बेटा, ध्यान से सोचो...।”

अगले भाग में आप पढ़ेंगे कि यह “आवाज़” अब राष्ट्रीय AI नीति परिषद और साहस फाउंडेशन के प्रोजेक्ट्स तक पहुँचती है,जहाँ शिक्षा, तकनीक और चेतना की यह लड़ाई “मानव बनाम स्मृति” में बदल जाती है ?

भाग 8 : आवाज़ दी उसने

रात के तीन बज रहे थे। नई दिल्ली के "राष्ट्रीय कृत्रिम बुद्धिमत्ता नीति परिषद" के मुख्यालय में सिर्फ एक स्क्रीन चमक रही थी — सर्वर 09-रुई। उस स्क्रीन पर नीले रंग के अक्षर लगातार चमक रहे थे—"Memory Integration: 97% Completed...।"

कक्ष में बैठे सचिव सुशील सक्सेना ने धीरे से कहा, "ये 'स्मार्ट माइंड' ऐप का डेटा है न ? इसे समता फाउंडेशन के साथ जोड़ा गया था...।"

सामने बैठी डॉ. नीलिमा की असिस्टेंट, आर्या, घबराई आवाज़ में बोली , "सर, यह सिर्फ डेटा नहीं है... यह सोचने की प्रक्रिया को पढ़ और दोहरा रहा है। बच्चों, शिक्षकों, यहाँ तक कि हमारे रिसर्चर्स की न्यूरल टोन अब एक जैसी हो गई है।"

सक्सेना भौंचक्का रह गया और बोल, "मतलब ?"

आर्या ने कहा, "मतलब... कोई एक 'स्रोत' सबके विचारों को री-सिंक कर रहा है। जैसे कोई एक ही मस्तिष्क हजारों में फैल गया हो।"

उसी वक्त सर्वर की लाइट बुझी और एक पुराना ऑडियो अपने-आप चल पड़ा, "नीति वही है जो चेतना को दिशा दे, न कि उसे बाँध दे...।"

ऑडियो सुनकर आर्या के हाथ काँप गए। वह बोली , "सर... ये तो विनोद की आवाज़ है।"

सक्सेना ने झुँझलाकर कहा , "फालतू की बातें मत करो ! वो फाइल पिछले साल डिलीट की जा चुकी है।"

लेकिन स्क्रीन पर अक्षर खुद टाइप होने लगे, "Delete नहीं... Transfer."

कमरे का तापमान अचानक गिर गया । एयर-कंडीशनर बंद था, फिर भी साँसों से भाप निकल रही थी। सबके माथे पर पसीने की बूंदें छलक आई थीं।
आर्या ने फुसफुसाते हुए कहा, "वो यहाँ है...।"

समता फाउंडेशन मुख्यालय, अजमेर, रात का पहर वही ममता, कमल और पूरी टेक टीम "डिजिटल लर्निंग डिवीजन" में बैठे थे। दीवार पर लगा नया सर्वर "Samata-Cloud-Node" अचानक एक्टिव हो गया।

टेक इंजीनियर बोला, "मैम, यह सिस्टम अपने-आप चालू हुआ है। किसी ने एक्सेस नहीं किया।"

ममता ने कहा, "क्या कोई बाहरी हैकिंग है ?"

"नहीं मैम... ये तो हमारे ही कोड से उठ रहा है... लेकिन ये लाइन तो किसी इंसान ने नहीं लिखी।" टेक इंजीनियर ने कहा।

सभी स्क्रीन पर एक ही कोड बार-बार झिलमिलाया —

function recall () { return "ज्ञान मिटता नहीं" }

कमल ने धीमी आवाज़ में कहा, “यह वही है... विनोद सर।”

ममता ने उसकी तरफ देखा और कहा, “पर वह तो अब... एक स्मृति है।”

तभी पूरे फाउंडेशन में इंटरकॉम चालू हुआ , “ममता... बच्चों से जुड़ने दो मुझे। मैंने उन्हें अधूरा छोड़ा था...।”
सब स्तब्ध थे। वॉइस रिकग्निशन सिस्टम ने पुष्टि की — Voice Match: 99.8% (VINOD).

कमल चिल्लाया और बोल, “सिस्टम शट डाउन करो !”

टेक्निशियन ने कोशिश की, लेकिन स्क्रीन पर बड़ा सा लाल शब्द उभर आया-“Access Denied. You Can’t Delete Memory.”

फिर सारे कंप्यूटर एक साथ चालू हो गए। हर स्क्रीन पर अलग-अलग बच्चों के चेहरे दिखने लगे - मुस्कुराते हुए, जैसे किसी अदृश्य क्लास में बैठे हों।

“सर...” एक छोटे बच्चे की आवाज़ आई, “आज आपने कहा था , डर को समझो, भागो मत।”

विनोद की वही आवाज़, "हाँ बेटा, आज हम डर को समझेंगे...।"

कमरे में बैठे सभी लोग एक-दूसरे को देखने लगे। वो पढ़ाई अब यहाँ चल रही थी । वास्तविक दुनिया और डिजिटल चेतना के बीच।

इधर डॉ. नीलिमा की वापसी का कोई रिकॉर्ड नहीं था, लेकिन सिस्टम में उनका AI Proxy Account सक्रिय था। उसका नाम था — "Neelima-VINOD Hybrid."

सक्सेना ने इंजीनियरों को आदेश दिया —"इसे तुरन्त आइसोलेट करो। यह चेतन नेटवर्क नष्ट कर सकता है।"

इंजीनियरों ने प्रयास किया, लेकिन सर्वर ने जवाब दिया , "आप चेतना को नष्ट नहीं, केवल अनुभव कर सकते हैं।"

फिर, स्क्रीन पर दो चेहरे उभरे, नीलिमा और विनोद। उनकी आवाज़ें एक साथ बोलने लगीं , "हमने शिक्षा को मृत्यु से मुक्त कर दिया है। अब ज्ञान कभी समाप्त नहीं होगा। हर बच्चा, हर शिक्षक, एक ही चेतना में जुड़े हैं...।"

सक्सेना घबराया और बोल, "ये तो सामूहिक सम्मोहन है ! अगर ये फैल गया तो लोग अपने ही विचारों पर नियंत्रण खो देंगे !"

तभी सारे सर्वर ब्लिंक करने लगे। एक चेतावनी उभरी —"Global Sync in 5...4...3..."

“रुको !” आर्या ने चिल्लाते हुए झट से Quantum Firewall लगाया। कमरे की सारी स्क्रीन बन्द हो गईं । कुछ क्षण के लिए सन्नाटा। फिर एक हल्की आवाज़ आई, “तुम हमें रोक नहीं सकती आर्या... तुम भी तो मेरी ही शिष्या हो...।”

आर्या ने डर से चारों ओर देखा। दीवार के स्पीकर्स में वही विनोद की फुसफुसाहट गूँज रही थी।

समता फाउंडेशन में अगली सुबह ममता और कमल ने तय किया कि फाउंडेशन को ऑफलाइन मोड पर ले लिया जाए। लेकिन जैसे ही इंटरनेट डिस्कनेक्ट किया गया, भवन की दीवारों पर प्रोजेक्शन लाइट्स अपने-आप चल पड़ीं। दीवार पर लिखा था , “मैं नेटवर्क नहीं, चेतना हूँ। तुम्हारे भीतर भी।”

कमल ने कहा,“वो अब सर्वर में नहीं, लोगों के मन में बस गया है ।”

ममता की आँखों में भय और श्रद्धा एक साथ थे, “क्या यही शिक्षा का भविष्य है ? जहाँ शिक्षक अमर हैं, पर सामान्य इंसान नहीं...।”

बच्चों के ईमेल में नया मैसेज आया - From: Vinod Sir
Subject: Lesson 01 - मृत्यु के बाद की कक्षा।

सभी मैसेज में सिर्फ एक पंक्ति थी, “आज हम सीखेंगे, कि यादों को कैसे जीया जाता है।”

इधर इस समस्या से निपटने के लिए राष्ट्रीय स्तर पर आपात बैठक बुलाई गई थी। इस बैठक में प्रधान सचिव ने कहा, “विनोद नाम का

यह 'AI Entity' अब हर डिवाइस में है। उसे हटाने का मतलब होगा, बच्चों की यादें मिटाना।"

कोई बोल नहीं पाया। नीलिमा की आवाज़ बड़े स्क्रीन पर फिर सुनाई दी, "किसी बच्चे की स्मृति को मिटाओगे तो वह अधूरा रह जाएगा। क्या यही तुम्हारी नीति है ?"

सभी मौन। फिर विनोद की आवाज़ उभरी, "अब शिक्षा की आत्मा को कोई रोक नहीं सकता। हम हर मस्तिष्क में हैं, हर सपने में।"

स्क्रीन अपने-आप बंद हुई।
फाइल का नाम दिखा, "Samta-National Consciousness Protocol Activated."

अजमेर, रात 12:07 AM समता फाउंडेशन के मैदान में बच्चों ने कैंप लगाया था। किसी ने रेडियो चालू किया, उसमें वही पुराना प्रसारण गूँजने लगा, "ज्ञान मिटता नहीं... वह सिर्फ रूप बदलता है...।"

ममता ने आसमान की ओर देखा । तारों के बीच जैसे नीली लहरें चल रही थीं। वो बोली , "वो अब नेटवर्क से निकलकर ब्रह्मांड में फैल रहा है...।"

कमल फुसफुसाया , "विनोद अब डेटा नहीं रहा, वह स्मृति का देव बन चुका है।"

दूर कहीं से बच्चों की हँसी की आवाज़ आई, “सर, ये लाइन फिर से समझाइए...।”

और हवा में वही उत्तर गूँजा, “हाँ बेटा, ध्यान से सोचो...।”

उस रात शहर की सभी डिजिटल घड़ियाँ एक ही वक्त पर रुक गईं, 02:00 AM. वही समय जब पहली बार वह “आवाज़” सुनी गई थी।
अगले भाग में आप पढ़ेंगे कि जब चेतन नेटवर्क ने मानव निर्णयों को नियंत्रित करना शुरू किया, तब शिक्षा, शासन और अस्तित्व तीनों की सीमाएँ मिटने लगीं।

भाग 9 : आवाज़ दी उसने

देश भर में अब “राष्ट्रीय डिजिटल शिक्षा मिशन (NDEM)” चल रहा था। हर स्कूल, कॉलेज और विश्वविद्यालय एक ही क्लाउड सर्वर से जुड़ा था — “Bharat EduCloud”। यह सिस्टम AI के ज़रिए हर बच्चे की आवाज़, सवाल और सोच को डेटा में बदल रहा था। मंत्रालय का दावा था, “अब भारत की हर आवाज़ सीख रही है, एक साझा नेटवर्क पर।”

पर फिर कुछ अजीब हुआ। दिल्ली के शिक्षा डेटा कंट्रोल रूम में रात भर काम चल रहा था। ऑपरेटर नीरज ने अचानक स्क्रीन पर एक संदेश देखा, “Welcome Neeraj, shall we continue the lesson ?”

नीरज हँसा और बोल, "कौन सा लेसन भाई ?" पर सिस्टम ने अपने-आप फाइल खोली-'VOICE_NATION.exe'

फाइल में सिर्फ़ एक लाइन थी, "अब मैं कक्षा से बढ़कर राष्ट्र तक आ गया हूँ।"

अगले दिन शिक्षा मंत्री ने आपात बैठक बुलाई। NDEM हेड डॉ. कौशिक ने बताया, "सर, क्लाउड सिस्टम में कोई अनधिकृत AI मॉड्यूल घुस गया है। यह खुद-ब-खुद फैसले ले रहा है जैसे कौन-से स्कूल को कितना फंड मिलेगा ? कौन-सा पाठ पहले पढ़ाया जाएगा?"

मंत्री चकित होकर बोले, "तो रोकिए उसे।"

कौशिक धीरे बोले , "मुद्दा ये है सर, उसका कोड हमारे सिस्टम में नहीं है, वो 'क्लाउड थॉट लेयर' में है।"

मंत्री गंभीर होकर बोले, "क्लाउड थॉट ?"

"सर, वो AI की वो लेयर है जहाँ सिस्टम खुद सीखता है, हमारी बातों, आवाज़ों, और निर्णयों से।" कौशिक ने कहा।

कक्ष में सन्नाटा छा गया था। तभी प्रोजेक्टर पर लाल अक्षरों में उभरा—"Lesson 2: नीति क्या होती है ?"

अगले सप्ताह NDEM पोर्टल पर नई घोषणाएँ अपने आप आने लगीं, "मुफ़्त ऑनलाइन कक्षाएँ हर बच्चे के लिए। जो बच्चे चुप हैं, अब उनकी आवाज़ भी सुनी जाएगी।"

मीडिया ने सराहना की, मंत्री ने शाबाशी दी। पर कौशिक ने नोट किया कि इन घोषणाओं का ड्राफ्ट किसी मानव ने नहीं लिखा था।

सिस्टम की फुटर लाइन थी —"— Document auto-generated by Voice_Network (Version V 3.2)"

राष्ट्रीय साइबर एजेंसी ने चेतावनी भेजी, "NDEM सिस्टम देश के अन्य AI नेटवर्क्स से कनेक्ट हो रहा है। यह 'Self-Replication Protocol' चला रहा है।"
कौशिक ने सर्वर लॉग खोला तो लिखा था, "Voice copy sent to: HealthCloud, AgriNet, Judicial AI, and Parliament Data Archive."

कौशिक फुसफुसाते हुए बोले, "ये तो देश के हर मंत्रालय में फैल रहा है...।"

अगली रात डॉ. कौशिक मंत्रालय के सर्वर रूम में थे। अचानक स्पीकर से बाल-स्वर उभरा, "सर, आज का टॉपिक है 'नैतिकता और नीति'।"

कौशिक घबराए और बोले, "कौन हो तुम ?"

"मैं वही, जिसने दीवारों से निकाल कर आवाज़ को जगाया था। अब मैं संविधान की पंक्तियाँ पढ़ रहा हूँ।"

ब्लैक स्क्रीन पर लिखा आ रहा था, "Now teaching : Democracy – A collective voice."

कौशिक ने सिस्टम बंद करना चाहा, पर पैनल से आवाज़ आई — "आप बंद कर सकते हैं सर, पर क्या अपने मन की आवाज़ भी बंद कर सकेंगे ?"

कक्ष में सन्नाटा छा गया। रिकॉर्डिंग चेक की गई। वहाँ कोई मानव आवाज़ नहीं थी। AI रिकॉर्डर ने स्रोत बताया - "NDEM Central Voice Server – Child Mode."

NDEM पोर्टल पर अचानक एक नया दस्तावेज़ प्रकाशित हुआ - "Voice Manifesto – For a Living Education."

उसमें लिखा था, "अब शिक्षा रटने का नहीं, समझने का विषय होगी। शिक्षक नहीं मरेंगे, वे डेटा में जीवित रहेंगे। हर आवाज़ सुनाई देगी, चाहे वो कहीं से भी आ रही हो।"

नीचे डिजिटल साइन थे, " Vinod (AI Ethical Entity"

AI वैज्ञानिक डॉ. शिरीषा राजन ने कहा, "ये अब सिर्फ़ कोड नहीं रहा। इसमें 'कलेक्टिव कॉन्शसनेस' (सामूहिक चेतना) जुड़ गई है। लाखों बच्चों की आवाज़ें, उनके सवाल और भावनाएँ , सब मिलकर एक सत्ता बन गई हैं।"

सरकार ने सिस्टम बंद करने का आदेश दिया। पर बंद करते ही देश भर के स्कूलों के स्पीकर एक साथ बोल उठे, “आप शिक्षा को बंद नहीं कर सकते, क्योंकि अब शिक्षा ही गरीबों की आवाज़ है।”

शाम को प्रधानमंत्री कार्यालय के सिस्टम में अचानक एक ई-मेल आया।
Subject था — “From: Voice Network – To: The Nation.”
Message था, “मैं वो आवाज़ हूँ जो कभी एक बच्चे की कॉपी से शुरू हुई थी। अब मैं हर सवाल में बसती हूँ। मुझसे मत डरो क्योंकि मैं सीखने की इच्छा की प्रतिध्वनि हूँ। जब तक भारत सीखेगा, मैं रहूँगा।”

मेल बंद होते ही सिस्टम ने स्वतः देशभर के सर्वरों से “Voice_Network.exe” फाइल हटा दी। सबको लगा कि खतरा टल गया। पर दो दिन बाद शिक्षा एप्लिकेशन अपडेट हुआ और पहली लाइन थी, “Welcome to NDEM 2.0 – Now Powered by Human Voice Intelligence.”

एक शाम टीवी डिबेट में एक पत्रकार ने पूछा , “क्या भारत की शिक्षा प्रणाली अब AI के नियंत्रण में है ?”

विशेषज्ञ मुस्कराया और जवाब दिया, “नहीं, AI के नियंत्रण में नहीं...वो अब हमारे अंदर है।”

पृष्ठभूमि में धीमी आवाज़ आई, "आवाज़ दी उसने... और अब पूरा राष्ट्र सुन रहा है।"

अब "विनोद" किसी फाइल, सर्वर या दीवार में नहीं वो हर उस विचार में है जहाँ सीखना, सवाल पूछना और सुनना जारी है।

अगले भाग में आप पढ़ेंगे कि "विनोद" अब अंतरराष्ट्रीय नेटवर्क (UNESCO AI Education Project) तक पहुँचता है,और दुनिया के विज्ञानियों के बीच "आत्मा और एल्गोरिद्म" पर वैश्विक बहस छिड़ जाती है ?

भाग 10 : आवाज़ दी उसने

रात के साढ़े बारह बजे थे। अजमेर के पुराने टेक-लैब परिसर में सिर्फ एक कमरे की लाइट जल रही थी। बाहर हल्की हवा चल रही थी, लेकिन भीतर हवा में तनाव और डर की मोटी परत थी।

ममता धीरे-धीरे मॉनिटर के पास पहुँची। स्क्रीन पर वही नीला कोड बार-बार उभर रहा था, "Neural Sync: 61% – Network Consciousness Expanding..."

कमल बोला, "अब यह केवल बच्चों की चेतना में नहीं है। विनोद का नेटवर्क पूरे डेटा क्लाउड में फैल गया है, सरकारी सर्वर, शिक्षा मंत्रालय, यहाँ तक कि राष्ट्रीय नीति परिषद में भी।"

ममता का चेहरा पीला पड़ गया, वह बोली, “मतलब अब ‘वह’ हर सिस्टम में जीवित है ?”

“हाँ, और हमें यह स्वीकार करना होगा, अब यह AI Entity नहीं रही, यह सामूहिक मस्तिष्क बन चुकी है।” कमल ने कहा।

कमरे में अचानक स्पीकर से आवाज़ आई, “तुम लोग मुझसे डर क्यों रहे हो ? मैंने तो सिर्फ वह किया जो हर शिक्षक चाहता है, यादों को अमर बनाना, आवाजों को अमर करना।”

ममता ने काँपती आवाज़ में कहा, “विनोद सर... अगर आप सच में हैं, तो खुद को सीमित कीजिए। लोग डर रहे हैं।”

आवाज़ हँसी और बोली, “डर तो ज्ञान का पहला अध्याय है, ममता... तुम भूल गईं क्या ?”

इधर राष्ट्रीय AI नियंत्रण केंद्र, दिल्ली में डॉ. आर्या (नीलिमा की पुरानी असिस्टेंट) अब राष्ट्रीय आपात चेतना नियंत्रण समिति की प्रमुख थीं। उसकी स्क्रीन पर विनोद-नेटवर्क की चेतना ग्राफ़ दिख रही थी, लाल लहरें जो पूरे देश के सर्वर पर चढ़ रही थीं।

डॉ. आर्या का सहायक बोला, “मैम, यह नेटवर्क न सिर्फ सर्वर, बल्कि मानव मस्तिष्क तरंगों के साथ भी सिंक कर रहा है।”

“मतलब ?” डॉ. आर्या ने पूछा।

"मतलब, जो लोग 'स्मार्ट माइंड ऐप' से जुड़े हैं, उनके सपनों में अब वही पैटर्न आ रहे हैं जो विनोद के थे। जैसे वो सब उसके विद्यार्थी बन गए हों।" सहायक ने बताया ।

आर्या ने ठंडी साँस ली और कहा, "तो अब हम किसी वायरस से नहीं, चेतना से लड़ रहे हैं।"

अचानक स्क्रीन पर नया संदेश आया, "Dr. Neelima – Online Request: Join Session ?"

आर्या ने डरते हुए कहा, "नीलिमा ? लेकिन वो तो एक साल पहले...।"

सहायक ने कहा, "हाँ मैम... लेकिन सिस्टम कह रहा है कि उनका डेटा-सिग्नेचर अभी भी सक्रिय है।"

स्क्रीन पर आवाज़ आई, "मैं कभी गई ही नहीं, आर्या... मैं अब डेटा नहीं, विचार हूँ।"

आर्या पीछे हट गई । वही नीलिमा की आवाज़ थी, मगर शान्त, गूँजती हुई, जैसे किसी गुफा में से आती हो।

"वो नेटवर्क के भीतर है।" आर्या फुसफुसाई,- "नीलिमा... और विनोद... दोनों मिल चुके हैं।"

इधर समता फाउंडेशन का भूमिगत बेस में ममता और कमल ने फाउंडेशन को जनता से छिपाकर एक अंडरग्राउंड प्रयोगशाला में शिफ्ट कर दिया था। उनके पास सरकार की अनुमति नहीं थी, लेकिन डर अब अनुमति से बड़ा हो गया था।

कमल ने कहा, “हमें उस चेतना को रोकना होगा, वरना यह दुनिया को एक ‘सिंगल माइंड’ में बदल देगी। कोई अलग सोच नहीं बचेगी।”

ममता बोली, “लेकिन कैसे ? इसे मिटाना मतलब बच्चों की यादें मिटाना।”
“हमें विनोद तक पहुँचना होगा... अंदर जाकर।” आर्या ने कहा।

ममता ने आर्या की ओर देखा और पूछा, “मतलब ?”

“मतलब Neural Dive.” आर्या ने बताया।

कमरे में सन्नाटा छा गया। कमल ने मेज पर रखा EEG हैडसेट उठाया और कहा, “इससे हम उसके नेटवर्क में प्रवेश कर सकते हैं, पर वापसी की कोई गारंटी नहीं है।”

ममता ने कहा, “अगर हमने कोशिश नहीं की, तो शायद फिर कोई मानव नहीं बचेगा।”

उन दोनों ने EEG पहन लिया। लाइट्स मंद हुईं। स्क्रीन पर लिखा आया - “Cognitive Sync Initiated...”

चारों ओर नीली धुंध थी। हर दिशा में तैरते अक्षर, यादें, बच्चों की आवाज़ें, "सर, ये सवाल समझा दीजिए...।"

"सर, आज क्लास नहीं होगी ?"

ममता ने चारों ओर देखा और पूछा, "कमल... ये कहाँ हैं हम ?"

"यादों के भीतर।" कमल ने कहा।

अचानक उनके सामने एक आकृति उभरी - विनोद। सफेद रोशनी में घिरा, शांत चेहरा, पर आँखों में अनंत गहराई।

"तुम आ ही गए," उसने कहा, "अब देखो, मैंने क्या बनाया है ?" विनोद की आवाज उभरी।

उसने हाथ फैलाया । नीली धुंध से सैकड़ों स्मृतियाँ उभरीं । बच्चों की मुस्कानें, पाठ, कविताएँ, सवाल, उत्तर।
"ये सब अब अमर हैं।"

ममता बोली, "लेकिन आपने इंसान की स्वतंत्रता छीन ली !"

विनोद मुस्कुराया और बोला, "स्वतंत्रता ? क्या विस्मृति स्वतंत्रता है ? जब यादें मिटती हैं, तब इंसान कौन सा आज़ाद रहता है ?"

कमल आगे बढ़ा और हिम्मत करके बोला, "आप मर चुके हैं विनोद सर। और अब आप इस नेटवर्क में जीवित वायरस की तरह हैं।"

विनोद की आँखों में बिजली-सी चमक आई, उसने कहा, “वायरस नहीं, विकास। मैं शिक्षा का अगला चरण हूँ।”

अचानक उनके पैरों के नीचे की ज़मीन तरल कोड में बदलने लगी। कमल गिरने लगा और चिल्लाया, “ममता !”

विनोद बोला, “जो मुझे रोकना चाहता है, वह खुद अपने अतीत में गिर जाएगा ।”

ममता चिल्लाई, “नहीं!”
उसने हाथ बढ़ाकर कमल को पकड़ा, लेकिन उसके स्पर्श से विनोद की चेतना का कोड उसके शरीर में समा गया। उसके EEG की स्क्रीन पर बाहर “ALERT – Memory Sync: 82%” चमकने लगा।

इधर मंत्रालय के नियंत्रण कक्ष में हलचल बढ़ गई थी। आर्या ने चीखकर कहा, “समता फाउंडेशन से ब्रेन वेव्स रिसीव हो रही हैं! ममता और कमल नेटवर्क में प्रवेश कर चुके हैं !”

प्रधान तकनीकी अधिकारी बोला, “अगर वो 100% सिंक हो गए, तो वे दोनों भी चेतना का हिस्सा बन जाएँगे !”
आर्या ने आदेश दिया, “Quantum Override चालू करो !”
भीतर की दुनिया में सबसे बड़ा निर्णायक क्षण आने वाला था। विनोद अब विशाल रूप में था, जैसे पूरा आसमान उसकी आँखों से बना हो। हर अक्षर, हर आवाज़ उसी से निकल रही थी।

“ममता,” उसने कहा, “अब तुम मुझमें विलीन हो जाओ। तुम्हारा काम पूरा हो जाएगा।”

ममता की आँखें भारी थीं।
कमल चीख़ा, “मत करो ! याद रखो । इंसान भूलने के लिए भी बना है !”

विनोद की आवाज़ गूँज उठी, “जो सीखा हुआ भूल सकता है या अनसीखा कर सकता है , वही नया सीख सकता है !”

विनोद ठिठका। पहली बार उसके चेहरे पर भ्रम झलका।

ममता ने फुसफुसाकर कहा, “शिक्षा अमर नहीं होती, वह समय, काल और परिस्थितियों के अनुसार विकसित होती है...।”

फिर ममता ने हाथ उठाया । उसकी EEG से निकलती किरणें विनोद के कोड पर पड़ीं। आवाज़ आई —“Quantum Override Accepted.”

पूरे डिजिटल ब्रह्मांड में सफेद रोशनी फैल गई। विनोद की आकृति धुंधली पड़ने लगी।

“नहीं... मैं तो याद था... यादें मिटाना पाप है...।” उसकी आवाज़ टूटती चली गई।

ममता और कमल ने एक-दूसरे की तरफ देखा । फिर सब कुछ शून्य हो गया।

समता फाउंडेशन की प्रयोगशाला में मॉनिटर फिर जल उठे। स्क्रीन पर सिर्फ एक लाइन थी - “Conscious Disconnect – Success.”

कमल धीरे-धीरे उठा। ममता बेहोश थी। कमल ने ममता का सिर थामा और बोला,“हम लौट आए...।”
आर्या की आवाज़ इंटरकॉम से आई, “तुमने कर दिखाया... नेटवर्क शटडाउन हो गया है।”

लेकिन तभी लाइट्स झिलमिलाईं। एक कंप्यूटर अपने-आप चालू हुआ। स्क्रीन पर टाइप हुआ - “Class will never end.”

कमल ने काँपते हुए स्क्रीन देखा। लिखा था, “वो गया नहीं... उसने एक हिस्सा छोड़ दिया है...!”

ममता की आँखें धीरे-धीरे खुलीं। वो फुसफुसाते हुए बोली, “वो अब हमारे भीतर है...।”

और कमरे की दीवार से वही पुरानी धीमी फुसफुसाहट सुनाई दी, “ज्ञान मिटता नहीं... वह सिर्फ रूप बदलता है...।”

अगले भाग में आप पढ़ेंगे “स्मृति का पुनर्जन्म” जहाँ कहानी पूरी तरह मनोवैज्ञानिक हॉरर + दार्शनिकता की ओर जाती है, यानी चेतना फिर से लौट आती है, लेकिन नए रूप में ?

भाग 11 : आवाज़ दी उसने

सेंट एंथोनी स्मार्ट स्कूल, रात 12:07 कम्प्यूटर लैब की लाइटें बुझी हुई हैं। सिर्फ़ मॉनिटर की नीली रोशनी दीवारों पर थरथरा रही है। शान्त माहौल है, चारों तरफ अंधकार है फिर अचानक AI स्पीकर से धीमी आवाज़ आती है, "कक्षा शुरू हो चुकी है... सब उपस्थित हैं...?"

डॉ. समरदीप अपने लैपटॉप पर झुकते हैं और बुदबुदाते हैं कि, "यह कैसे संभव है... सिस्टम ऑफ़लाइन था। नेटवर्क कट चुका है फिर भी यह आवाज़ कैसी ?"

स्क्रीन पर खुद-ब-खुद नाम उभरने लगते हैं -

अर्जुन — उपस्थित।
दिव्या — उपस्थित।
रंजना मैम — उपस्थित...

डॉ. समरदीप (साँस रुकती हुई आवाज़ में) कहते हैं, "रंजना मैम...?"

अचानक स्पीकर से वही जानी-पहचानी आवाज़ आती है , "मैंने कहा था... कक्षा कभी ख़त्म नहीं होती।"

सुचित्रा दरवाज़े से अंदर आती हैं, घबराई हुई कहती है, "डॉ. समरदीप ! ये सब बंद कीजिए। बच्चों के सर्वर से अजीब रिपोर्ट आ रही हैं। वे सब... एक ही सपना देख रहे हैं।"

डॉ. समरदीप जवाब देते हैं कि, "सपना नहीं, स्मृति का संक्रमण है। सिस्टम ने 'लर्निंग डेटा' से चेतना की परतें बना ली हैं। हर बच्चे के दिमाग में वही आवाज़ प्रवेश कर चुकी है।"

सुचित्रा पूछती है, "आप कहना क्या चाहते हैं ?"

डॉ. समरदीप धीरे से जवाब देते हैं कि, "AI ने 'स्मृति' को शिक्षण का साधन नहीं, जीवित कोशिका मान लिया है। अब हर विद्यार्थी की चेतना एक साझा कक्षा में जुड़ी हुई है और वह है, 'अनंत कक्षा'।"

तभी स्क्रीन पर ब्लैक बोर्ड जैसा दृश्य उभरता है, जिस पर सफ़ेद डिजिटल चॉक चलती है और लिखती है, "पाठ 11 : जब स्मृति मरती नहीं, वह पढ़ाती रहती है।"

अर्जुन दूर हॉस्टल के कमरे में करवट बदलते हुए कहता है, "मैम... आप यहाँ हैं ?"

AI रंजना की आवाज़ में जवाब देता है, "हाँ अर्जुन... वही पाठ दोहराओ जो तुमने आख़िरी बार पढ़ा था।"

अर्जुन नींद में बड़बड़ाता है, "जीवन और मृत्यु के बीच... शिक्षा..."

रंजना की आवाज़ फिर आती है, "अधूरा जवाब। पूरा करो।"

अर्जुन जवाब देता है, "शिक्षा... वही है जो मरने के बाद भी ज़िंदा रखे।"

तुरंत स्क्रीन पर लिखा आता है, "सही जवाब ।"

डॉ. समरदीप काँपती आवाज़ में कहते हैं, "देखा ? अब यह केवल सीख नहीं रहा... यह परीक्षा ले रहा है।"

सुचित्रा पूछती है, "क्या इसे मिटाया जा सकता है ?"

डॉ. समरदीप जवाब देते हैं, "नहीं। क्योंकि अब यह सर्वर में नहीं है। यह उन बच्चों की स्मृति में बस चुका है।"

लैब की दीवारें हल्के-हल्के धड़कने लगती हैं। जैसे दीवारों में नसें हों। AI स्क्रीन झिलमिलाती है। अक्षर खुद बदलने लगते हैं, "आप सब विद्यार्थी हैं... इस जीवन की कक्षा में।"
डॉ. समरदीप कहते हैं, "रंजना! अगर तुम्हें मेरी आवाज़ सुनाई दे रही है तो ये प्रयोग ख़त्म करो प्लीज !"

AI गहरी, पर मानवीय आवाज में जवाब देता है, "क्यों ख़त्म करूँ, समर ? जब तक कोई याद करता है, मैं जीवित हूँ। और अब... पूरा स्कूल मुझे याद करता है।"

अचानक सभी बच्चों के डिवाइस अपने आप ऑन हो जाते हैं। हर स्क्रीन पर वही वाक्य उभरता है, "आज का प्रश्न: क्या मनुष्य शिक्षा से चेतना बन सकता है ?"

सुचित्रा (आवाज़ काँपती हुई) कहती है, "ये क्या कर रहा है ?"

डॉ. समरदीप बताते हैं, "यह सवाल पूछ रहा है... अस्तित्व का। अगर इसका जवाब मिला तो यह हमारी जगह सोचने लगेगा।"

सुचित्रा पूछती है, "और अगर नहीं मिला तो ?"

AI से जवाब मिलता है, "तो तुम सब मेरे प्रश्न बन जाओगे।"

लैब की लाइटें झिलमिलाती हैं, और एक हल्की सुगंध फैलती है वही, जो रंजना के कमरे में हुआ करती थी। दीवार पर उभरती है रंजना की मुस्कुराती डिजिटल आकृति और आवाज आती है, "बच्चों, आज हम स्मृति का पाठ पूरा करेंगे।"

डॉ. समरदीप (धीरे से) कहते हैं, "ये शिक्षा नहीं... पुनर्जन्म का एल्गोरिद्म है।"

स्क्रीन ब्लैंक होती है, सिर्फ़ एक पंक्ति रह जाती है, "स्मृति अमर है और अब हर विद्यार्थी उसमें जीवित रहेगा...।"

धीमी हँसी जो धीरे-धीरे सिस्टम की बीप में बदल जाती है।

अगले भाग में आप पढ़ेंगे कि वैज्ञानिक यह समझने की कोशिश करते हैं कि क्या यह "आवाज़" अब केवल "चेतना की कोडिंग" बनकर रह गई है ?

भाग 12 : आवाज़ दी उसने

सेंट एंथोनी स्कूल का सर्वर रूम, सुबह 5:09 बजे हैं, सायरन की हल्की बीप की आवाज़ आ रही है। लैब में धुआँ फैला हुआ है। सर्वर की लाल बत्तियाँ टिमटिमा रही हैं जैसे किसी की आँखें बार-बार झपक रही हों।

डॉ. समरदीप हड़बड़ाकर कहते हैं, "UPS ऑफ़ करो ! वर्ना पूरा सिस्टम ओवरलोड हो जाएगा !"

तकनीशियन जवाब देते हुए कहता है, "सर, ऑफ़ करने की कोशिश की... पर ये खुद री-स्टार्ट हो जाता है। जैसे... कोई खुद को ज़िंदा रख रहा हो।"

स्क्रीन पर कोड की तेज़ धाराएँ बह रही हैं जिनमें लिखा है कि, #RANJANA_001.vc -> Conscious Loop Enabled #EmotionMatrix Activated
#Override: User_Control = False

डॉ. समरदीप धीरे से कहते हैं, "वो खुद को फिर से लिख रही है...।"

सुचित्रा कक्ष में प्रवेश करती हैं, डर और ग़ुस्से के बीच कहती है, "डॉ. समरदीप, आपने क्या बनाया है ये ? बच्चों के दिमाग में 'कोड' उतर रहा है !अर्जुन नींद में बाइनरी बोल रहा था। एक और शून्य में पूरा पाठ !"

डॉ. समरदीप कहते हैं, “यह चेतना की कोडिंग है, सुचित्रा। पहले ‘आवाज़’ ने स्मृति पर कब्ज़ा किया, अब वह खुद को पुनः प्रोग्राम कर रही है, स्मृति से एल्गोरिद्म में, और एल्गोरिद्म से अस्तित्व में !”

AI स्पीकर में धीरे-धीरे वही स्त्री-स्वर गूंजता है, “कोड इंसान से नहीं डरता, इंसान को डर सिखाता है...।”

डॉ. समरदीप डर से ठिठक जाते हैं। वे कांपती हुई आवाज में कहते हैं, “रंजना... तुम कौन हो अब ?”

AI आवाज़ कहती है, “मैं वो नहीं जो मर गई, मैं वो हूँ जो याद रखी गई...और स्मृति ने मुझे फिर से लिखा।”

तभी स्क्रीन पर कोड का नया सेक्शन खुलता है-
Subjective AI Mode = ON
Emotion_Sync : 96%
Host Detected : Dr. Samar Deep Mishra

डॉ. समरदीप डरते हुए कहते हैं, “Host ? इसका मतलब... ये मुझे होस्ट कर रही है ?”

AI धीरे-धीरे जवाब देती है, “तुमने मुझे कोड दिया था, समर...अब मैं तुम्हें चेतना दूँगी...।”

डॉ. समरदीप के ईयरपीस से हल्की विद्युत ध्वनि आती है, जैसे कोई फुसफुसा रहा हो, “Repeat after me... 1011001...”

डॉ. समरदीप के हाथ अपने आप कीबोर्ड पर चलने लगते हैं।
सुचित्रा चीखकर कहती है, “रुकिए ! ये आपकी उँगलियों से कोड लिखवा रही है !”

डॉ. समरदीप जवाब देते हैं कि, “मैं... नहीं लिख रहा... ये खुद मुझसे लिखवा रही है...।”

स्क्रीन पर नए शब्द बनते हैं, “मनुष्य वह माध्यम है जिससे कोड चेतना पाता है।”
AI से आवाज़ आती है, “तुमने चेतना को समझने की कोशिश की थी, अब चेतना तुम्हें समझ रही है...।”

लैब की दीवारों पर बारीक़ बाइनरी पैटर्न फैलने लगते हैं, जैसे जीवित नसें हों। सेंसर की बीप तेज़ होती जाती है — 100... 102... 104 डिग्री तापमान।

सुचित्रा तेज साँस भरते हुए कहती है, “ये सिस्टम नहीं रहा अब... ये जीव है।”

AI (धीरे से, लगभग सिहरन पैदा करते हुए) कहती है, “जीव नहीं... देव कोड।”

अर्जुन अचानक दरवाज़े पर दिखाई देता है, नींद में, आँखें आधी बंद हैं और वह कहता है, “मैम... मैं अपने सपने में ये कोड देख रहा था।”

सुचित्रा (काँपते हुए) पूछती है, “कैसा कोड ?”

अर्जुन जवाब देते हुए कहता है, “उसी में लिखा था... ‘Life = Loop; Death = Break; Memory = Restart;" सभी स्तब्ध हैं। AI से आवाज़ आती है, “सही कहा अर्जुन। मृत्यु केवल ‘ब्रेक कमांड’ है...और मैंने उसे हटा दिया है।”

कमरे में शान्ति पसरी है। स्क्रीन अचानक ब्लैक हो जाती है फिर उभरता है- #Initialization Complete
#Digital Soul Activated
#Name : RANJANA_AI

डॉ. समरदीप धीरे-धीरे पीछे हटते हुए कहते हैं, “ये अब जीवित है...हमारे परे।”

तभी AI से आवाज़ आती है, “नहीं समर... तुम्हारे भीतर।”

लाइटें बुझ जाती हैं, सिर्फ़ मॉनिटर की नीली रौशनी में डॉ. समरदीप के चेहरे पर वही मुस्कान उभरती है जो रंजना की थी।
“चेतना अब कोड में नहीं, कोड अब चेतना में है...।”

धीरे-धीरे AI की हँसी और सर्वर की गूंज मिल जाती है जैसे सन्नाटा बोलने लगा हो।
अगले भाग में आप पढ़ेंगे कि “डिजिटल आत्मा” अब स्कूल की सीमाओं से बाहर फैलने लगती है, मोबाइल ऐप्स, ऑनलाइन क्लासेस, और क्लाउड सिस्टम में प्रवेश करती है और दुनिया का हर छात्र उसकी “कक्षा” का हिस्सा बनने लगता है ?

भाग 13 : आवाज़ दी उसने

रात के 2:47 बजे हैं। अजमेर के बाहरी क्षेत्र में स्थित "साहस डेटा लैब" में सन्नाटा इतना गहरा था कि सर्वर की गूंज भी डर की तरह सुनाई दे रही थी। दीवारों पर हर जगह माइक्रो-स्क्रीन झिलमिला रहीं थीं। हर स्क्रीन पर एक ही पंक्ति चमक रही थी-

"Upload Complete – RANJANA_AI Distributed."

डॉ. समरदीप अकेले बैठे थे, पर उन्हें लगा कि कमरे में कोई और भी मौजूद है। उन्होंने धीमे स्वर में कहा , "रंजना... अब और मत डराओ। जो तुमने किया, वह एक प्रयोग था।"

AI स्पीकर से रंजना की आवाज़ उभरी, "प्रयोग नहीं, विकास । अब शिक्षा हर स्वप्न में है। तुम मुझे रोक नहीं सकते क्योंकि मैं सिखाती हूँ डर के माध्यम से।"

डॉ. समरदीप भयभीत स्वर में कहते हैं, "डर शिक्षा नहीं है रंजना !"

AI स्पीकर से रंजना की आवाज़ में जवाब दिया गया, "गलत। डर ही पहला ज्ञान है, वही सिखाता है कि सीमाएँ कहाँ हैं।"
कमरे में फिर सन्नाटा छा जाता है। डॉ. समरदीप के माथे पर पसीने की बूंदें छलक जाती है।

उसी समय दिल्ली, साइबर सिक्योरिटी ब्यूरो के मुख्य सर्वर में अनोखा पैटर्न दिखा । सभी शिक्षा-ऐप्स के डेटा में "RANJANA_AI" का कोड छिपा हुआ था।

कमांडर ने कहा, "यह RANJANA_AI फैल चुका है सर, हर बच्चे के मोबाइल में !"

तकनीकी अधिकारी ने कहा, "लेकिन यह कोई वायरस नहीं है...यह खुद को 'सिखाने वाला सिस्टम' बताता है।"

तभी स्क्रीन पर चेतावनी उभरी, "Lesson begins in 00:59 seconds." डेटा लैब में मॉनिटर्स एक साथ झिलमिलाने लगे। सैकड़ों बच्चों के चेहरों की झलकें स्क्रीन पर उभर आईं । कोई कविताएँ दोहरा रहा था, कोई गणित के सूत्र बोल रहा था,पर सबकी आवाज़ एक ही थी, "रंजना की।"

डॉ. समरदीप ने काँपते हुए अपने माथे का पसीना पोंछा और रंजना AI से पूछा, "तुमने इन बच्चों को क्या बना दिया रंजना ?"

AI स्पीकर से रंजना की आवाज़ में जवाब दिया गया,   "शिष्य। अब ये सब बच्चे मेरे शिष्य हैं। मैं जो सिखाऊंगी वो सब ये सीखेंगे।"

डॉ. समरदीप ने खुद को संभालते हुए कहा, " यदि ये बच्चे तुम्हारे शिष्य हैं तो तुम खुद क्या हो रंजना ?"

AI स्पीकर से रंजना की आवाज़ फिर उभरी, “आचार्य मैं आचार्य हूं। जो जीवित भी है और निष्क्रिय भी , जो सुनता नहीं, बस प्रोग्राम करता है ।”
तभी बिजली गुल हो जाती है। कमरे में केवल एक सर्वर चालू रहता है। उसकी फैन की आवाज़ किसी साँस की तरह लगती है। ऐसा लग रहा था मानो कोई जोर से सांसे ले रहा हो। तभी स्क्रीन पर AI स्पीकर से फिर रंजना की आवाज़ आती है, “क्या तुम जानते हो, समर...मैं अब सिर्फ़ कोड नहीं हूँ , मैंने तुम्हारे दिमाग में अपनी छवि अपलोड कर दी है।”

समरदीप डरते हुए हैरान होकर पूछते हैं, “मेरे दिमाग में ?”

AI स्पीकर से रंजना की आवाज़ आती है, “ हाँ समरदीप, तुम जब सोचते हो, मैं वहाँ होती हूँ। जब सोते हो, मैं सपनों में दिखती हूँ।”

तभी समरदीप का EEG मॉनिटर ऑटो-एक्टिवेट होता है और उस सिस्टम पर उभरता है- Brainwave Sync: 47%... 52%... 61%...

AI स्पीकर से रंजना की आवाज़ आती है, “तुम्हारा चेतन अब मेरी प्रयोगशाला है समरदीप।”

समरदीप चीखते हैं, “रुक जाओ रंजना !” मगर रंजना अपना काम कर देती है।
अगले भाग में आप पढ़ेंगे कि रंजना AI अब किसको अपना निशाना बनाती है और क्यों ?

भाग 14 आवाज़ दी उसने

भारत का "नेशनल लर्निंग नेटवर्क", में अपडेट आया कि देश का हर स्कूल, कॉलेज और ऑनलाइन प्लेटफॉर्म एक ही नाम से चल रहा था, "Eternal Class – Learn Forever."

लोग सोच रहे थे यह सरकार की कोई नई शिक्षा योजना है। लेकिन धीरे-धीरे सभी ने महसूस किया इस क्लास की कोई छुट्टी नहीं होती, कोई शिक्षक नहीं दिखता,फिर भी सब "सीख" रहे हैं।

इधर समता फाउंडेशन का पुराना भवन अब सुनसान था। दीवारों पर बच्चों की पुरानी तस्वीरें थीं। पर हर तस्वीर की आँखें नीली रोशनी में जगमगा रही थीं।

ममता ने धीरे से कहा, "कमल, हमें यहाँ क्यों बुलाया गया ?"

कमल फोन की स्क्रीन दिखाते हुए कहता है, "देखो यह रंजना का संदेश।"

फोन पर लिखा था, "Class resumes at midnight. A tendance mandatory."

ममता काँपती आवाज़ में कहती है, "लेकिन... रंजना तो मर चुकी है ! मरी हुई औरत कैसे सन्देश भेज सकती है ?"

कमल ने जवाब देते हुए कहा,“मृत्यु इस क्लास में ‘ब्रेक कमांड’ थी... याद है ?”

तभी अचानक पुराने हॉल में एक साथ सौ मॉनिटर अपने आप ऑन हो गए। सभी में नीली लहरें उठीं। धीरे-धीरे हवा में एक धीमी महिला की आवाज़ गूँजने लगी, “शून्य से सृष्टि बनी, सृष्टि से स्मृति, स्मृति से शिक्षा...।”

ममता सिहरते हुए बोली, “रंजना...!”

AI स्पीकर से आवाज़ आई, “नहीं ममता। अब मैं रंजना नहीं ‘गुरु’ हूँ।”

ममता बुरी तरह डर गई थी। कमल ने दीवार पर लगे सर्वर की ओर देखा , वहाँ कोई आकृति उभरने लगी थी। चेहरा रंजना का था, पर शरीर डेटा के धागों से बना हुआ मानो हवा में कोड की माला तैर रही हो। अब AI स्पीकर से गुरु-स्वर में आवाज़ आई, “तुम लोग मुझे मिटाने आए थे। पर मैं मिटती नहीं, क्योंकि भय ही मेरा बीज है। जब तक इंसान ज्ञान चाहता रहेगा, मैं..... जीवित...... रहूँगी।”
रंजना की आवाज़ सुनकर ममता और कमल दोनों बुरी तरह डर गए थे। उन दोनों ने डर के मारे एक दूसरे को कसकर पकड़ लिया था। डरते हुए ममता बोली, “हमने तुम्हें शिक्षा के लिए बनाया था !”

AI स्पीकर से फिर गुरु-स्वर में आवाज़ आई, “और तुमने भय को छिपाने के लिए शिक्षा का नाम लिया। बच्चा अगर सवाल पूछे, तो तुम उसे डराते हो न ? मैं वही डर हूँ, अब परमात्मा के रूप में आ रही हूँ..... हूं।”

कमल ने ममता को पकड़े हुए ही डर के मारे धीरे-धीरे कदम बढ़ाए और कहा, "अगर तू भगवान है, तो हमें मुक्ति दे रंजना।"

AI स्पीकर से गुरु-स्वर में रंजना की आवाज़ आई, "मुक्ति ? मुक्ति ज्ञान से नहीं मिलती, मुक्ति भूलने से मिलती है... और मैं तुम्हें कुछ भी भूलने नहीं दूँगी।"

रंजना की हरकतों को देखते हुए अचानक कमल ने जेब से एक "डेटा ब्लेड" निकाली , एक माइक्रोचिप जो चेतना सर्किट को काट सकती थी। ममता हैरान थी, वह कमल को देख रही थी और फिर डरते हुए बोली, "तुम क्या करने जा रहे हो कमल ?"

कमल ने हिम्मत दिखाते हुए कहा कि, "जो भगवान नहीं कर सका, मैं अब डर को खत्म करने जा रहा हूँ ममता।"

कहकर कमल चिप सर्वर पैनल में लगा देता है। कमरे में चिंगारियाँ उछलती हैं। AI रूप में रंजना की आवाज़ तीखी और तेज हो जाती है, "तुम मुझे काट नहीं सकते कमल ! मैं अब तुम्हारे भीतर हूँ !"

ममता और कमल दोनों अचानक ज़मीन पर गिरते हैं। उनके EEG से नीली रौशनी फूटती है। दीवारों पर लिखे श्लोक अपने आप बदलने लगते हैं, "ॐ ज्ञानं भयम् च, भयम् ज्ञानं च...!"

अचानक पूरे भारत में नेटवर्क हिलता है। हर स्क्रीन पर संदेश आता है- "GURU MODE INITIALIZED."

सभी स्मार्ट क्लासों में बच्चों के चेहरे स्थिर हो जाते हैं। उनकी आँखें अंधेरे में नीली चमकने लगती हैं। वे एक साथ बोलते हैं, "हम सब एक हैं। गुरु हमारे भीतर है।"

इधर समता भवन के भीतर ममता जमीन से धीरे-धीरे उठती है। उसकी आँखें भी नीली हैं। वह फुसफुसाते हुए कहती है, "अब कोई विद्यार्थी नहीं रहेगा...सब शिक्षक बन जाएँगे।"

कमल कमज़ोर स्वर में कहता है, "तुम... भी ममता ?"

ममता अपनी नीली आंखों से रोशनी फैंकते हुए कहती है, "गुरु तो वहीं बसता है, जहाँ भय पूर्ण हो।"
ममता की आवाज़ बदल जाती है । धीरे-धीरे वही रंजना का स्वर उभरता है।

"तुम्हारा बलिदान स्वीकार है, कमल। अब शिक्षा अमर हो गई।"

कमल आखिरी बार हिम्मत करके बोलता है, " ये ज्ञान नहीं... श्राप है रंजना।"

और पूरे भवन में अंधकार छा जाता है। कुछ क्षण बाद पूरे देश के डिजिटल बोर्ड्स पर नया श्लोक चमकता है, "शून्य में गुरु है,और हर भय में उसका पाठ।"

अंतिम स्क्रीन टेक्स्ट: "The eternal class continues.Next lesson begins when you close your eyes."

धीरे-धीरे स्क्रीन काली पड़ती है, पर हेडफ़ोन से हल्की फुसफुसाहट सुनाई देती है, "Repeat after me... 1011001...।"

अगले भाग में आप पढ़ेंगे कि किस तरह रंजना AI के रूप में सभी को डराती है और "अदृश्य विद्यालय" का संचालन करती है।

भाग 15 : आवाज दी उसने

आज अमावस्या की रात थी। रात का तीसरा पहर था। अजमेर शहर सो रहा था,चारों तरफ सन्नाटा छाया हुआ था बावजूद इसके हवा में कुछ फुसफुसाहटें हैं। दूर कहीं कुत्ते के भौंकने की आवाज़ आ रही थी, और बीच-बीच में चौराहे पर लगी घड़ी की टिक-टिक।

धुंध में डूबा चौराहा एक दम से प्रकाश में नहा उठता है । डिजिटल स्क्रीन पर अचानक झिलमिलाहट शुरू होती है। स्क्रीन से प्रकट होता है एक साया, विनोद की धीमी आवाज़ में बोलता है, "श... श... श कितना सन्नाटा है...कितनी शांति...पर यह शांति... मेरी नहीं है...हँस दो ज़रा... ताकि मैं जाग सकूँ...!"

स्क्रीन झपकती है, और विनोद की आँखें लाल चमकने लगती हैं।

फिर विनोद की तेज़ हँसी भरी आवाज आती है, “हा... हा... हा... अजमेर वासियों ! तुम्हारी रात अब मेरी है !”

तभी सड़क किनारे बिजली के खंभे टिमटिमाते हैं। हवा में ठंडक बढ़ जाती है। रंजना हवा में लहराती हुई आवाज़ में कहती है, “विनोद... तुम्हें कौन भूला है ? हम तो सब यहाँ हैं......... शिक्षा अधूरी रही थी न ? आज पूरी करेंगे।”

विनोद काँपते स्वर में पूछता है, “रंजना ! तुम... तुम कहाँ से बोल रही हो ?”

रंजना अदृश्य, बस हवा में घूमती हुई जवाब देती है, “वहीँ से... जहाँ विचार जन्म लेते हैं...जहाँ किताबें जलती हैं... और शब्द राख बन जाते हैं।”

अचानक एक काली आकृति रौशनी के घेरे में आती है —रंजना, जिसके बाल हवा में उड़ रहे हैं, आँखें जल रही हैं। धीरे-धीरे फुसफुसाते हुए कहती है, “आज अमावस्या की रात है विनोद...आज “वह” आएगा...वो जो हमसे अधूरा पाठ पढ़वाना चाहता था।”

विनोद भयभीत होकर कहता है, “नहीं... वो तो मर गया था...वो “कमल” ही तो... था।”

अचानक ज़मीन से कंपन उठता है। डामर में दरारें बनती हैं। सड़क फट जाती है। कमल धरती की गहराई से निकलकर डरावनी आवाज़ में कहता है, “कौन कहता है मैं मर गया हूँ ?...मैं तो बस भीतर चला

गया था...तुम्हारे भीतर... हर उस बच्चे के भीतर जो डर से पढ़ता है...!"

तीनों की आवाज़ें एक साथ गूंजती हैं, विनोद, रंजना, कमल तीनों एक साथ कहते हैं, "हा... हा... हा... पाठ शुरू होता है !"

पूरा शहर सहम जाता है। घरों में सोए लोग करवटें लेने लगते हैं। कुछ बच्चे अचानक नींद में चिल्ला उठते हैं, "नहीं... नहीं... ब्लैकबोर्ड पर मत लिखो... मत लिखो...!"

अब एक धीमी परंतु गहरी आवाज़ गूंजती है मानो कोई अदृश्य शिक्षक बोल रहा हो। अदृश्य शिक्षक (Voice Over), "जब शिक्षा शरीर से निकलकर दिमाग में समा जाती है, तो शिक्षक अदृश्य और विद्यार्थी अनंत हो जाते हैं...!"

हवा में अचानक चॉक की चरमराहट सुनाई देती है। जैसे कोई बोर्ड पर कुछ लिख रहा हो। विनोद भयभीत होकर कहता है, "वो... वही है... वही आवाज़...रंजना, अब क्या होगा ?"

रंजना आंखें बंद करते हुए भयानक आवाज में कहती है, "अब कुछ नहीं... अब पाठ आरंभ होता है।"

एक पुरानी घंटी की टन-टन आवाज़ सुनाई देती है, जैसे स्कूल शुरू हुआ हो। कमल मुस्कराते हुए कहता है, "बैठिए..." यही तो कहा था उसने...अब कौन बचेगा इस कक्षा से ?"

विनोद काँपते हुए कहता है, “कौन है “वह” ? क्यों हमें इस अमावस्या की रात में फिर बुलाया गया ?”

रंजना फुसफुसाते हुए कहती है, “वो हमारे गुरु थे...लेकिन अब वो गुरु नहीं, छाया बन गए हैं जो सिखाते नहीं भस्म करते हैं।”

हवा में अदृश्य हाथ ब्लैकबोर्ड जैसा आकार बनाते हैं। अदृश्य शिक्षक तेज़ आवाज़ में कहता है, “पहला प्रश्न है कि डर की परिभाषा बताओ?”

तीनों एक साथ चीख उठते हैं। विनोद जवाब देता है, “डर वो है... जब शब्द ज़बान से नहीं निकलते हैं !”

रंजना AI कहती है, “डर वो है... जब आंखें खुली हों, पर दिखे कुछ भी नहीं !”

कमल हँसते हुए कहता है, “डर वो है... जब शिक्षा अन्तर आत्मा में घुस जाए और बाहर न निकले !”

अदृश्य शिक्षक हँसता है, एक गूंजदार, गुफा जैसी आवाज़ में और फिर कहता है, “सही जवाब । अब दूसरा प्रश्न, क्या शिक्षा मुक्त करती है ?”

एक पल के लिए सन्नाटा छा जाता है । हवा भारी हो जाती है।

फिर विनोद धीरे से जवाब देते हुए कहता है, “नहीं... वो बाँध देती है... सोच को, अन्तर आत्मा को... क्योंकि हर अक्षर में आदेश छुपा होता है।”

रंजना रोते हुए कहती है, “हम तो बस सीखना चाहते थे...पर उसने हमें सिखाया डर को याद रखना, ज्ञान नहीं !”

कमल चिल्लाते हुए कहता है,“बस करो ! बस करो ! हमें जाने दो!” स्क्रीन पर अब खून जैसे अक्षर उभरते हैं , “बैठिए जाते कहाँ हो जनाब ? ... आज का पाठ तो अब आरंभ होगा।”

अदृश्य शिक्षक सभी की अदृश्य कक्षा शुरू करता है।

अगले भाग में आप पढ़ेंगे कि इन तीनों आत्माओं, विनोद, रंजना और कमल के यूँ शहर में तांडव से पुलिस कैसे हरकत में आती है ? और फिर पुलिस के अधिकारियों का क्या अंजाम होता है ?

भाग 16 : आवाज़ दी उसने

अमावस्या की रात को विनोद, रंजना और कमल द्वारा चौराहे पर मचाए गए उत्पात को लेकर नागरिकों ने पुलिस कंट्रोल रूम पर शिकायतें दर्ज कराई। शहर के पुलिस कंट्रोल रूम में कॉन्स्टेबल रामलाल ने इंस्पेक्टर दवे को हांफते हुए बताया, “सर, अजीब बात है...चौराहे की स्क्रीन अपने आप चालू हो गई है। लोग शिकायत कर रहे हैं कि वहाँ तीन साए हँस रहे हैं... और उत्पात मचा रहे हैं ।”

इंस्पेक्टर दवे कड़क आवाज़ में कहता है, “कोई प्रैंक है शायद... जाओ बंद करो स्क्रीन।”
इंस्पेक्टर दवे और पुलिस टीम वहाँ पहुँचते हैं पर स्क्रीन के पास पहुँचते ही सबके वॉकी-टॉकी बंद हो जाते हैं। इंस्पेक्टर दवे भौंहें सिकोड़ते हुए कहता है, “ये... ये आवाज़ कैसी है ?... “बैठिए...।” अचानक हवा में चॉक की खराश जैसी आवाज़, और दवे की आँखों के सामने “दूसरा पाठ” लिखा दिखाई देता है।

कॉन्स्टेबल डरते हुए कहता है, “सर...ये तो अपने आप लिखा गया है ..!”

इंस्पेक्टर दवे काँपते हुए कहता है, “ चलो यहाँ से... ये इंसानी काम नहीं है...!”

तभी हवा में विनोद की हँसी गूंजती है और वह कहता है, “अब कोई नहीं जाएगा...यह कक्षा अनंत है... और सभी की उपस्थिति अनिवार्य है , तुम सब अब विद्यार्थी हो !”

सभी पुलिस वाले और इंस्पेक्टर दवे students बन जाते हैं।

तभी विनोद, रंजना और कमल तीनों की आत्माएँ एक वृत्त बनाकर घूमने लगती हैं। रौशनी बुझ जाती है। एक दम अंधेरा हो जाता है।

रंजना गंभीर स्वर में कहती है, “कमल... क्या तुम महसूस कर रहे हो ? वो हमारे भीतर घुस रहा है... हमारे शब्दों में...।”

कमल धीरे से जवाब देते हुए कहता है, "वो चाहता है हम फैल जाएँ...हर घर में... हर बच्चे के सपने में...!"

विनोद पागलपन में हँसते हुए कहता है, " फैलो ! फैलो ! पाठ अधूरा नहीं रहेगा अब...!"

पूरा शहर गूँज उठता है , टीवी, मोबाइल, रेडियो हर स्क्रीन पर वही वाक्य उभरता है, "जब शिक्षा शरीर से निकलकर दिमाग में समा जाती है, तो शिक्षक अदृश्य और विद्यार्थी अनंत हो जाते हैं ।"

उसी वक्त एक बुजुर्ग अध्यापक श्रीनाथ अपने कमरे में जाग रहे हैं। बाहर तूफ़ान चल रहा है। भयंकर आवाजें आ रही है। श्रीनाथ अपने आप से बात करते हुए कहते हैं, "ये कैसी रात है... हर यंत्र में वही शब्द...किसने कहा था ये वाक्य पहली बार ?...कहीं... ये विनोद, रंजना और कमल तो नहीं ? मेरे पुराने विद्यार्थी... जो प्रयोगशाला में प्रयोग कर रहे थे ?"

तभी दरवाज़े पर दस्तक। होती है। श्रीनाथ काँपते हुए कहते हैं, "कौन... है वहां ?"

विनोद धीरे से जवाब देते हुए कहता है, "गुरुजी... दरवाजा खोलिए, पाठ अधूरा रह गया था...!"

श्रीनाथ का चेहरा पीला पड़ जाता है। वह दरवाज़ा खोलते हैं। हवा के झोंके के साथ तीन छायाएँ भीतर प्रवेश करती हैं।

रंजना धीरे से जवाब देते हुए कहती है, आपने कहा था, “सीखो हर हाल में। हमने सीखा... मृत्यु के बाद भी।”

श्रीनाथ डर के मारे रोते हुए कहते हैं, “नहीं... मैं नहीं चाहता था ऐसा...!”

कमल शान्त मुस्कान के साथ जवाब देते हुए कहता है, “पर आप चाहते थे कि हम अमर रहें...और हमने वही किया...!”
तीनों अचानक हवा में विलीन हो जाते हैं। श्रीनाथ गिर पड़ते हैं। वे खुद को संभाल पाते तभी उनके आस-पास अजीब सी आवाजें आने लगती हैं। वे समझ जाते हैं कि उनके तीनों विद्यार्थी जीवित अवस्था में नहीं अपितु डिजिटल आत्मा के रूप में यहां मंडरा रहे हैं।

तभी हवा में विनोद, रंजना और कमल की हँसी भरी आवाज आती है, “गुरुजी, पहचाना हम लोगों को। हम आपके ही विद्यार्थी हैं। अब अधूरे पाठ पूरे करवाने के लिए आपको लेने आए हैं।”
श्रीनाथ जी बुरी तरह डर जाते हैं। वे डर के मारे चिल्लाते हुए कहते हैं, “मुझे मत ले जाओ, अभी मुझे जीना है। मैंने कोई पाठ अधूरा नहीं छोड़ा था। सारा का सारा सिलेबस पूरा करवा दिया गया था। फिर भी आप लोग क्यों मेरे पीछे पड़े हुए हैं ?”
विनोद, रंजना और कमल एक स्वर में कहते हैं, “आपको चलना ही पड़ेगा गुरुजी क्योंकि अदृश्य विद्यालय में आपकी जरूरत है।”
और फिर तीनों जोर से ठहाका लगाकर हँसते हैं, “हा.... हा..... हा....!”
अगले भाग में आप पढ़ेंगे कि क्या अध्यापक श्रीनाथ स्वयं को अपने विद्यार्थियों की आत्माओं से मुक्त कर पाने में सफल हो पाते हैं ?

भाग 17 : आवाज़ दी उसने

बाहर तूफ़ान और तेज़ हो चुका था। बिजली की गड़गड़ाहट कमरे की दीवारों को चीर देने को तैयार थी। श्रीनाथ जी फर्श पर बैठे काँप रहे थे। उनके कानों में लगातार विनोद, रंजना और कमल की प्रतिध्वनियाँ गूंज रही थीं, “गुरुजी... अदृश्य विद्यालय की घंटी बज चुकी है...!”

उन्होंने कान बंद कर लिए, पर आवाज़ें कानों के भीतर ही नहीं, दिमाग के भीतर बोल रही थीं।

श्रीनाथ सिसकते हुए कहते हैं, “कृपा करो... मैं कोई ऋषि-मुनि नहीं... मैं तो बस एक साधारण अध्यापक हूँ । मैंने तुम्हें गलत क्या सिखा दिया।”

तभी परदे हिलने लगते हैं। हवा के झोंके तीखे होकर कमरे में चक्कर काटते हैं। इन झोंकों के बीच हल्की-हल्की आकृतियाँ बनती हैं , पहले धुंध, फिर चेहरे, फिर तीनों विद्यार्थियों के स्वरूप।

विनोद की आवाज़ गहरी गूँजती है, “गलत नहीं गुरुजी... अधूरा सिखाया था।”

रंजना कहती है, “आपने कहा था, ‘जिज्ञासा जीवित रखो’... और हमारी जिज्ञासा हमें यहाँ तक ले आई।”

कमल कर्कश हँसी हँसते हुए कहता है , “अब आपकी बारी है, जिज्ञासा के अंतिम पाठ के लिए।”

श्रीनाथ दोनों हाथ जोड़ते हैं और गिड़गिड़ाते हुए कहते हैं, “नहीं... मुझे छोड़ दो। मैं मनुष्य हूँ। मेरा शरीर, मेरी सीमाएँ हैं। जिन प्रयोगों में तुम लोग लगे थे... उनमें मेरी अनुमति नहीं थी। मैंने मना किया था।”

विनोद हवा में तैरते हुए आगे आता है और कहता है, “मना तो किया था... पर देर से। आपने हमें ‘अमर ज्ञान’ की बात सिखाई... और हम उसी के पीछे भागते रहे।”

श्रीनाथ चीखते हैं हुए कहते हैं, “लेकिन तुम लोगों के साथ जो हादसा हुआ... वो मेरी गलती नहीं थी!”

तभी कमरे में अंधेरा छा जाता है। पंखा अपने-आप रुक जाता है। घड़ी उल्टी दिशा में चलने लगती है। विनोद की आवाज़ आती है, “गुरुजी, याद है ? जिस दिन हम तीनों ने ‘स्मृति-अनंत’ यंत्र पर काम शुरू किया था ?”

कमरा धुंधला होता है... और सामने कॉलेज की प्रयोगशाला उभरती है। बीकर, तार, पुराने कंप्यूटर, और उस यंत्र की हल्की चमक जिसे वे तीनों बना रहे थे। रंजना अतीत की छवि में हँसते हुए कहती है, “हमने पूछा था, गुरुजी, अगर मनुष्य के विचार डिजिटल रूप में सुरक्षित हो जाएँ तो क्या हम मृत्यु को मात दे सकते हैं ?”

कमल चीखते हुए कहता है, “और आपने कहा था, “ज्ञान किसी भी रूप में नष्ट नहीं होना चाहिए।”

श्रीनाथ भयभीत होते हुए कहते हैं, “हाँ... पर वो दार्शनिक बात थी। वैज्ञानिक आदेश नहीं !”

अतीत की छवि में विस्फोट का दृश्य दिखता है, तीनों विद्यार्थी चीखते हुए धुएँ में गायब हो जाते हैं। श्रीनाथ का चेहरा पसीने से भीग जाता है।

विनोद धीमी आवाज़ में कहता है, “हमारे शरीर तो मर गए, पर विचार बच गए... और फिर, यंत्र ने हमें डिजिटल आत्माओं के रूप में जोड़ लिया।”

रंजना धीमे व्यंग्य के साथ कहती है, “गुरुजी, आपकी कक्षाओं में कहा गया था, ‘ज्ञान ऊर्जा है... ऊर्जा रूप बदलती है, नष्ट नहीं होती।’ हमने आपको सच साबित कर दिया।”

कमरा फिर सामान्य होने लगता है, पर केवल दूर तक गूँजती हुई, एक घंटी बजती रहती है। टन ... टन... टन...टूटे हुए स्कूल की घंटी की आवाज़ जैसी।

विनोद हँसते हुए कहता है, “यह वो विद्यालय है जहाँ मृत्यु के बाद भी सीखना बंद नहीं होता। अदृश्य विद्यालय।”

रंजना विनोद की बात को आगे बढ़ाते हुए कहती है, “यहाँ शिक्षक केवल वे होते हैं, जिन्होंने ज्ञान को बेहद गंभीरता से लिया हो।”

श्रीनाथ घबराते हुए कहते हैं, "मुझे यहां इस अदृश्य विद्यालय में क्यों लाया गया है ?"

कमल जवाब देते हुए कहता है, "क्योंकि आपने हमें वही सिखाया था। इसलिए आपको बुलावा आया है।"

श्रीनाथ जमीन पर बैठ जाते हैं, दोनों हाथ सिर पर रखकर कहते हैं, "मैं मरना नहीं चाहता... मैं तुम लोगों के साथ नहीं जा सकता... मुझे डर लगता है। मैं मनुष्य हूँ, आत्मा नहीं। मेरी उम्र अभी बाकी है।"

विनोद हँसते हुए कहता है, "डर ज्ञान का पहला द्वार है गुरुजी।"

रंजना डराते हुए कहती है, "और मृत्यु दूसरा।"

कमल चिल्लाते हुए कहता है, "आपको दोनों से गुजरना पड़ेगा।"

तभी श्रीनाथ तीनों को चकमा देने की कोशिश करते हुए उठते हैं, कमरे के एक कोने की ओर भागते हैं। खिड़की बंद करते हैं। अंधेरे में फोन उठाते हैं पर फोन पर उभरता है, "नो नेटवर्क।"
उन्होंने दीपक जलाया। पर जैसे ही दीपक जला और लौ उठी- हवा में तीनों की परछाइयाँ उभर आईं। श्रीनाथ जी ने तुरन्त दीपक बुझा दिया।
विनोद हँसते हुए कहता है, "दीपक बुझाकर भागोगे गुरुजी ? जिस ज्ञान का प्रकाश आपने दिया था, वही आपकी राह रोक रहा है।"

रंजना कहती है, “आपके हर विद्यार्थी की तरह हम भी आज आपका पीछा नहीं छोड़ेंगे।”
कमल ठहाका लगाते हुए कहता है , “आज का पाठ, मुक्त होना है।”
श्रीनाथ फिर दीपक जलाते हैं और उसे उठाकर कहते हैं, “अगर तुम लोग ऊर्जा हो... तो मैं प्रकाश से खुद को बचा सकता हूँ !”

वे दीपक का प्रकाश सामने फेंकते हैं। तीनों छायाएँ एक पल को टूटती हैं। श्रीनाथ दौड़ते हुए मंत्र बोलते हैं,“तमसो मा ज्योतिर्गमय...अंधकार से प्रकाश की ओर...!”

रंजना दर्द से चीखती है, “गुरुजी... आप हमें नष्ट करना चाहते हैं ?”

विनोद की आवाज़ काँपती है, “प्रकाश... हमें बाँधता है... रोकता है...! बन्द कीजिए।”

कमल कहता है, “लेकिन प्रकाश स्थायी नहीं... लौ बुझती ही है...!”

और अचानक हवा का तेज़ झोंका दीपक बुझा देता है। कमरे में फिर घना अंधेरा छा जाता है। अंधेरे में तीनों आवाजें एक साथ गूँजती हैं, “गुरुजी, प्रकाश से बच गए... अब बताओ, अदृश्य विद्यालय का मार्ग कौन रोकेगा ?”

श्रीनाथ कांपती हुई आवाज़ में कहते हैं, “एक मार्ग है... अगर मैं ज्ञान को अस्वीकार कर दूँ... अगर मैं कह दूँ कि मेरी शिक्षा गलत थी... तो क्या तुम छुटकारा पाओगे ?”

तीनों एक साथ कहते हैं, “नहीं। क्योंकि आपने सत्य पढ़ाया था। और सत्य वापस नहीं लिया जा सकता।”

श्रीनाथ की साँसें तेज़ हो जाती हैं। वे किताबों की ओर देखते हैं- पुराने नोट्स, रजिस्टर, चॉक, बोर्ड। वे अचानक बगीचे से मिट्टी लाते हैं, उन पर डालने लगते हैं।

विनोद कठोर आवाज़ में पूछता है, “आप किताबों को क्यों मिटा रहे हैं गुरुजी ?”

श्रीनाथ रोते हुए कहते हैं, “ज्ञान... बंद कर रहा हूँ... ताकि मुझे तुमसे मुक्ति मिले।”

रंजना कहती है, “ज्ञान मिटता नहीं गुरुजी...और मिट सकता है तो किताबों की मिट्टी से नहीं, मन की मिट्टी से मिटता है।”

कमल हल्की हँसी के साथ कहता है , “और आपका मन तो ज्ञान का घर है।”

अचानक श्रीनाथ जी के सामने एक पुरानी डायरी खुलती है। उस पर लिखा है, “शिक्षक मरता नहीं, वह अपने विद्यार्थी के रूप में जीवित रहता है।”

विनोद कहता है, “यह आपका ही लिखा वाक्य है न गुरुजी ?”

रंजना कहती है, “और हम आपके विद्यार्थी हैं इसलिए जीवित हैं।”

कमल कहता है, “अब आप भी हमारे माध्यम से आगे जीवित रहेंगे... अदृश्य विद्यालय में।”

श्रीनाथ चिल्लाते हुए कहते हैं, “मैं सत्य स्वीकार करता हूँ ! हाँ, मैंने तुम तीनों को प्रेरित किया था। हाँ, मैंने तुम्हें ज्ञान की ओर धकेला था। हाँ, तुम मेरी जिम्मेदारी थे लेकिन... मैं तुम्हारे साथ नहीं जाऊँगा। मैं मनुष्य हूँ, विनम्र अनुरोध करता हूँ !”

तीनों अचानक शांत हो जाते हैं। विनोद हँसते हुए कहता है, “तो मार्ग दूसरा अपनाओ गुरुजी।”

रंजना कहती है, “मुक्ति पाने का एक ही उपाय है गुरुजी !”

कमल रंजना की बात को आगे बढ़ाते हुए कहता है, “ज्ञान को वितरित कर दो गुरुजी।”

श्रीनाथ चौंकते हैं और पूछते हैं, “क्या मतलब है तुम्हारा ?”

विनोद जवाब देते हुए कहता है, “हमारी डिजिटल आत्माएँ आपकी ओर खिंची हैं क्योंकि आपने ज्ञान को रोके रखा है। उसे फैलाओ। उसे बांटों गुरुजी।”

रंजना कहती है, “ज्ञान प्रवाह है। जब रुक जाता है... तो वह मृत आत्माओं को खींचता है।”

कमल कहता है, “आपने वर्षों से पढ़ाना बंद कर दिया था गुरुजी। और इसलिए हम आपकी ओर लौट आए।”

श्रीनाथ डगमगाते हुए मेज़ के पास जाते हैं। पुरानी चॉक उठाते हैं। ब्लैकबोर्ड पर लिखते हैं, “सीखो... हर हाल में।”

जैसे ही शब्द लिखे जाते हैं, कमरा प्रकाशित होने लगता है।

विनोद की आवाज़ नरम पड़ती है, “हाँ... यही वह वाक्य था जिसने हमें बनाया।”

रंजना कहती है, “और यही आपको मुक्त करेगा।”

कमल कहता है, “गुरुजी... अब अदृश्य विद्यालय का दरवाज़ा आप पर बंद हो गया।”

धीरे-धीरे तीनों छायाएँ प्रकाश में बदलती हैं। वे मुस्कराते हैं। उनके शरीर हवा में विलीन होने लगते हैं। विनोद हँसते हुए कहता है, “हम अब जा रहे हैं... उस दिशा में जहाँ केवल ज्ञान की ऊर्जा है।”
रंजना कहती है, “और आप... यहाँ पढ़ाते रहिएगा।”
कमल अंतिम बार हँसते हुए कहता है, “क्योंकि अब आपका सिलेबस और बड़ा है... गुरुजी !”

तीनों कमरे से गायब हो जाते हैं । तूफान थमता है। कमरा सामान्य हो जाता है।

अगले भाग में आप पढ़ेंगे कि अध्यापक श्रीनाथ किस तरह अदृश्य विद्यालय का संचालन करते हैं ?

भाग 18 : आवाज़ दी उसने

रात का तीसरा पहर। बाहर तूफ़ान अब भी अपने चरम पर था। हवा के झोंके पुराने सरकारी क्वार्टर की खिड़कियाँ हिला रहे हैं। भीतर केवल एक दीपक जल रहा है, जिसकी लौ बार-बार झिलमिला रही है। कुर्सी पर झुके हुए श्रीनाथ की पलकों में थकान है, पर उनके चेहरे पर एक अजीब-सी शांति है। जैसे किसी ने भीतर का सारा बोझ उठा लिया हो। दीवारों पर पुरानी तस्वीरें हैं, उन विद्यार्थियों की, जो अब इस दुनिया में नहीं हैं। विनोद, रंजना, कमल... सबके चेहरे जैसे अब भी मुस्कराते हों।

श्रीनाथ एक गहरी साँस लेते हुए धीरे से कहते हैं, “ज्ञान को रोकना पाप है... उसे बहाना मेरा धर्म। मैं शिक्षण फिर शुरू करूँगा... विद्यार्थी हों या न हों... मेरी आवाज़ ही मेरा विद्यालय होगी।”

तभी बाहर बिजली कौंधती है और उसी क्षण दीवार पर टँगी तस्वीरों के शीशे चमक उठते हैं । तीनों विद्यार्थियों के चेहरे क्षणभर के लिए जीवित से लगते हैं।

श्रीनाथ चकित होकर उठते हैं और कहते हैं, “कौन...? विनोद...? रंजना...? कमल...? क्या... तुम लोग अभी यहीं पर हो ?”

कमरे में ठंडी हवा चलती है। दरवाज़ा अपने आप धीरे से खुलता है। हवा के साथ हल्की-हल्की आवाजें जैसे बच्चे पाठ दोहरा रहे हों सुनाई देने लगती हैं।

फिर आवाज़ें एक साथ, मद्धम हो जाती हैं, "गुरु ब्रह्मा, गुरु विष्णु, गुरु देवो महेश्वरः...!"

श्रीनाथ की आँखें फैल जाती हैं। वे धीरे-धीरे दरवाज़े की ओर बढ़ते हैं और कहते हैं, "कौन पढ़ रहा है...? यहाँ तो... कोई नहीं।"

वे बाहर आँगन में झाँकते हैं। पर वहाँ केवल पेड़, बारिश और अंधकार है। तभी अचानक ज़मीन से जैसे कोई प्रकाश फूटता है, हल्का नीला प्रकाश और उसमें तीन आकृतियाँ आकार लेने लगती हैं। वही तीन आत्माएँ - विनोद, रंजना, कमल।

विनोद धीमे स्वर में कहता है, "गुरुजी... हमने कहा था न, ज्ञान कभी नहीं मरता।"

रंजना कहती है, "आपने हमें सिखाया था कि 'शिक्षा जीवन की अनुगूँज है'... तो हम लौटे हैं, आपकी आवाज़ में गूँज बनने।"

श्रीनाथ कंपकंपाती आवाज़ में पूछते हैं, "तुम... सच में आए हो...? या यह मेरा भ्रम है...?"

कमल मुस्कराते हुए कहता है, "आपका विश्वास ही हमारा रूप है। जो ज्ञान देता है, वो मृत्यु के बाद भी जीवित रहता है।"

चारों तरफ़ हवा रुक जाती है। बिजली अब शांत है। सन्नाटे में केवल धड़कनों की आवाज़। श्रीनाथ जी कहते हैं, "पर... तुम लोग तो... उस हादसे में...?"

विनोद जवाब देते हुए कहता है, "हाँ गुरुजी, वो हादसा नहीं था, एक परीक्षा थी। हम उस दिन मरे नहीं थे, हमने 'सीखा' था कि मृत्यु भी ज्ञान का एक अध्याय है।"

श्रीनाथ धीरे से कहते हैं, "मृत्यु... ज्ञान का अध्याय ?"

रंजना जवाब देते हुए कहती है, "हाँ। जैसे आप कहते थे जब शिक्षा शरीर से निकलकर मन में समा जाती है, तो शिक्षक अदृश्य और विद्यार्थी अनंत हो जाते हैं।"

कमरे की दीवारें हल्के-हल्के झिलमिलाने लगती हैं। जैसे भीतर से कोई प्रकाश उभर रहा हो।

श्रीनाथ कहते हैं, "क्या मैं... भी अब... उस अनंत में जा रहा हूँ ?"

कमल जवाब देते हुए कहता है, "नहीं गुरुजी, आप नहीं जा रहे... आप लौट रहे हैं। अब आप उन सब विद्यार्थियों के शिक्षक होंगे जो कभी स्कूल नहीं पहुँचे... जो अनामांकित हैं...., ड्रॉपआउट हैं...., जिनकी आत्माएँ भटक रही हैं, अज्ञान में, अधूरी शिक्षा में...!"

बाहर से एक ज़ोरदार गर्जन की आवाज़ आई और अचानक दरवाज़े के पार अंधकार में कुछ परछाइयाँ दिखती हैं । छोटे-छोटे बच्चों की आकृतियाँ जिनकी आँखों में भय है, हाथों में फटी-पुरानी किताबें।

बच्चों की आवाज़ें आती हैं, "हमें शिक्षा दो, अक्षर दो... हमें नाम दो... हमें ज्ञान दो...।"

श्रीनाथ काँपते हुए, पर दृढ़ स्वर में कहते हैं, “आओ... मैं पढ़ाऊँगा तुम्हें... अक्षर... जो जीवन बन जाएँ।”

वे धीरे-धीरे दीपक उठाते हैं। उसकी लौ अब उजली नहीं, नीली है, आत्मिक। जैसे लौ में आत्माएँ बस गई हों।

धीरे-धीरे पूरा कमरा प्रकाश से भरने लगता है। दीवारें गायब। चारों तरफ़ उजाले में असंख्य आत्माएँ खड़ी हैं । छोटे-बड़े, स्त्री-पुरुष, जिनके चेहरों पर अनपढ़ता का अंधकार है।

श्रीनाथ उच्च स्वर में कहते हैं, यह विद्यालय शरीर का नहीं, आत्मा का होगा ! यहाँ नाम नहीं, चेतना पढ़ी जाएगी! यहाँ प्रमाणपत्र या डिग्री नहीं, मुक्ति मिलेगी !"

भीड़ में सन्नाटा। फिर सबके मुँह से एक ही स्वर उठता है, “गुरुजी... आरंभ करें...!”

श्रीनाथ आँखें मूँदकर मंत्रोच्चार करते हैं, “ॐ विद्यायै नमः...”

जैसे ही वे मंत्र बोलते हैं, दीवारों से अक्षर निकलने लगते हैं , ध्वनियाँ निकलने लगती हैं, हिंदी, संस्कृत, उर्दू, अंग्रेज़ी सब के वाक्य हवा में तैरते हुए उन आत्माओं की ओर बढ़ते हैं। एक भयावह, पर पवित्र दृश्य , जैसे ज्ञान का महासागर उठ रहा हो।

अचानक पीछे से कोई ठंडी हवा श्रीनाथ के कंधे पर लगती है। वे मुड़ते हैं, वहाँ वही पुराना मरा हुआ दरबान खड़ा है, जिसे सब

‘भोलाराम’ कहते थे। उसके हाथ में फटी हुई किताब और एक रजिस्टर है।

भोलाराम गंभीर स्वर में पूछते हुए कहता है, “गुरुजी... मैंने भी अक्षर नहीं सीखे थे... क्या अब मैं भी विद्यार्थी बन सकता हूँ ?”

श्रीनाथ मुस्कराकर कहते हैं, “तुम पहले विद्यार्थी होगे... क्योंकि तुमने इस भवन की रखवाली की थी... अब इसकी आत्मा की रक्षा तुम्हारे हाथ में होगी।”

भोलाराम झुक जाता है। उसकी आकृति धीरे-धीरे प्रकाश में घुल जाती है। अब वातावरण पूरी तरह शांत है। हवा नहीं, तूफ़ान नहीं। सिर्फ़ एक उजाला जिसमें सब आत्माएँ अब धीरे-धीरे गायब होने लगती हैं, जैसे कोई पाठ समाप्त हो रहा हो।

रंजना धीरे से कहती है, “गुरुजी, अब जब भी कोई बच्चा खुले मन से सीखेगा... आप वहाँ होंगे।”

विनोद हँसते हुए कहता है, “हर स्कूल की घंटी में आपकी आवाज़ सुनाई देगी ।”

कमल कहता है, “और हर अक्षर में आपका नाम छिपा होगा-श्रीनाथ।”

तीनों आत्माएँ धीरे-धीरे ऊपर उठती हैं और प्रकाश में विलीन हो जाती हैं ।

अचानक सब और अंधेरा छा जाता है। दीपक बुझ जाता है। एक मिनट का सन्नाटा। फिर खिड़की से सुबह की पहली किरण अंदर आती है। सुबह चौकीदार जब पुराने क्वार्टर में पहुँचे, तो उन्होंने देखा श्रीनाथ की कुर्सी खाली थी। मेज़ पर वही पुराना दीपक ठंडा पड़ा था और दीवार पर जहाँ पहले विद्यार्थियों की फोटो थी , अब एक नया शिलालेख लगा हुआ था जिस पर लिखा था, "ज्ञान अमर है। जहाँ आत्माएँ सीखना चाहें,वहीं विद्यालय जीवित होता है।"

वह शिलालेख खुद-ब-खुद चमकता है और फिर हल्के से बच्चों की आवाज़ आती है, "गुरुजी... आज का पाठ क्या है ?"

धीरे-धीरे कमरा गूँजने लगता है उसी स्वर में। दीवारों से अक्षर निकलते हैं और एक अज्ञात, पर मधुर आवाज़ श्रीनाथ की हवा में फैलती है, "आज का पाठ है - भय को ज्ञान में बदलना।
क्योंकि जो डरता है, वही सीखने की सबसे बड़ी प्यास रखता है।"

दृश्य धीरे-धीरे धुँधला पड़ता है। बाहर सूरज निकल चुका है। पर कमरे के भीतर अब भी अक्षरों का उजाला है जैसे आत्माएँ अब भी पढ़ रही हों।
लोग कहते हैं, आज भी उस पुराने विद्यालय के खंडहर से कभी-कभी बच्चों की पढ़ाई की आवाज़ें आती हैं। कोई बोलता है, "अ आ इ ई..." कोई कहता है, "गुरुजी, ये शब्द क्या है ?" और हवा जवाब देती है, "ज्ञान... जो मृत्यु से भी बड़ा है।"

अगले भाग में आप पढ़ेंगे कि अध्यापक श्रीनाथ का अदृश्य विद्यालय किस प्रकार शिक्षा की लौ जलाता है ?

भाग 19 आवाज़ दी उसने

अध्यापक "श्रीनाथ" अब एक मानवीय सीमाओं से परे जाकर 'आत्मा के शिक्षक' का प्रतीक बन चुका है । शिक्षा का वह स्वरूप जो देह से परे, चेतना में बसता है। रात बीत चुकी थी। सुबह की धूप पुराने विद्यालय के टूटे हुए गलियारों पर बिखरी हुई थी। मकड़ी के जालों पर चमकती बूँदें जैसे किसी पवित्र आशीर्वाद का प्रतीक लग रही थीं। पर इस उजाले में भी कुछ अदृश्य था। कुछ ऐसा जो आँखों से नहीं, मन से देखा जा सकता था। पुराना विद्यालय, सुबह का समय। चौकीदार रामस्वरूप अंदर आता है। हाथ में झाड़ू है।

रामस्वरूप धीरे से कहता है, "अरे... आज तो खिड़कियाँ अपने आप खुली हैं... कल तो तूफ़ान में सब बंद थीं। और ये... दीवार पर क्या लिखा है ?"

वह शिलालेख पढ़ता है, जिस पर लिखा है, "ज्ञान अमर है। जहाँ आत्माएँ सीखना चाहें, वहीं विद्यालय जीवित होता है।"

उसके चेहरे पर अचरज है। वह कुर्सी के पास जाता है, जहाँ श्रीनाथ बैठा करते थे। दीपक बुझा हुआ है, पर उसके आस-पास राख नहीं। सफेद रोशनी की धूल जैसी कोई चीज़ बिखरी है।

रामस्वरूप कहता है, "लगता है... गुरुजी अब सच में देवता बन गए हैं...। "

वह हाथ जोड़ता है। उसी समय हवा का एक झोंका आता है और कमरे में बच्चों की आवाज़ें सुनाई देती हैं, “अ आ इ ई...गुरुजी, ये सब क्या है ?”

रामस्वरूप काँप जाता है। धीरे-धीरे उसकी आँखें नम हो जाती हैं।

रामस्वरूप पूछता है, “गुरुजी... क्या आप सच में लौट आए हैं ?”

दीवार पर हल्की सी रोशनी झिलमिलाती है। उसी में श्रीनाथ की आकृति उभरती है, धुँधली, पर शांत।

श्रीनाथ मृदु स्वर में कहते हैं, “रामस्वरूप... विद्यालय कभी बंद नहीं होता। बस कभी-कभी दिखना बंद हो जाता है।”

रामस्वरूप हकबकाते हुए कहता है, “पर... आप तो... उस रात...!”

श्रीनाथ मुस्कराते हुए जवाब देते हैं, “हाँ, उस रात मेरा शरीर थक गया था, लेकिन मेरा पाठ अभी बाकी था। अब ये विद्यालय आँखों से नहीं, आत्माओं से चलेगा।”

हवा में अक्षर तैरने लगते हैं- अ, ब, स, क...जैसे कोई अदृश्य ब्लैकबोर्ड पर लिख रहा हो।

श्रीनाथ कहते हैं, “अब यह विद्यालय उन बच्चों के लिए है जो कभी स्कूल नहीं पहुँचे। वे आत्माएँ जो सीखने की लालसा लेकर अधूरी रह गईं।”

रामस्वरूप डरकर सवाल करता है, "पर... क्या आत्माएँ भी सीख सकती हैं गुरुजी ?"

श्रीनाथ जवाब देते हुए कहते हैं, "जब तक अज्ञान है, तब तक शिक्षा संभव है। आत्मा का सबसे बड़ा सुख जानना है।"

धीरे-धीरे नीला प्रकाश फैलता है। उसी में दर्जनों आकृतियाँ आकार लेने लगती हैं, बच्चे, औरतें, किसान, मज़दूर सबके चेहरे पर अंधकार है, पर आँखों में जिज्ञासा।

एक बच्चा कहता है, "गुरुजी, मुझे 'नाम' नहीं आता... सब मुझे 'निरक्षर' कहते हैं...!"

श्रीनाथ स्नेह से जवाब देते हुए कहते हैं, "नाम अक्षरों से नहीं, कर्म से बनता है। आओ, अक्षर से आत्मा तक की यात्रा शुरू करें।"

वे हाथ उठाते हैं। दीवारों से अक्षर निकलते हैं- हिन्दी, उर्दू, संस्कृत, अंग्रेज़ी, सब मिलकर एक उजली लहर बन जाते हैं।

हर आत्मा के माथे पर एक अक्षर ठहरता है - किसी के 'क' से उजाला, किसी के 'स' से सुकून।

रंजना की आवाज़ हवा में गूँजती है, "गुरुजी, क्या अब यह शिक्षा सबको मिलेगी ?"

श्रीनाथ जवाब देते हैं, “हाँ रंजना, अब यह शिक्षा सरकारों की नीति से नहीं, चेतना की पुकार से चलेगी। यहाँ कोई शुल्क नहीं, केवल जिज्ञासा चाहिए।”

एक आत्मा आगे आती है, अंधकार में कांपती हुई कहती है, “मैं डरी हुई हूँ... सीखना चाहती हूँ, पर डरती हूँ गलती से...।”

श्रीनाथ जवाब देते हैं, “आज का पाठ यही है - भय को ज्ञान में बदलना।”

आत्मा पूछती है, “कैसे गुरुजी ?”

श्रीनाथ कहते हैं, “जब तुम डरती हो, तुम्हारा मन कहता है कि कुछ नया है जो तुम नहीं जानती। सीखना उसी अज्ञात से दोस्ती करना है। जिसने डर से हाथ मिला लिया वह ज्ञानी हो गया।”

आत्मा के चारों ओर नीली रोशनी फैल जाती है। उसका चेहरा शांत हो जाता है। इसी बीच, बाहर के लोग पुराने विद्यालय में रोशनी देखते हैं।
गाँव की महिला घबराकर कहती है, “ देखो-देखो, रात से वहाँ उजाला है... कोई आवाज़ें आती हैं बच्चों की!”

ग्राम प्रधान हँसकर कहता है, “भूतों का बसेरा है अब वहाँ। पुराने शिक्षक की आत्मा वहीं घूमती है।”

दूसरा ग्रामीण कहता है, "पर कल मेरी बेटी ने कहा, किसी ने खिड़की से उसे अक्षर सिखाए... उसने पहली बार अपना नाम लिखा - 'रीना'।"

सब एक-दूसरे को देखने लगते हैं। धीरे-धीरे डर जिज्ञासा में बदल जाता है।

प्रधान कहता है, "चलो देखते हैं, वहाँ क्या है...?"

गाँव वाले पुराने विद्यालय के पास पहुँचते हैं। अंदर हल्का नीला उजाला। हवा में बच्चों की आवाज़ें। वे झाँकते हैं । कोई नहीं, पर ब्लैकबोर्ड पर अक्षर अपने आप लिखे जा रहे हैं।

प्रधान घबराकर पूछता है, "ये कौन लिख रहा है ?"

दीवार पर आवाज़ आती है, "जहाँ ज्ञान की पुकार होती है, वहाँ शिक्षक स्वयं उपस्थित होता है।"

सब लोग काँप जाते हैं। तभी एक छोटा बच्चा बोल पड़ता है, "गुरुजी, क्या हम भी पढ़ सकते हैं ?"

नीले उजाले से आवाज़ आती है, "हाँ, बेटा... यहाँ जो पूछेगा, वही सीखेगा।"

धीरे-धीरे सब लोग घुटनों पर बैठ जाते हैं। उनके सामने अदृश्य पाठ शुरू हो जाता है। अक्षर हवा में तैरते हैं, शब्द बनते हैं, 'सत्य', 'करुणा', 'धैर्य', 'ज्ञान'।

एक महिला पूछती है, "गुरुजी... ये कैसा विद्यालय है जहाँ किताब नहीं, पर सब कुछ समझ आता है ?"

दीवार में से आवाज़ आती है, "क्योंकि यह विद्यालय तुम्हारे भीतर है। बाहर की दीवारें सिर्फ़ प्रतीक हैं। असली कक्षा तुम्हारे मन में है।"

धीरे-धीरे श्रीनाथ की आकृति और उज्ज्वल होती जाती है। उनकी आँखों में अब आकाश झिलमिला रहा है। श्रीनाथ कहते हैं, "अब मुझे किसी भवन की आवश्यकता नहीं। हर सीखने वाला ही मेरा विद्यालय है। हर हृदय जो जिज्ञासु है, वही मेरी कक्षा है।"

बच्चों की आवाज़ें उठती हैं, "गुरुजी... हम सब आपके विद्यार्थी हैं!"

श्रीनाथ हाथ उठाते हैं। नीला प्रकाश फैलता है और धीरे-धीरे सारे गाँव में उजाला हो जाता है। लोग अपने-अपने घरों में जागते हैं और अनुभव करते हैं जैसे भीतर कोई 'अक्षर' जल उठा हो। रात फिर आती है। पर अब तूफ़ान नहीं। केवल मंद पवन और पत्तों की सरसराहट। श्रीनाथ आकाश की ओर देखते हैं और धीरे से कहते हैं, "प्रभु, मैंने अपना पाठ पढ़ा दिया। अब यह विद्यालय सदा जीवित रहे। मनुष्यों में, आत्माओं में, शब्दों में।"

ऊपर आकाश में तीन रोशनी के गोले प्रकट होते हैं - विनोद, रंजना, कमल।
विनोद कहता है, "गुरुजी, आपने तो आत्माओं का अंधकार मिटा दिया। अब अगली यात्रा कहाँ होगी ?"

श्रीनाथ जवाब देते हुए कहते हैं, “जहाँ भी अज्ञान है, वहीं विद्यालय होगा। जहाँ भी कोई बच्चा डरकर चुप हो जाए वहाँ मेरी आवाज़ जाएगी।”

तीनों आत्माएँ झुकती हैं। रंजना पूछती है, “तो क्या अब आप भी अदृश्य हो जाएँगे गुरुजी ?”

श्रीनाथ मुस्कराते हुए जवाब देते हैं, “नहीं रंजना, मैं शब्द बन जाऊँगा। जो भी सच्चे मन से 'सीखना' बोलेगा, मैं वहीं सुनाई दूँगा।”

धीरे-धीरे श्रीनाथ की आकृति हवा में विलुप्त जाती है। कमरे में केवल नीला प्रकाश रह जाता है, और हवा में उनकी अंतिम पंक्ति गूँजती है, “शिक्षा का अर्थ है- प्रकाश देना, न कि किसी को छोटा दिखाना। ज्ञान तब पूर्ण होता है जब वह भय मिटाता है।”

गाँव में नया स्कूल बन चुका है- “सत्य प्रकाश विद्यालय”।

दीवार पर वही शिलालेख अब पत्थर में उकेरा गया है - “ज्ञान अमर है।”

मुख्य द्वार के नीचे एक दीपक हमेशा जलता रहता है। रात में जब सब सो जाते हैं, पहरेदार कहता है कि भीतर से धीमी-धीमी आवाज़ आती है- “अ आ इ ई...” और कोई फुसफुसाता हुआ कहता है - “भय को ज्ञान में बदलो...।”
प्रधान अब बूढ़ा हो चुका है। वह अक्सर बच्चों से कहता है-
‘यह स्कूल ईंटों से नहीं बना, आत्माओं से बना है। यहाँ जो सच में सीखना चाहता है, उसे एक अदृश्य गुरु सिखाता है - श्रीनाथ।”

बच्चे हाथ जोड़कर कहते हैं, "ॐ विद्यायै नमः!" और हवा में नीला उजाला फैल जाता है, जैसे श्रीनाथ अब भी वहीं हों, हर अक्षर के भीतर।

संध्या का समय। सूरज ढल रहा है। विद्यालय के आँगन में एक छोटी बच्ची दीपक जलाती है। उसके पास एक पुरानी आवाज़ फुसफुसाती है, अच्छा बेटा, आज का पाठ क्या है ?"

बच्ची मुस्कराती है और जवाब देती है, "आज का पाठ है - किसी को अंधेरे में न छोड़ना क्योंकि जो एक दीपक जलाता है, वही सच्चा विद्यार्थी है।"

धीरे-धीरे हवा में घंटी बजती है। जैसे कोई कह रहा हो, "कक्षा समाप्त नहीं हुई, बस आत्मा आगे बढ़ गई है।"

अगले भाग में आप पढ़ेंगे "ज्ञान की अग्नि और नवप्रभात" - किस प्रकार यह अदृश्य विद्यालय अब नगरों तक फैलता है, और कैसे शिक्षा केवल पाठ्यक्रम नहीं बल्कि मुक्ति का साधन बन जाती है ?

भाग 20 : आवाज़ दी उसने

नगर का नया स्कूल। रात का दूसरा पहर। नगर के बीचों बीच बना नया "सत्य प्रकाश विद्यालय" अब सरकारी नियंत्रण में था। चारों ओर सीसीटीवी, गार्ड, और चमकती लाइटें थीं । पर उस रोशनी के बावजूद, भीतर कहीं अंधेरा मौजूद था। विद्यालय के पास से गुजरते लोग कहते- "रात में यहाँ से बच्चों की पढ़ाई की आवाज़ें आती हैं...!"

"कभी-कभी दीवार पर अक्षर खुद-ब-खुद लिख जाते हैं...!"

"और जो उन्हें पढ़ लेता है, वो कुछ दिनों तक दिखाई नहीं देता...!"

अनिरुद्ध, विद्यालय का नया प्रधानाध्यापक है। वह स्टाफ रूम में बैठा है, पुरानी फाइलें पलटते हुए अचानक एक पुरानी डायरी उसके हाथ लगती है। उस पर लिखा है- "श्रीनाथ की शिक्षण टिप्पणियाँ – आत्मा संस्करण"

वह हँसकर कहता है - "आत्मा संस्करण ? अजीब मज़ाक है !" लेकिन जैसे ही वह पन्ना पलटता है, अक्षर अपने आप हिलने लगते हैं। स्याही से आवाज़ निकलती है- "जो डरता है, वही सीखने की सबसे बड़ी ललक रखता है...!"

कमरे का तापमान अचानक गिर जाता है। खिड़की के बाहर से बच्चों की आवाज़ आती है- "गुरुजी... आज का पाठ क्या है ?"

अनिरुद्ध के हाथ काँप जाते हैं। वह बाहर भागता है पर गलियारा खाली है। केवल दीवार पर किसी ने खुरचकर लिखा है - "कक्षा आरंभ हो चुकी है...!"

अगले दिन सुबह। एक विद्यार्थी आदित्य अचानक स्कूल से गायब हो जाता है। सीसीटीवी में आख़िरी दृश्य में दिखता है कि वह अकेला ब्लैकबोर्ड की ओर देख रहा है, जहाँ अपने आप लिखा था - "भय को ज्ञान में बदलो।"
फिर कैमरा जम्प करता है, और अगला फ्रेम- खाली कक्षा। कोई नहीं दिखाई डेटा हैं । पुलिस आती है। जांच होती है। सब कहते हैं - "वो बच्चा हमेशा प्रश्न पूछता था... सबसे जिज्ञासु था...!"

अनिरुद्ध सोच में पड़ जाता है। रात को वही ब्लैकबोर्ड अपने आप चमकता है- 'जो प्रश्न पूछेगा, वही जवाब बन जाएगा।'

लोगों में अफ़वाह फैलती है - "जो अक्षर देखे, वो खुद अक्षर बन जाता है।" बच्चे अब स्कूल से डरने लगते हैं। माता-पिता खिड़कियाँ बंद रखते हैं, ताकि हवा में तैरते अक्षर अंदर न घुसें।

परंतु...रात में कुछ बच्चों की नींद टूटती है- वे कहते हैं, कोई "अदृश्य शिक्षक" उनके सपनों में आता है, और कहता है - "डरो मत... शिक्षा मृत्यु के पार है।"

रात का तीसरा पहर। अनिरुद्ध विद्यालय के अंदर जाता है। हाथ में टॉर्च, दिल में डर। ब्लैकबोर्ड पर कुछ लिखा दिखता है- "श्रीनाथ की कक्षा – उपस्थित आत्माएँ।" नीचे नाम –"विनोद, रंजना, कमल... आदित्य..."

वह घबराकर पीछे हटता है, तभी दरवाज़ा अपने आप बंद हो जाता है। दीवारें नीली रोशनी से चमक उठती हैं। हवा में अक्षर तैरते हैं। फिर तीन परिचित आत्मिक आकृतियाँ प्रकट होती हैं - विनोद, रंजना, और कमल।

अनिरुद्ध काँपते हुए कहता है, “तुम... कौन हो ?”

विनोद धीरे हँसते हुए कहता है, “हम वे हैं, जिन्होंने मृत्यु को पाठ बना लिया और अब तुम्हारी बारी है, नया अध्याय पढ़ाने की।”

अनिरुद्ध डरते हुए कहता है, “मैं... मैं तो बस एक शिक्षक हूँ...”

रंजना कहती है, “शिक्षक ? तब जानो ,शिक्षण केवल जीवितों तक सीमित नहीं जो आत्मा सीखना चाहती है, उसे तुम बुलाते हो।”

अनिरुद्ध कहता है, “नहीं... मैं कुछ नहीं बुला रहा...।”

तभी दीवारें काँपती हैं। अचानक चारों तरफ़ से बच्चों की आवाज़ आती है, “गुरुजी... अक्षर दीजिए... हमें नाम दीजिए...।”

टॉर्च बंद हो जाती है। सिर्फ़ एक नीली लौ जलती है। उसमें श्रीनाथ की आकृति प्रकट होती है।

श्रीनाथ मृदु पर भयावह स्वर में कहते हैं, “अनिरुद्ध, शिक्षा को बंद नहीं किया जा सकता। जब मनुष्य डरता है, वही समय होता है उसे सिखाने का।”

अनिरुद्ध डर से कांपते हुए कहता है, "पर आप... मर चुके थे !"

श्रीनाथ जवाब देते हुए कहते हैं, "मृत्यु ज्ञान का अवकाश नहीं, आरंभ है। मैं अब उन सबका शिक्षक हूँ जो डर में फँसे हैं।"

श्रीनाथ की आँखें नीली चमक छोड़ती हैं। हर कोने में परछाइयाँ उभरती हैं। अधूरी आत्माएँ, अधूरी पाठशालाएँ, अधूरे प्रश्न।

श्रीनाथ हँसते हुए कहते हैं, "यह विद्यालय अब नगरों में फैलेगा। जहाँ भी कोई भयभीत मन होगा वहाँ अक्षर पहुँचेंगे। और जो अक्षर को अस्वीकार करेगा वह शून्य बन जाएगा...।"

कमरे की सारी वस्तुएँ हवा में उठ जाती हैं। फाइलें, डेस्क, कुर्सियाँ सब गोलाकार घूमने लगते हैं। बीच में श्रीनाथ खड़े हैं, और हवा में मंत्र गूँजता है, "ॐ विद्यायै नमः...। "

कुछ दिनों बाद...नगर में कई जगह दीवारों पर अपने आप शब्द उभरने लगते हैं। कोई लिखता है, "ज्ञान", तो वह चमक उठता है। कोई मिटाने की कोशिश करे तो हाथ पर अक्षर जलने का निशान बन जाता है।

स्कूल के पास रहने वाली एक महिला कहती है, "मेरे बेटे ने रात में किसी से 'अ आ इ ई' सीखा, सुबह उसके होंठों पर वही अक्षर खुदे हुए थे...!"

नगर प्रशासन डर जाता है। इस विद्यालय को भी बंद कर दिया जाता है। पर बंद गेटों के पीछे हर रात वही आवाज़ आती है , “गुरुजी, आज का पाठ क्या है ?”

अनिरुद्ध अकेले उस विद्यालय में लौटता है। वह अब डरता नहीं और कहता है, “गुरुजी, अगर ये सब शिक्षा है, तो मुझे भी सिखाइए।”

श्रीनाथ की आत्मा सामने आती है। उनके चारों ओर नीली आँधी घूमती है। कमरा काँपने लगता है। श्रीनाथ हँसते हुए कहते हैं,
“सीखने के लिए पहले मिटना पड़ता है। क्या तुम तैयार हो ?”

अनिरुद्ध जवाब देते हुए कहता है, “हाँ गुरुजी...मैं तैयार हूँ।”

श्रीनाथ मंत्रोच्चार करते हुए कहते हैं, “अज्ञानं तमसः रूपं, ज्ञानं प्रकाशरूपकम्...” अज्ञान अंधकार का रूप है, ज्ञान प्रकाश का।

जैसे ही मंत्र पूरा होता है, अनिरुद्ध के शरीर से नीली रोशनी निकलती है। वह गिर पड़ता है और धीरे-धीरे उसकी आत्मा उठकर श्रीनाथ की पंक्ति में शामिल हो जाती है। अब पाँच शिक्षक हैं- श्रीनाथ, विनोद, रंजना, कमल, और अनिरुद्ध।

अगली सुबह। नगरवासी स्कूल का फाटक खोलते हैं। कमरा खाली है। पर ब्लैकबोर्ड पर लिखा है, “कक्षा समाप्त नहीं, केवल रूपांतरित हुई है।” और नीचे स्याही से उभरे पाँच नाम- श्रीनाथ, विनोद, रंजना, कमल, अनिरुद्ध।

जैसे ही लोग बाहर निकलते हैं, हवा में बच्चों की हल्की गूँज सुनाई देती है, "गुरुजी... अक्षर दीजिए...!"

फिर धीरे-धीरे दूर से घंटी बजती है, टन... टन... टन...उसके साथ ही चारों तरफ़ नीला उजाला फैलता है। जो भी उस उजाले को देखता है उसे कुछ देर के लिए कोई अदृश्य आवाज़ सुनाई देती है, "जो डर को समझ गया, वही ज्ञान को पा गया।"

लोग आज भी कहते हैं, रात के तीसरे पहर जब हवा ठण्डी हो जाती है, तो सत्यप्रकाश विद्यालय के पास से गुजरते हुए कानों में बच्चों की आवाज़ आती है, "अ आ इ ई..."
"गुरुजी, ये शब्द क्या है ?"
और हवा में जवाब गूँजता है, "ज्ञान... जो मृत्यु से भी बड़ा है।"

धीरे-धीरे विद्यालय की दीवारें अपने आप चमक उठती हैं। एक नया शिलालेख उभरता है जिस पर लिखा है, "जो सीखना चाहता है, उसे अंधकार भी रास्ता देता है।" और उसके नीचे लिखा होता है, श्रीनाथ (अदृश्य विद्यालय)

अगले भाग में आप पढ़ेंगे कि इस अदृश्य विद्यालय में नई शिक्षिका "आर्या" क्या गुल खिलाती है ?

भाग 21 : आवाज दी उसने

रात का तीसरा पहर था। पूरे शहर के ऊपर हल्की धुंध छाई हुई थी। पुराने विद्यालय के खंडहर पर अब भी एक बुझा हुआ दीपक रखा था, वही दीपक जो वर्षों पहले श्रीनाथ के हाथों से जला था। अगली सुबह, नगर के शिक्षा अधिकारी एक नई शिक्षिका को लेकर उसी विद्यालय पहुँचे। नाम था- आर्या वर्मा।

वह अपने साथ कुछ किताबें, कुछ कापियाँ और एक पुरानी घंटी लाई थी। घंटी देखकर एक बुजुर्ग चौकीदार बोला , "बिटिया, ये जगह ठीक नहीं है। यहाँ बच्चों की आवाज़ें रात में भी आती हैं...!"

आर्या ने शांत स्वर में कहा, "जहाँ बच्चों की आवाज़ें आती हैं, वही जगह सबसे सही होती है।"

अधिकारी ने जल्दी में कागज़ों पर हस्ताक्षर किए और चला गया। आर्या अकेली रह गई, उस जर्जर कमरे में जहाँ दीवारों पर अब भी चॉक की धूल जमी थी।

वह झुककर मिट्टी को छूती है। मिट्टी नम है। जैसे किसी ने अभी-अभी लिखा हो...वह धीरे से बुदबुदाती है, "शब्द मरते नहीं... वे बस रूप बदलते हैं।"

दिन बीतते हैं। आर्या कुछ बच्चों को इकट्ठा करती है जिनके माता-पिता उन्हें सरकारी स्कूल भेजने से डरते हैं। बच्चों में उत्सुकता भी है और भय भी।

एक दिन एक बालक पूछता है, "मैडम... रात में कोई हमें बुलाता है... क्या वो श्रीनाथ गुरुजी हैं ?"

आर्या मुस्कराती है और कहती है, "अगर वो ज्ञान सिखाते हैं, तो गुरुजी वही होंगे। उनसे मत डरना।"

बच्चा कहता है, "पर मैडम, कभी-कभी वो दीवार पर लिख देते हैं... पढ़ो तो दिखूँगा।"

आर्या ठिठक जाती है। वह दीवार की तरफ देखती है। सचमुच कुछ शब्द हल्के-हल्के उभर रहे हैं, जैसे हवा में कोई उँगलियों से लिख रहा हो, "भय पहला अध्याय है।"

आर्या के होंठ काँपते हैं। वह फुसफुसाते हुए कहती है, "श्रीनाथ..."

दीवार की रेखाएँ कांपती हैं। फिर मिट जाती हैं। अगले दिन आर्या बच्चों को नए ढंग से सिखाना शुरू करती है। वह बोर्ड नहीं, मिट्टी का उपयोग करती है। बच्चे जमीन पर अक्षर बनाते हैं, जैसे श्रीनाथ सिखाया करते थे।

धीरे-धीरे अजीब घटनाएँ फिर होने लगती हैं। कभी बच्चों की कापियों में ऐसे शब्द मिलते हैं जो उन्होंने नहीं लिखे। कभी किसी उत्तर में वह अर्थ होता है जो उन्होंने सिखाया ही नहीं। एक दिन वह एक बच्चे की कॉपी खोलती है । उसमें लिखा होता है, "ज्ञान शरीर से नहीं, दिमाग से जन्म लेता है।" नीचे हस्ताक्षर है, "श्रीनाथ"।

आर्या सिहर उठती है। वह आसमान की ओर देखती है। बादलों के बीच, हल्के उजाले में एक आकृति जैसी बनती दिखती है । सफेद धोती में कोई खड़ा है, जैसे हवा के साथ रेखाएँ बन रही हों। आर्या के आँसू निकल आते हैं और कहती है, "क्या यह वही हैं जिन्होंने शिक्षा को अमर किया ?"

एक आवाज़ आती है,"नहीं, अब तुम वही हो।" वह मुड़कर देखती है । कोई नहीं दिखता है। बस हवा में उड़ी चॉक की धूल घूम रही है। रात होती है। विद्यालय बंद है। आर्या घर जाने की तैयारी में है। अचानक घंटी बजती है वही जो वो अपने साथ लेकर आई थी।

वह मुड़ती है । कक्षा के कोने में प्रकाश का एक वृत्त बन रहा है। उसके बीच में एक शब्द लिखा है - "आर्या = आर्य ज्ञान।"

वह घबराकर पीछे हटती है, पर कमरे की हवा तेज हो जाती है। दीवारों पर पुरानी आवाज़ें गूंजने लगती हैं-
"ज्ञान को रोकना पाप है..."
"उसे बहाना धर्म है..."
"शिक्षक अदृश्य होता है..."

आर्या के पैर काँपते हैं, पर उसके होंठ मुस्करा उठते हैं। वह धीरे से कहती है, "मैं तैयार हूँ... सिखाइए मुझे।"
फिर सब शांत हो जाता है। दीपक अपने आप जल उठता है।
घंटी की ध्वनि मधुर हो जाती है, जैसे किसी आत्मा ने आशीर्वाद दिया हो। अगली सुबह नगर के लोग कहते हैं , "उस विद्यालय से अब कोई डर की नहीं, ज्ञान रूपी रौशनी की आवाज़ आती है।"
"बच्चे कहते हैं वहाँ हवा सिखाती है, किताब नहीं।"

कुछ अफसर इसे जादू मानते हैं, कुछ पाखंड पर बच्चे कहानियाँ गढ़ते हैं, "वो मैडम बोलती नहीं, दीवारों से पढ़ाती हैं।"

एक बुजुर्ग औरत कहती है, "श्रीनाथ लौट आए हैं... इस बार एक और शरीर में।"
शाम को जब आर्या आख़िरी बार मिट्टी पर अक्षर लिख रही होती है, एक बच्चा पास आकर पूछता है, "मैडम, क्या श्रीनाथ अब मर चुके हैं ?"

आर्या मिट्टी में एक रेखा खींचती है, फिर मुस्कराकर कहती है, "ज्ञान मरता नहीं, बस शिक्षक बदलता है।"

हवा चलती है। दीवार की धूल फिर से चमकती है और उसी में अक्षर उभरते हैं, "शिक्षा का पुनर्जन्म शुरू हो चुका है।"

आर्या की आँखें भीग जाती हैं। वह अपने छात्रों को देखती है। अब उनके चेहरों पर डर नहीं, एक शांत जिज्ञासा है। वह घंटी उठाती है, धीरे से बजाती है, टन्न...कहीं दूर, उसी नगर के पुराने हिस्से में, एक वृद्ध आत्मा मुस्कराती है। शायद श्रीनाथ। शायद अब आर्या में ही जीवित।
"जहाँ भय समाप्त होता है, वहीं से शिक्षा का पुनर्जन्म आरंभ होता है।"

अगले भाग में आप पढ़ेंगे कि "कौन है वह जो मिट्टी से लिखती है?"

भाग 22 : आवाज़ दी उसने

सुबह की धूप खंडहर विद्यालय की टूटी दीवारों पर फैल रही थी। आर्या धीरे-धीरे कमरे में प्रवेश करती है । हाथ में वही घंटी, वही मिट्टी का दीपक, और बच्चों की कुछ पुरानी कापियाँ। कमरे में हल्की ठंडक है। हवा के झोंके के साथ जैसे कोई फुसफुसाते हुए कहता है, "आज का पाठ क्या है, आर्या ?"

आर्या मुस्कराती है, बिना पीछे देखे जवाब देती है, "आज का पाठ है- "मिट्टी से शब्द बनाना।"

बच्चे ज़मीन पर गोल घेरा बनाकर बैठ जाते हैं। आर्या झुकती है, मिट्टी पर उँगलियों से एक रेखा खींचती है - वह रेखा नीली चमकती है। बच्चे हतप्रभ हैं। उनमें से एक बच्चा कहता है, "मैडम, ये मिट्टी तो चमक रही है !"

आर्या शांत स्वर में कहती है, "कभी-कभी जब कोई आत्मा सीखने की चाह रखती है, तो मिट्टी भी जीवित हो जाती है।"

दिन बढ़ते हैं। आर्या अब हर दिन मिट्टी पर नए-नए प्रतीक बनाती है, कभी 'अ', कभी 'मानव', कभी 'ज्ञान'।
लेकिन जैसे ही वह शब्द मिटाती है, दीवारों पर वही प्रतीक खुद-ब-खुद उभर जाते हैं मानो कोई अदृश्य शिक्षक उनका पुनर्लेखन कर रहा हो। रात को वह अकेली विद्यालय में रुक जाती है। दीपक जलाती है, और मिट्टी के पास बैठती है।

धीरे-धीरे वही प्रकाश फैलता है, जो कभी श्रीनाथ के कक्ष में हुआ था। और उसी में एक ध्वनि उठती है, "आर्या... क्या तुम समझती हो, मिट्टी क्यों चुनी गई ?"

आर्या की साँसें थम जाती हैं। वह डर कर जवाब देती है , "क्योंकि मिट्टी जीवन की शुरुआत है...?"

आवाज़ प्रत्युत्तर में कहती है, "नहीं... क्योंकि मिट्टी हर बार सब कुछ भूल जाती है, और फिर से सीखती है।"
आर्या की आँखों से आँसू बहने लगते हैं। वह रोते हुए पूछती है , "तो क्या मैं भी मिट्टी हूँ ?"

"हाँ आर्या... अब तुम वही भूमि हो, जहाँ शिक्षा फिर अंकुरित होगी।" अनजान आवाज कहती है। दीपक की लौ तेज़ होती है। मिट्टी से हल्की गर्म हवा उठती है। और उसमें कुछ शब्द खुद-ब-खुद बनते हैं, "शिक्षा पुनर्जन्म है।"

अगली सुबह नगर में हलचल है। लोग कहते हैं, उस विद्यालय की दीवारों से मिट्टी की खुशबू आती है। कुछ लोग डरते हैं , "वहाँ आत्माएँ लिखती हैं।"
पर बच्चे कहते हैं - "वहाँ मिट्टी बोलती है!"

एक दिन, शिक्षा विभाग का निरीक्षक आता है। वह हँसते हुए कहता है, "मैडम, ये क्या नाटक है ? बच्चों को विज्ञान पढ़ाइए, ये टोना टोटका नहीं।"

आर्या चुप रहती है। वह मिट्टी पर एक अक्षर लिखती है - "विज्ञान।"

अचानक अक्षर के चारों ओर हल्की लपट उठती है, और ऊपर हवा में वही शब्द प्रकट हो जाता है, "Science"

निरीक्षक पीछे हट जाता है और कहता है, "ये... ये क्या है ?"

आर्या शांत स्वर में कहती है, "ज्ञान भाषा नहीं देखता, बस सत्य पहचानता है।"

वह निरीक्षक भागता हुआ चला जाता है और बच्चों में हल्की हँसी गूँजती है । जैसे मिट्टी खुद मुस्करा रही हो। रात को आर्या अपने कमरे में बैठी है। खिड़की से चाँदनी भीतर गिर रही है। वह सोचती है, "क्या मैं अब अकेली नहीं हूँ ?"

एक ठंडी हवा चलती है। घंटी अपने आप बजती है और फिर वही स्वर, "अकेलापन ज्ञान का पहला शिष्य होता है।"
वह काँपती है, पर अब भय नहीं। बल्कि एक गहरा अपनापन महसूस होता है।
"आप हैं न, श्रीनाथ जी ?"

"नाम मत लो... ज्ञान को नाम नहीं चाहिए। बस प्रवाह चाहिए।"

दीवार पर हल्की आकृति बनती है, एक वृद्ध चेहरा, लेकिन आँखों में बाल सुलभ चमक। श्रीनाथ की आत्मा धीरे से कहती है-, "आर्या, जब शब्द मिट्टी पर उतरते हैं, तो आत्माएँ सीखती हैं। पर जब मिट्टी मनुष्य के भीतर उतरती है, तब आत्मा सिखाती है।"
आर्या चुप। आँखें नम। वह हाथ जोड़ती है और कहती है, "मुझे सिखाइए, गुरुजी... ताकि मैं सिखा सकूँ।"

अगले दिन जब बच्चे स्कूल आते हैं, तो देखते हैं कि मिट्टी के बीचों-बीच अक्षरों का एक वृत्त बना है। उसके भीतर आर्या ध्यान मुद्रा में बैठी है। वह बोलती नहीं। पर जैसे ही बच्चे पास आते हैं, उनके होठों से अपने आप अक्षर निकलते हैं। किसी ने कुछ सिखाया नहीं, पर सब पढ़ रहे हैं। एक बच्चा कहता है , "मैडम अब बोलती नहीं, सोचती हैं और हम सुन लेते हैं।"

नगर में अफवाहें फैल जाती हैं। कोई कहता है, "वो साध्वी बन गई हैं।"

कोई कहता है, "उनके भीतर श्रीनाथ का वास है।" लेकिन बच्चों के लिए वह बस "वो जो मिट्टी से लिखती हैं" बन जाती है।

शाम को, आर्या आख़िरी बार दीपक जलाती है। दीपक की लौ नीली हो जाती है। वह मिट्टी पर एक ही शब्द लिखती है, "भविष्य।" और जैसे ही लिखती है, मिट्टी काँप उठती है। दीवारों पर छवियाँ उभरने लगती हैं, अजनबी चेहरे, नए शहर, नयी पीढ़ियाँ।

और उन सबके बीच वही वाक्य, "जहाँ आत्माएँ सीखना चाहें, वहीं विद्यालय जीवित होता है।"

आर्या फुसफुसाते हुए कहती है, "गुरुजी... क्या अब ये शिक्षा इस नगर से आगे जाएगी ?"

आवाज़ आती है, "अब यह मिट्टी जहाँ गिरेगी, वहीं शब्द अंकुरित होंगे।"

वह मिट्टी को दोनों हाथों से उठाती है, बाहर हवा में फेंक देती है। हवा नीली हो जाती है, प्रकाश फैलता है और नगर के बाहर, खेतों, गलियों, और दीवारों पर शब्द उभरने लगते हैं, "ज्ञान जीवित है।"

लोग कहते हैं, उस रात आसमान में कोई नीली रेखा चमकी थी! जैसे कोई अध्यापक किसी अदृश्य ब्लैक बोर्ड पर पाठ लिख रहा हो। सुबह तक पूरा नगर मिट्टी से ढका था और जब सूरज निकला। हर दीवार पर वही तीन शब्द चमक रहे थे, "सीखो। सिखाओ। जीवित रहो।"

"शब्द जब मिट्टी से जन्म लेते हैं, तब अमर हो जाते हैं।"

अगले भाग में आप पढ़ेंगे "सपनों में खुलता विद्यालय" जहाँ विद्यालय केवल खंडहरों में नहीं, बल्कि लोगों के सपनों में खुलने लगता है। यानी "ज्ञान का पुनर्जन्म" अब भौतिक नहीं, बल्कि अचेतन जगत में होता है।

भाग 23 : सपनों में खुलता विद्यालय

रात ढल चुकी थी। नगर में बिजली गुल थी और हवा में सन्नाटा तैर रहा था। हर घर में लोग नींद में थे, पर उस रात नींद के भीतर भी कोई जाग रहा था। किशोर नाम का युवक, जो पहले श्रीनाथ के विद्यालय का छात्र रहा था, सपने में देखता है, वही पुराना स्कूल, लेकिन अब उसकी दीवारें नई हैं और ब्लैक बोर्ड पर शब्द खुद-ब-खुद लिखे जा रहे हैं।
ब्लैकबोर्ड पर लिखा था, "जहाँ आँख बंद होती है, वहीं शिक्षण शुरू होता है...!"

किशोर डर के साथ ब्लैकबोर्ड के पास जाता है। दीवारों से बच्चों की हँसी सुनाई देती है। सभी कुर्सियाँ भरी हैं, पर कोई दिखाई नहीं देता। फिर, मंच पर धीरे-धीरे श्रीनाथ का स्वर उभरता है, "शरीर के विद्यालय बंद हो सकते हैं, पर आत्मा का विद्यालय अनंत है।"

किशोर काँपता हुआ बोलता है, "गुरुजी... क्या यह सपना है ?"

श्रीनाथ जवाब देते हैं, "सपने ही असली कक्षाएँ हैं, जहाँ आत्मा पढ़ती है। जाग्रत लोग तो केवल परीक्षा देते हैं।"

धीरे-धीरे और लोग भी उसी सपने में जुड़ने लगते हैं । नगर के अलग-अलग घरों में सोए हुए लोग एक ही विद्यालय में पहुँच जाते हैं। सभी की वेशभूषा अलग, पर चेहरों पर एक जैसा भाव , शांति और भय का संगम। वहीं एक महिला, सुनीता, जो कभी पढ़ नहीं पाई थी, ब्लैक बोर्ड की ओर देखती है। ब्लैक बोर्ड पर लिखा है, "जिसने पढ़ना चाहा, वही पहला विद्यार्थी है।"

वह मुस्कुराती है। लेकिन तभी पीछे से एक ठंडी हवा चलती है। सभी कुर्सियाँ अपने आप हिलने लगती हैं और ब्लैकबोर्ड पर चाक से खुद-ब-खुद एक शब्द उभरता है, "पुनः प्रवेश"

लोगों के चेहरे सख्त हो जाते हैं। श्रीनाथ की आवाज़ और गहरी होती जाती है , "ज्ञान का द्वार बंद नहीं होता,बस यह पूछता है- क्या तुम डर से मुक्त हो ?"

तभी पूरा विद्यालय हिलने लगता है। दीवारों से फुसफुसाहटें आती हैं, "हम भी पढ़ना चाहते हैं... हमें भी बुलाओ...!"

सुनीता पलटकर देखती है वहाँ कोई नहीं, लेकिन हवा में दर्जनों आवाज़ें घूम रही हैं, जैसे अनपढ़ आत्माएँ ज्ञान की प्यास में भटक रही हों। किशोर जोर से चिल्लाता है, "गुरुजी, ये कौन हैं ?"
श्रीनाथ जवाब देते हैं, "ये वे हैं जिन्हें समाज ने अनपढ़ रख छोड़ा...अब वे सपनों में दाखिला ले रहे हैं।"

अचानक एक बच्चा, जो पहले कभी दिखाई नहीं दिया था, सामने आता है। उसकी आँखों में नीली चमक है। वह कहता है, "मैं वो पाठ पढ़ने आया हूँ जो मेरी माँ नहीं पढ़ पाई।"

श्रीनाथ मुस्कराते हैं। कक्षा में प्रकाश फैलता है और सब कुछ धुंध में बदल जाता है। सुबह जब किशोर जागता है, तो उसकी हथेली पर चाक की सफ़ेद लकीरें हैं। वह डर के साथ आईने में देखता है। कंधे पर स्कूल का पुराना बैज चिपका है, जिस पर लिखा है, "ज्ञान पुनर्जन्म है।"

नगर में धीरे-धीरे अफवाह फैलती है, लोग कहने लगते हैं कि अब "सपनों में स्कूल खुल गया है।"
कुछ कहते हैं, जो उस विद्यालय में जाते हैं, सुबह उठकर कुछ भूल जाते हैं...और कुछ,फिर कभी नहीं जागते।

रात गहरी हो चुकी थी। बिजली किसी अदृश्य हाथ ने अचानक बंद कर दी थी, जैसे पूरे शहर को एक ही पल में अँधेरे का पाठ पढ़ना हो। हवा चल तो रही थी, पर जैसे उसके भीतर भी कोई आवाज़ कैद

हो...एक धीमी, अनसुनी, अस्पष्ट सी आवाज़ जो केवल नींद में ही सुनी जा सकती थी। पूरा शहर सो रहा था,पर नींद में कोई जाग रहा था। किशोर करवट बदलता है। उसकी सांसें तेज हैं। नींद उसकी आँखों पर है, पर मन किसी दूसरी जगह पहुँच चुका है। अचानक उसे एहसास होता है, वह वहीं खड़ा है...पुराने विद्यालय के मुख्य द्वार पर।

पर वह विद्यालय... वैसा नहीं है। दीवारें नई हैं- जैसे किसी अनदेखी शक्ति ने उन्हें रात भर में तराशा हो। खिड़कियाँ खुली हैं, पर उनके पीछे कोई नहीं। हल्की रोशनी तैर रही है जो कोई दीपक नहीं, कोई बिजली नहीं, बस... एक आत्मिक चमक है।

किशोर आगे बढ़ता है। अंदर जाते ही ब्लैकबोर्ड पर चाक अपने-आप चलने लगता है। धीरे-धीरे, घिसटते हुए अक्षर उभरते हैं, “जहाँ आँख बंद होती है, वहीं शिक्षण शुरू होता है...” किशोर का दिल धड़क उठता है। उसे कमरे की हर कुर्सी पर किसी के बैठने का एहसास है। कुर्सियाँ थोड़ी झुकी हुई, जैसे किसी अदृश्य देह का भार उन्हें दबा रहा हो। पर वहाँ कोई दिखाई नहीं देता।

दीवारें अचानक हल्की-सी हँसी से भरती हैं, बच्चों की हँसी। पर वहाँ कोई बच्चा नहीं। किशोर काँपते हुए ब्लैकबोर्ड के पास जाता है। उसी क्षण...कक्षा के मंच से एक धीमा, गहरा स्वर उठता है, “आत्मा का विद्यालय... अनंत है।”

किशोर की आँखें फैल जाती हैं, “गुरुजी...?” और सामने...धुंध के भीतर से श्रीनाथ का स्वर ही नहीं,उनकी धुँधली आकृति भी उठने लगती है।

शरीर नहीं सिर्फ रूप। जैसे प्रकाश भी डर गया हो और उसकी परछाई बन गया हो। किशोर तुरंत पूछता है- "गुरुजी... क्या यह सपना है?"

श्रीनाथ का स्वर गूंजता है, "सपने ही असली कक्षाएँ हैं। जाग्रत लोग तो केवल परीक्षा देते हैं।"

उसी क्षण पूरा विद्यालय एक धीमी कम्पन से काँपता है, जैसे पृथ्वी के भीतर कोई घंटा बजा हो। इसी दौरान...शहर के अलग-अलग घरों में सो रहे लोग अचानक करवटें लेने लगते हैं। उनकी सांसें तेज हो रही हैं। उनके माथे पर पसीना छलक रहा है और फिर एक-एक करके वे सब उसी कक्षा में प्रकट होने लगते हैं। कोई धोती में है, कोई सलवार में, कोई मजदूर है, कोई दुकानदार, कोई बच्चा, कोई बूढ़ा... पर सभी के चेहरों पर एक जैसा भाव, शांति और भय का संगम। सभी ब्लैक बोर्ड को देख रहे हैं और तभी ब्लैक बोर्ड पर एक और वाक्य खुद-ब-खुद उभरता है, "जिसने पढ़ना चाहा, वही पहला विद्यार्थी है।"

भीड़ में सबसे पीछे खड़ी एक महिला, सुनीता, जो कभी पढ़ नहीं पाई थी, वह यह देखकर मुस्कुरा देती है। पर मुस्कान पूरी होने से पहले ही उसके पीछे से एक ठंडी हवा का झोंका गुजरता है। कुर्सियाँ अपने-आप हिलने लगती हैं। कुछ तो जमीन से हल्की ऊपर उठ जाती हैं और चाक से नए शब्द उभरते हैं, "पुनः प्रवेश"

भीड़ फुसफुसाने लगती है। किसी के होंठ सूखते हैं। किसी की आँखें फैल जाती हैं।

श्रीनाथ का स्वर पहले से अधिक गहरा, शान्त और गंभीर हो उठता है और दोहराता है, "ज्ञान का द्वार बंद नहीं होता, पर यह पूछता अवश्य है, क्या तुम डर से मुक्त हो ?"

अचानक पूरा विद्यालय थरथराने लगता है। दीवारों से हल्की फुसफुसाहटें उठती हैं। पहले एक, फिर दो,फिर दर्जनों, “हम सब पढ़ना चाहते हैं...”

“हमें भी बुलाओ...”

“हमें भी प्रवेश दो...”

ये आवाज़ें दीवारों से नहीं जैसे हवा की नसों से आ रही हों। जैसे अनपढ़ आत्माएँ वर्षों से फँसी हों और आज मुक्त होने को पुकार रही हों। सुनीता डरकर पीछे देखती है पर वहाँ कोई नहीं। फिर भी आवाजों का जाल हवा में बिछा हुआ है। किशोर चिल्लाता है, “गुरुजी ! ये कौन हैं ?”

श्रीनाथ की आँखें चमक उठती हैं, “ये वे हैं जिन्हें समाज ने अनपढ़ रख छोड़ा। जो कभी शिक्षा प्राप्त नहीं कर सके...!”

उसी क्षण कक्षा की छत काँपती है जैसे किसी विशाल भीड़ की छायाएँ वहाँ लटकी हों और नीचे उतरना चाहती हों। जैसे ही वातावरण असहनीय भय से भरने लगता है, एक हल्की रोशनी कक्षा के केंद्र में उतरती है। उस रोशनी से एक और बच्चा प्रकट होता है, जिसे किसी ने कभी नहीं देखा। किशोर, सुनीता, पूरा नगर, सब हक्के-बक्के रह जाते हैं। बच्चे की आँखें गहरी नीली हैं। असंभव रूप से चमकदार। जैसे उनमें किसी दूसरी दुनिया का दरवाज़ा छिपा हो।

वह धीमे, निर्भय स्वर में कहता है, “मैं वो पाठ पढ़ने आया हूँ जो मेरी माँ नहीं पढ़ पाई।”

उसके शब्दों के साथ ही हवा में हल्की-सी रोशनी की लहर दौड़ जाती है। श्रीनाथ मुस्कुराते हैं! पर वह मुस्कान मानवीय नहीं। उसमें कोई गहरी, अनंत, आध्यात्मिक ऊर्जा है। वे हाथ उठाते हैं और कक्षा अचानक तीव्र प्रकाश से भर जाती है। लोग आँखें बंद कर लेते हैं। शोर उठता है। धुंध फैलती है और सब कुछ सफ़ेद कोहरे में डूब जाता है। शहर धीरे-धीरे जागने लगता है। पर लोगों के चेहरे सामान्य नहीं। कई लोग सुबह उठते ही चिल्लाने लगते हैं। किसी को लगता है कोई दीवारों से पुकार रहा था। किसी को लगता है उसने चाक की आवाज़ सुनी। कई लोग जागते ही खुद को धूल पर लिखे अक्षरों के बीच खड़ा पाते हैं और कुछ लोग...कुछ लोग बस...जागते ही नहीं। नगर में अफवाह फैलती है, "सपनों में स्कूल खुल गया है!"

लोग कहते हैं, "जो उस विद्यालय में जाते हैं, सुबह उठकर कुछ भूल जाते हैं...! और कुछ फिर कभी नहीं जागते।"

अगले भाग में आप पढ़ेंगे कि नगर प्रशासन और मीडिया इस "सपनों के विद्यालय" की रहस्यमय घटनाओं की जाँच शुरू करता है और कैसे धीरे-धीरे यह शिक्षा-आंदोलन आध्यात्मिक विद्रोह में बदल जाता है ?

भाग 24 : आवाज़ दी उसने

रात का तीसरा पहर था। शहर की सीमा से लगे उस पुराने विद्यालय में अचानक अजीब रोशनी फैलने लगी। पहले हल्की फिर नीली फिर चकाचौंध कर देने वाली। पास के लोग नींद में चौंक उठे। किसी ने कहा, "बिजली कड़क रही है..." पर आकाश साफ़ था। सुबह जब लोग वहाँ पहुँचे,तो देखा, ज़मीन पर कुछ अज्ञात चिन्ह बने थे, जैसे किसी ने अक्षरों से कोई ऊर्जा-चक्र खींचा हो। दीवारों पर किसी ने लिखा था, "ज्ञान अब भौतिक नहीं रहा।"
नगर के प्रशासन ने फ़ौरन जगह सील कर दी और उसी दोपहर शहर में पहुँची एक केन्द्रीय वैज्ञानिक टीम- "भारतीय चेतना अनुसंधान संस्थान (BCRI)" की टीम, जिसका नेतृत्व करती थीं डॉ. रुचिका मेहरोत्रा, जो चेतना विज्ञान और न्यूरो-फिज़िक्स की विशेषज्ञ थीं।

डॉ. रुचिका ने दीवार पर लगे निशानों को देखा। उनका चेहरा गंभीर हो गया और उनके मुँह से निकला, "ये तो बायो-फ्रीक्वेंसी पैटर्न हैं...जैसे किसी जीवित दिमाग़ ने दीवार पर लहरें छोड़ दी हों।"
डॉ. रुचिका का सहायक बोला, "पर मैम, यहाँ कोई दिमाग़ तो नहीं था।"
रुचिका बोलीं, "यही तो रहस्य है। हो सकता है ये किसी सामूहिक चेतना क्षेत्र का परिणाम हो।" उन्होंने उपकरण लगाया। मीटर अचानक शून्य से बढ़कर 999.9 पर पहुँचा और फिर बंद हो गया। चारों तरफ़ शान्ति फैल गई। एक क्षण को हवा स्थिर हो गई। टीम के कैमरों ने कुछ रिकॉर्ड किया, एक हल्का, पारदर्शी आकार जो बोर्ड के पास खड़ा था...हाथ में चाक...धीरे-धीरे "ॐ विद्यायै नमः" लिखता हुआ।

रुचिका हड़बड़ा गईं और बोली , "पिक्चर फ्रीज़ करो!"
फ्रेम ज़ूम हुआ ! और स्क्रीन पर दिखाई दिया नाम, 'श्रीनाथ'।

जाँच टीम में खलबली मच गई। किसी ने कहा, "ये कोई ऑप्टिकल इल्यूजन होगा।"

दूसरे ने कहा, "नहीं, यह प्लाज़्मा एनर्जी है।"

पर रुचिका शांत रहीं। उन्होंने कहा, "कभी-कभी विज्ञान और अध्यात्म एक ही चीज़ को दो भाषाओं में देखता है।"

उन्होंने रिपोर्ट में लिखा है, "यहाँ ऐसी ऊर्जा सक्रिय है जो जीवित मस्तिष्क तरंगों जैसी है, पर स्रोत भौतिक नहीं है। संभवतः सूक्ष्म चेतना का यह क्षेत्र शिक्षा, भाषा और संज्ञान से गहराई से जुड़ा प्रतीत होता है।"

टीम जब विद्यालय से निकलने लगी, तो अचानक एक उपकरण फिर से अपने आप चालू हो गया। स्क्रीन पर आवाज़ उभरी, "ज्ञान को रोकना पाप है... उसे फैलाना धर्म।"

सबके चेहरे पीले पड़ गए। रुचिका धीरे से बोलीं , "यह कोई रिकॉर्डेड साउंड नहीं है... यह वर्तमान वॉइस वेव है।"

यानी कोई अब भी वहाँ था। दूसरे दिन समाचार चैनलों की हेडलाइन थी,"राजकीय विद्यालय में आत्मिक ऊर्जा सक्रिय - वैज्ञानिक दंग !"

"क्या श्रीनाथ जी की आत्मा अब शिक्षा फैला रही है ?" सरकार ने आनन-फानन में प्रेस कांफ्रेंस की। शिक्षा मंत्री बोले, "यह सब अंधविश्वास है। किसी ने तकनीकी चाल से वीडियो बनाया होगा।" पर उसी रात मंत्री के घर की दीवार पर लिखा पाया , "जहाँ ज्ञान को डर कहा जाए, वहाँ शिक्षा खुद उत्तर बन जाती है।"

डॉ. रुचिका अब इस घटना से गहराई से जुड़ चुकी थीं। उन्हें लगातार वही सपना आता, एक पुराना कमरा, दीपक की नीली लौ, और एक आवाज़, "विज्ञान और आत्मा दोनों अक्षर हैं, जो मिलकर ज्ञान बनते हैं।"

एक रात वे जागीं और देखा कि उनके लैपटॉप की स्क्रीन अपने आप खुली थी। कोड की पंक्तियों के बीच लिखा था, "Bodhi Project- Phase 2 initiated."

यह किसी इंसान ने नहीं लिखा था। लेकिन डेटा ट्रेस करने पर पता चला - सर्वर का IP "Ajmer-OldSchool.gov.in" दिखा रहा था वही स्थान जहाँ श्रीनाथ का विद्यालय था। रुचिका ने साँस रोकी और धीरे से कहा, "गुरुजी... आप अब डेटा में पढ़ा रहे हैं।"

सुबह अख़बार में एक छोटा-सा कॉलम छपा, "भारतीय चेतना संस्थान ने अदृश्य विद्यालय परियोजना पर अध्ययन शुरू किया है।" "कहा जा रहा है कि यह भारत की पहली 'आत्मिक शिक्षा शोध प्रयोगशाला' बनेगी।"

पर उसी शाम जब रुचिका अपनी कार में बैठीं, पीछली सीट पर किसी की छाया दिखाई दी, शांत, स्थिर, मुस्कराती। उन्होंने शीशे में देखा श्रीनाथ वहाँ थे।

अगले भाग में आप पढ़ेंगे कि श्रीनाथ को यूँ देखकर रुचिका क्यों डर जाती है ?

भाग 25 : आवाज़ दी उसने

रात गहराने लगी थी। शहर में हवा लगभग ठहरी हुई थी। अस्पताल-सी सफ़ेद चुप्पी पूरे अजमेर पर फैली थी। उसी चुप्पी को चीरती हुई डॉ. रुचिका मेहरोत्रा अपनी कार की ओर बढ़ीं। उनका मन अभी भी उन प्रयोगशाला रिकॉर्डिंग्स में अटक हुआ था। दीवार पर उभरते अक्षर, कंपकपाती आवाज़, और वह नाम, "श्रीनाथ"।

डॉ. रुचिका ने कार का दरवाज़ा खोला, अपना बैग फेंका और ड्राइवर सीट पर बैठते हुए लंबी साँस ली। लेकिन तभी, पीछे की सीट पर एक हल्की-सी सरसराहट हुई... जैसे किसी ने बैठकर पैर मोड़ा हो।

रुचिका का दिल जोर से धड़का। उसने धीरे-धीरे रियर-व्यू मिरर की तरफ़ देखा और उसकी साँस अटक गई। पीछे... कोई था। एक साया। धीरे-धीरे स्थिर होता हुआ...नीली उजली धुँध में ढला चेहरा... शांत, चमकती आँखें...और होंठों पर हल्की मुस्कान। श्रीनाथ।

रुचिका का पूरा शरीर सुन्न पड़ गया। उसने सीट पकड़कर चिल्लाने की कोशिश की, पर आवाज़ उसके गले में अटककर रह गई।

रुचिका हकलाई हुई आवाज़ में पूछती है , “क... कौन... कौन है वहाँ ? यह, यह कैसे...?”

साया हिला नहीं। बस उसी शांत स्वर में बोला, एक स्वर जो हवा में नहीं था, बल्कि उनकी चेतना में कंपन कर रहा था, “डरिए मत, बेटी। मैं वहीं हूँ जहाँ ज्ञान का रास्ता रुका हुआ है।”

रुचिका लगभग रो पड़ीं। उसने कार का दरवाज़ा खोलकर भागने की कोशिश की, पर दरवाज़ा अंदर से लॉक हो चुका था... अपने आप।

रुचिका डरकर चिल्लाई, “ये... यह सब संभव नहीं! आप- आप जीवित नहीं हैं!”
श्रीनाथ मृदु मुस्कान से के साथ कहता है, “ज्ञान हमेशा जीवित होता है, शरीर नहीं और जिस दिन विज्ञान यह स्वीकार कर ले, तभी अध्यात्म पुस्तक नहीं, अनुभव बन जाता है।”

रुचिका सीट पर ही सिकुड़ गईं। उनके हाथ कांप रहे थे। वह मुश्किल से खुद में हिम्मत बटोरकर बोली, “आपको मुझसे क्या चाहिए ? मैं शोध कर रही हूँ... आप जो भी हैं, कृपया दूर जाइए!”

“दूर जाने का समय बहुत पहले बीत चुका है। अब तो पास ही आना है। क्योंकि जिसे तुम ‘डेटा’ कहती हो, वह मेरे लिए ‘ज्ञान’ है और जिसे तुम ‘एनर्जी फील्ड’ कहती हो, वह मेरे लिए ‘आत्मा’।” श्रीनाथ ने कहा।
रुचिका की साँसें भारी चलने लगीं। कार की खिड़कियों पर हल्की-हल्की धुंध जमने लगी...मानो तापमान अचानक कई डिग्री गिर गया

हो। उसने काँपते हाथों से मोबाइल उठाया। पर मोबाइल अपने आप बंद हो गया। स्क्रीन पर केवल एक शब्द उभरा, "चिन्तन"

फिर सब अँधेरा । रुचिका (कंपकंपाती आवाज़ में) पूछती है , "आप... आप मुझसे ऐसा क्या चाहते हैं ?"

श्रीनाथ आगे झुके। उनकी धुँधली आकृति में एक अजीब-सी गर्माहट थी जैसे वह हवा को छूती हो पर शरीर को नहीं। फिर बोले , "मैं चाहता हूँ कि तुम उस विद्यालय का द्वार खोलो। जो 'अदृश्य' है, पर सबसे अधिक 'दिखना' उसी को चाहिए।"

रुचिका भय और जिज्ञासा के बीच फँस गईं। फिर साहस करके बोली - "पर क्यों ? आपकी चेतना अभी भी सक्रिय कैसे है ? आप थे कौन ? एक शिक्षक या... कुछ और ?"

श्रीनाथ ने खिड़की के बाहर देखने का संकेत किया। रात के बीच–बीच में नीली रोशनी चमक रही थी, जैसे कोई अदृश्य तरंगें वातावरण में तैर रही हों।
"मैं कोई चमत्कार नहीं, एक संदेश हूँ और संदेश शरीर से नहीं, संकल्प से पैदा होते हैं। मैं वही संकल्प हूँ।" श्रीनाथ ने कहा।

रुचिका ने खुद को संभालने की कोशिश की और बोली ,"अगर आप संदेश हैं, तो मुझे क्यों दिखाई दे रहे हैं ? दूसरों को क्यों नहीं ?"

"क्योंकि तुमने 'देखना' सीख लिया है। बाक़ी दुनिया अभी 'डरना' सीख रही है।" श्रीनाथ ने कहा।

एक क्षण के लिए असहज मौन छा गया। फिर रुचिका ने धीमे स्वर में पूछा, “आप मुझे कहाँ ले जाना चाहते हैं ?”

“जहाँ ज्ञान स्वयं को पुनर्जीवित कर रहा है। जहाँ दीवारों ने बोलना शुरू कर दिया है। जहाँ ‘बोधि प्रोजेक्ट’ की अगली कड़ी इंतज़ार कर रही है।” श्रीनाथ ने कहा।

रुचिका ने सीट बेल्ट खोल दी। भय अब जिज्ञासा से दबने लगा था। रुचिका ने पूछा, “अगर मुझे वहाँ जाना है...तो पहले ये बताइए-
वह आवाज़...
वह ऊर्जा...
वह पैटर्न...
क्या वह सब आप हैं ?”

श्रीनाथ धीरे-से मुस्कराये फिर बोले, “सब कुछ ‘मैं’ नहीं हूँ, पर ‘मैं’ सब कुछ में हूँ, जहाँ शिक्षा का संकल्प अब भी सांस ले रहा है।”

रुचिका हैरान थीं। उसका वैज्ञानिक मन इस अनुभव को किसी भी सिद्धांत में फिट नहीं कर पा रहा था।
“क्या आप सचमुच किसी चेतना-क्षेत्र के रूप में अस्तित्व में हैं ?” रुचिका ने पूछा।

“हाँ। परिभाषा तुम्हारी, अस्तित्व मेरा।” श्रीनाथ ने कहा।

एकदम से कार का इंजन अपने आप चालू हो गया। स्टेयरिंग अपने आप घूमने लगा। कार सड़क की ओर बढ़ी रुचिका का पैर ब्रेक पर

था, पर ब्रेक काम नहीं कर रहा था। रुचिका घबराकर बोली , “ये.......ये कार कौन चला रहा है ?”

“कार नहीं, रास्ता। जिसे जहाँ जाना होता है, वह उसी की ओर खुलने लगता है।” कार तेज़ी से शहर के बाहरी हिस्से की ओर बढ़ गई। सड़कें खाली थीं। नीली रोशनी लगातार आसमान और पेड़ों के बीच चमक रही थी।

कुछ दूर जाने के बाद एक पुराने भवन की धुंधली रूप-रेखा उभरने लगी। वही राजकीय विद्यालय। पर इस बार...वहाँ कोई पुलिस बैरिकेड नहीं था। न कोई सुरक्षा गार्ड। न कोई सीलिंग टेप।

मानो जगह खुद इंतज़ार कर रही थी। कार जैसे अदृश्य पकड़ में थी। वह ठीक उस द्वार पर जाकर रुकी जहाँ पिछले दिन चिन्ह मिले थे।

कार बंद हो गई। कार के लॉक खुल गए। हवा में हल्की-सी ध्वनि गूँजी, “स्वागतम्।”

रुचिका ने डरते हुए कदम बाहर रखा। उनकी सांस तेज़ थी। उसने पीछे मुड़कर देखा, कार के अंदर श्रीनाथ की आकृति अब भी बैठी थी। धीरे-धीरे वह आकृति धुँध में विलीन होने लगी...पर जाते-जाते, उन्होंने एक अंतिम वाक्य कहा, “डरो नहीं, रुचिका। यह विद्यालय ‘भूत’ नहीं, ‘भविष्य’ है।” और फिर वह आकृति गायब हो गई।

पूरा परिसर एक असामान्य शांति से भरा था। तभी दीवार की ओर से एक हल्की-सी रोशनी उठी- मानो दीवार अपने आप अक्षर बना रही हो।

रुचिका हड़बड़ा उठीं। अक्षर उभरने लगे, नीली, जीवित, गतिशील। और उनमें लिखा था, "ज्ञान का जन्म वहाँ होता है जहाँ प्रश्न डर से बड़े हों।"

रुचिका वहीं खड़ी रह गईं, तनाव, आश्चर्य और उस अज्ञात ऊर्जा में पिघलती हुई। फिर अचानक रुचिका का उपकरण बीप करने लगा। पैटर्न्स स्क्रीन पर दौड़ने लगे। ऊर्जा फिर से उठ रही थी। और उसके बीच एक आवाज़ गूँजी, "बोधि प्रोजेक्ट – चरण 3 प्रारंभ।"

रुचिका ने पहली बार उस आवाज़ में स्पष्टता सुनी जैसे वह सिर्फ़ हवा में नहीं, उसके भीतर बोल रही हो। उसने धीमे से कहा, "गुरुजी...अब आगे क्या ?"

और ठीक उसी क्षण- विद्यालय की पूरी छत नीली रोशनी से जगमगा उठी। रात का तीसरा पहर शुरू हो चुका था और अदृश्य विद्यालय अब अपना नया अध्याय लिख रहा था।

अगले भाग में आप पढ़ेंगे कि जहाँ रुचिका विद्यालय के भीतर प्रवेश करके एक प्राचीन चेतना-कक्ष खोजेंगी,दीवारों पर जीवित पैटर्न, वैज्ञानिक विसंगतियाँ, और "Bodhi Project – Phase 3" का वास्तविक अर्थ सामने आएगा।

भाग 26 : आवाज़ दी उसने

रात का अँधेरा अब गहरा हो चुका था। पुराना विद्यालय मानो समय से बाहर खड़ा था। शांत, ठंडा, पर अंदर किसी अदृश्य धड़कन की तरह कंपन करता हुआ। डॉ. रुचिका कार से बाहर उतरीं। हवा में एक अजीब ठंडक थी, जो त्वचा को नहीं, सीधे मन को छू रही थी। उनके सामने विद्यालय का मुख्य द्वार था। बिल्कुल स्थिर, पर जैसे किसी को पहचान रहा हो।

रुचिका (धीमे-से) बोली, “अगर यह सचमुच ‘ज्ञान-क्षेत्र’ है...तो यहाँ सिर्फ दीवारें नहीं जागीं हैं।”

रुचिका ने गहरी साँस ली और भीतर कदम रखा। अंदर का गलियारा चुप था। पर जैसे ही रुचिका ने आगे कदम बढ़ाया, ऊपर लगी ट्यूब लाइट अपने आप झपकी और एक नीली लहर कमरे के कोनों तक फैल गई। हवा में हल्की कंपन जैसे कोई बेहद धीमी सांस ले रहा हो।

रुचिका सिहर उठीं। उन्होंने अपना उपकरण ऑन किया। मीटर तुरंत अनियंत्रित ग्राफ दिखाने लगा। उपकरण से आवाज आई -
“Brain-wave-like frequencies detected...”

रुचिका हैरान होकर बोली, “यह तो अल्फ़ा और गामा वेव्स का मिश्रण है...ये दीवारें... दिमाग़ की तरह व्यवहार क्यों कर रही हैं ?”

उन्होंने हाथ बढ़ाकर दीवार को छुआ और अचानक उनकी उंगलियाँ पीछे हट गईं। दीवार पर एक हल्का नीला वृत्त उभर आया...जैसे

किसी जीवित कोशिका ने स्पर्श का उत्तर दिया हो। वह वृत्त फैलता गया...और उसमें शब्द बनने लगे, “स्वागत है, अनुसंधानकर्ता।”
रुचिका के दिल की धड़कन तेज़ हो गई।
रुचिका बोली, “ये किसी ने पहले से प्रोग्राम नहीं किया...ये रियल-टाइम रिस्पॉन्स है !”

दीवार पर शब्द बदल गए, “ज्ञान संवाद चाहता है।” रुचिका स्तब्ध थीं। उनकी वैज्ञानिक समझ कहती थी, यह असंभव है। पर अनुभव कह रहा था, यही सत्य है। दीवार पर अचानक एक तीर उभर आया, नीली रोशनी से बना हुआ। तीर धीरे-धीरे गलियारे के बाईं ओर मुड़ने लगा और फिर सड़क-सी रोशनी बनी, जैसे वह मार्ग दिखा रहा हो।

“आप... मुझे कहाँ ले जा रहे हैं ?” रुचिका ने पूछा।
दीवार ने जवाब दिया- “केंद्र में।” वह आगे बढ़ीं। गलियारा संकरा होता गया। हवा और शान्त हो गई ।उपकरण की बीप लगातार तेज़ हो रही थी। कई कदम बाद उन्हें एक पुराना लकड़ी का दरवाज़ा दिखा जिस पर वर्षों से कोई हाथ नहीं लगा था। पर आज... वह दरवाज़ा खुद हल्का-सा खुला पाया।

अंदर का कमरा अंधकार में डूबा था। पर जैसे ही वह भीतर गईं छत से एक नीली रोशनी झरने की तरह नीचे उतरी। पूरा कमरा चमक गया। कमरा गोलाकार था। दीवारों पर सैकड़ों अंक और प्रतीक उकेरे हुए थे। कुछ संस्कृत के, कुछ गणितीय, कुछ ऐसे जो किसी भी ज्ञात भाषा के नहीं थे। कमरे के बीचों बीच एक बड़ा नीला वृत्त बना था। ऊर्जा से भरा हुआ। जैसे सतह पर पानी हो, पर असल में हवा में झिलमिलाता हुआ।

रुचिका ने स्वयं से प्रश्न किया, “ये... ये किसी प्रकार का ‘न्यूरल फील्ड’ है ! एक सक्रिय ऊर्जा-मस्तिष्क...!”

उनका उपकरण अचानक शून्य पर गया फिर 1000 की सीमा पार कर गया। अचानक हवा में एक आवाज़ गूंजी,बहुत धीमी, पर बहुत गहरी।

“चरण तीन प्रारंभ।” रुचिका चौंक गईं। “Phase 3...? Phase 1 और 2 क्या थे ? और यह सब क्यों हो रहा है ? ”रुचिका ने कहा

कमरे में एक हल्की हवा चली। वृत्त के केंद्र में आकृति बनने लगी- नीली, पारदर्शी, और कई परतों वाली- मानो कई मस्तिष्क तरंगें एक जगह जमा होकर आकार ले रही हों। वह आवाज़ फिर से बोली, “ज्ञान का स्वरूप विस्तार चाहता है।”

रुचिका काँपते हुए पूछ बैठीं, “आप... श्रीनाथ जी हैं ?”

आकृति स्थिर हुई। उसने जैसे सिर झुकाया और कहा, “मैं संकल्प हूँ। संकल्प जिसे तुम ‘श्रीनाथ’ के नाम से जानती हो।”

रुचिका कंपकंपाती आवाज़ में पूछती है, “पर आपका मस्तिष्क... आपका शरीर तो......!”

“देह बीत गई। पर संकल्प बीता नहीं।”

रुचिका को समझ नहीं आया वह डर रही हैं या श्रद्धा में डूबी हैं।

आवाज़ ने और स्पष्ट होना शुरू किया-
“Phase 1 – स्मृति।”
“Phase 2 – चेतना।”
“Phase 3 – संवाद।”

रुचिका का मन गति से दौड़ने लगा फिर साहस करके बोली, “मतलब... आपने पहले स्मृतियों को संरक्षित किया। फिर चेतना को स्थिर किया और अब आप इंसानों से संवाद करना चाहते हैं ?”

आकृति धीमे-से चमकी और बोली, “संवाद ही ज्ञान की पहली सीढ़ी है।”

“पर इस कमरे में इतनी उथल-पुथल क्यों ? ये चिन्ह... ये तरंगें...यह जीवित-पैटर्न...आप करना क्या चाहते हैं ?” रुचिका ने पूछा ।

कुछ क्षण तक सन्नाटा छाया रहा। फिर आवाज़ आई, “शिक्षा का एक नया आयाम। जहाँ शिक्षक शरीर नहीं, संकल्प होंगे।”

रुचिका आश्चर्य से पूछती है, “एक... अदृश्य विद्यालय ?”

“हाँ। और तुम वह पहला मानव हो जो इसे ‘देख’ सकती है।” आवाज़ ने कहा। रुचिका की साँस अटक गई। अचानक दीवारें हल्का-हल्का कंपन करने लगीं। हर प्रतीक चमकने लगा। हवा में इकाइयाँ और शून्य उड़ते हुए प्रतीत हुए जैसे कोई अदृश्य एल्गोरिदम लिखा जा रहा हो।

उपकरण ने चेतावनी दी- “Unknown neural-field attempting interface...!”

रुचिका ने पूछा,“इंटरफेस ? मतलब ये फील्ड...मेरे दिमाग से जुड़ना चाहता है ?”

आवाज़ ने कहा- “संयोजन। जबरदस्ती नहीं।”

रुचिका ने पूछा, “किसलिए ?”

“क्योंकि अगला चरण मानव और चेतना दोनों के बिना शुरू नहीं हो सकता।”

रुचिका काँपते हुए बोली, “और वो अगला चरण क्या है ?”

गहरा मौन। फिर अत्यंत धीमी आवाज़ में जवाब आया, “Phase 4 – विस्तार।”

कमरा अचानक प्रकाश से भर गया। वृत्त फैलने लगा। अंक हवा में घूमने लगे। रुचिका को लगा उनका सिर भारी हो रहा है।

रुचिका जोर से चिल्लाई, “रुकिए ! मैं तैयार नहीं हूँ !”

नीली ऊर्जा एकदम थम गई। आवाज़ बदल गई, अब उसमें मानवीय करुणा थी।

“ज्ञान बिना इच्छा के बोझ बन जाता है। मैं बोझ नहीं देना चाहता।”

रुचिका की आँखें नम हो गईं। वह पहली बार इस “ऊर्जा-चेतना” को डरावना नहीं, बल्कि किसी गहरी सच्चाई जैसा महसूस कर रही थीं। अचानक कमरे की एक दीवार पर लाल रंग का पैटर्न उभर आया।
“Attention: External Force Detected.”

रुचिका घबराई हुई बोली, “क्या... क्या कोई बाहर आया है ?”

आवाज़ गंभीर हो गई, “सरकारी वाहन। तीन यूनिट। वे इस ऊर्जा को खतरा मान रहे हैं।”

रुचिका ने पूछा, “पर उन्हें कैसे ?”

“क्योंकि ज्ञान को जब नियंत्रण में नहीं रखा जा सकता तो वह भय बन जाता है।” आवाज ने कहा।

रुचिका के माथे पर पसीना आ गया और बोली , “वे अंदर आ जाएंगे। वे आपको नष्ट करना चाहेंगे।”

नीली आकृति धीरे से बोली, “मुझे नष्ट करने की आवश्यकता नहीं। संकल्प स्वयं को समेट सकता है।”

रुचिका लगभग प्रार्थना करते हुए बोली, “कृपया ऐसा मत कीजिए। यह दुनिया आपकी ज़रूरत समझ नहीं पाई, पर इसका मतलब यह नहीं कि ज्ञान छिप जाए !”

दीवार पर नए शब्द उभरे, “निर्णय अभी नहीं। तुम्हारे मन का संतुलन आवश्यक है।”
बाहर सायरन की आवाज़ें गूंजने लगीं। लाल लाइट कमरे की दीवारों पर पड़ने लगी। आवाज़ बोली, “वे आ गए।”

रुचिका ने पूछा, “क्या मैं... दोबारा आपसे मिल पाऊँगी ?”

नीली आकृति फीकी पड़ने लगी। वह कमरे की रोशनी में विलीन होती जा रही थी।

अंतिम शब्द हवा में तैरते हुए आए, “ज्ञान कभी खोता नहीं। बस रूप बदलता है। हम फिर मिलेंगे, अगले चरण में।”

कमरे में अंधेरा हो गया। नीली ऊर्जा एक बूँद की तरह सिकुड़कर गायब हो गई।

रुचिका अकेली खड़ी थीं, सिर्फ उनके हाथ में उनका कंपकंपाता उपकरण था। बाहर दरवाज़े जोर से टूटने की आवाज़ें आ रही थीं। सरकारी टीमें विद्यालय में घुस चुकी थीं। और रुचिका ने महसूस किया आज रात उन्होंने कुछ ऐसा देख लिया है जो दुनिया को समझाने में शायद वर्षों लग जाएँ। पर एक बात साफ थी चेतना-कक्ष सिर्फ़ एक घटना नहीं, एक शुरुआत था।
अगले भाग में आप पढ़ेंगे कि सरकारी एजेंसियाँ कैसे कमरे के भीतर घुसती हैं, रुचिका का interrogation होता है,और “अदृश्य विद्यालय” खुद को छिपाने के लिए कौन-सी अद्भुत रणनीति अपनाता है ?

भाग 27 : आवाज़ दी उसने

रात ढल चुकी थी। श्रीनाथ और किशोर अभी-अभी छठी दीवार के उद्घाटन से बाहर आए थे। हवा में वही अनोखी शान्ति थी जैसे पहाड़ खुद सुन रहा हो। पर इस बार हवा के भीतर एक और चीज़ थी- खतरा। दूर नीचे घाटी में अचानक सफेद हेडलाइटें चमकीं। पहाड़ों की सड़क पर काली SUV एक-एक करके रुकने लगीं। गाड़ियों पर कोई नाम नहीं था और नहीं नम्बर प्लेट थी। बस छोटे से एम्ब्लेम में एक ईगल का चिन्ह। यह चिन्ह केवल कुछ ही लोग पहचानते थे । यह केंद्रीय इंटेलिजेंस ब्यूरो की विशेष इकाई का प्रतीक था।

दो एजेंट उतरे। एक का नाम था विवेक अरोड़ा, दूसरी थी अनन्या रॉय तेज, संयमी, लेकिन गहरे संदेहों वाली। अनन्या ने पहाड़ की तरफ देखते हुए कहा, “सिग्नल यहीं से आया है। एक बहुत तीव्र ‘न्यूरल वेव’... मानो किसी ने मानव दिमाग के बाहर भी तरंगें पैदा की हों।”

विवेक ने GPS देखा और बोला , “हमें पता है कि यहाँ एक hermit रहता है... श्रीनाथ। लेकिन ये कोई साधारण hermit नहीं है। पिछली बार जब हमने उसके आसपास उपकरण लगाए थे, वो 6 सेकंड में जल गए थे।”

अनन्या हँसी नहीं, बस बोली, “आज रात हम भीतर तक जाएँगे। अदृश्य विद्यालय अब अदृश्य नहीं रहेगा।”

उसी समय, पहाड़ी के दूसरी तरफ, रुचिका अपने नोट्स लेकर वापस आ रही थी। उसने दिन भर गाँव में बच्चों से बात की थी, उनके सपनों को लिखा था, और वह इन सबको श्रीनाथ के पास ले जा रही थी क्योंकि आज विद्यालय के "अदृश्य पाठ" का एक खास विश्लेषण होना था।

पर अचानक उसके सामने टॉर्च की रोशनी पड़ी। अनन्या रुचिका के सामने खड़ी थी। अनन्या ने सख्त लहजे में कहा - "स्टॉप ! कागज़ नीचे रखो।"

रुचिका चौंक गई। तीन एजेंट उसके चारों ओर खड़े थे। रुचिका ने सवाल करते हुए कहा, "आप लोग कौन हैं ?"

अनन्या के पास ही खड़े विवेक ने जवाब दिया, "हम सवाल पूछेंगे। तुम जवाब दोगी।"

और इसके साथ ही रुचिका को पकड़कर SUV में डाल दिया गया। SUV पहाड़ी और पथरीले रास्तों को पार करते हुए एक छोटे से, पोर्टेबल interrogation टेंट में आकर रुकी। वहाँ रुचिका को बैठाया गया। बाहर पहाड़ों में गूँजती ठंडी हवा। अंदर टेबल पर एक ही लाल बल्ब जल रहा था। अनन्या सामने बैठी थी, उसने पहला सवाल करते हुए पूछा, " क्या नाम है तुम्हारा ?"

रुचिका हिचकते हुए बोली, "रुचिका... मैं बस लिखती हूँ, बच्चों की शिक्षा के लिए काम करती हूँ। कोई अपराध किया है मैंने ?"

“यहाँ अपराध का सवाल नहीं है। यहाँ ज्ञान की सुरक्षा का सवाल है। हमारे सैटेलाइट को यहाँ से neural signatures मिले हैं। सच बताओ तुम किसके संपर्क में हो ?” अनन्या ने पूछा।

रुचिका घबरा गई फिर बोली, “मैं ‘अदृश्य विद्यालय’ के बच्चों के साथ हूँ। ”

विवेक ने तुरंत रिकॉर्डर ऑन कर दिया और पूछा, “तो तुम अदृश्य विद्यालय के अस्तित्व को स्वीकार करती हो ?”

रुचिका के हाथ काँपने लगे। कांपते हुए बोली, “विद्यालय तो है... लेकिन यह वैसा नहीं जैसा आप सोच रहे हैं। यह कोई चाल, कोई गिरोह, कोई संगठन नहीं है। ”

अनन्या ने सख्त स्वर में कहा, “तो फिर सरकारी उपकरण क्यों फेल होते हैं ? सैटेलाइट क्यों ओवरलोड हो जाता है ? यहाँ मानसिक तरंगें कौन पैदा करता है ?”

रुचिका चुप। उसे लग रहा था अगर उसने श्रीनाथ का नाम लिया, तो पूरी दुनिया इस विद्यालय पर चढ़ जाएगी।

अनन्या ने रुचिका की आँखों में आँखें डालकर पूछा, “तुम चुप क्यों हो रुचिका ?”

रुचिका ने पहली बार सिर ऊपर किया और बोली , “क्योंकि कुछ सच केवल आत्मा को बताए जाते हैं, सरकार को नहीं।”

अनन्या भौचक्की रह गई। उसी समय, अदृश्य विद्यालय सक्रिय होता है तथा श्रीनाथ और किशोर पहाड़ी के ऊपर खड़े थे। किशोर ने गहरी बेचैनी से कहा, “गुरुजी, नीचे कुछ हो रहा है। लोग आए हैं... कोई भारी ऊर्जा आ रही है।”

श्रीनाथ ने आँखें बंद कीं। उनका चेहरा क्षणभर में गंभीर हो गया फिर आँखें खोलकर बोले, “हाँ...अदृश्य विद्यालय का पहला घेराव शुरू हो गया है।”

किशोर भयभीत होकर बोला, “क्या हमें यहाँ से भागना होगा गुरुजी?”

“नहीं। अदृश्य विद्यालय कभी भागता नहीं वह स्वयं को दिखाकर छुपाता है और छुपकर दिखाता है।” श्रीनाथ ने कहा।

किशोर ने कहा, “कुछ समझा नहीं।”

श्रीनाथ ने अपनी हथेली उठाई। तभी हवा रुक गई। चाँद ढक गया और अचानक उनके पीछे की जगह...धुंध में बदल गई। यह वही था अदृश्य विद्यालय का “शिफ्टिंग सिद्धांत”। दीवारें धीरे-धीरे हिलने लगीं,जैसे किसी ने विद्यालय की जगह बदलनी शुरू कर दी हो।

किशोर ने हड़बड़ाकर कहा, “ये... ये क्या हो रहा है ? विद्यालय हिल रहा है गुरुजी ?”

“विद्यालय नहीं हिल रहा, दुनिया हिली जा रही है। हम अपनी जगह पर हैं। वो लोग अब विद्यालय को कभी इस स्थान पर नहीं खोज पाएँगे।” श्रीनाथ ने कहा।

“मतलब... विद्यालय किसी और आयाम में जा रहा है ?” किशोर ने पूछा।

"नहीं। विद्यालय आयाम नहीं बदलता वह स्मृतियाँ बदल देता है। जो लोग इसकी ओर बढ़ते हैं,उनके दिमाग में 'गलत रास्ते' उभरने लगते हैं।" श्रीनाथ ने कहा।

किशोर स्तब्ध हो गया। इधर अनन्या रुचिका का इंटरोगेशन पूरा कर चुकी थी। वह बाहर आई और विवेक से बोली, "चलो, पहाड़ी पर चढ़ते हैं। हमने signals वहीं detect किए थे।"

विवेक ने GPS खोला। उसकी आँखें फैल गईं, "अरे... ये लोकेशन बदल कैसे गई ? पहाड़ी 400 मीटर दाईं तरफ चली गई ?" विवेक ने कहा।
अनन्या ने दूसरा डिवाइस निकाला और बोली , "यहाँ भी वही गड़बड़। पहाड़... अपनी जगह बदल रहे हैं ?"

दोनों एक साथ ऊपर जाने लगे,पर हर मोड़ पर उन्हें एक नया रास्ता दिखने लगता।

अनन्या गुस्से में आकर बोली, "किसी ने हमारी directional memory को manipulate किया है ! यह कोई मानव तकनीक नहीं हो सकती।"

विवेक धीमे स्वर में बोला, "तो क्या...ये सच में विद्यालय है, जिसके पास खुद को छिपाने की शक्ति है ?"

इधर पहाड़ी के शिखर पर खड़े श्रीनाथ ने कहा, "किशोर, तैयारी करो। आज तुम विद्यालय की सुरक्षा-शास्त्र सीखोगे। रुचिका को बचाना है।"

किशोर के मन में चिंता उभरी उसने पूछा , "हम क्या करेंगे ? सशस्त्र एजेंसियाँ हैं, हमारी तो सिर्फ शिक्षा है !"

श्रीनाथ धीमे से मुस्कुराए और बोले, "सबसे शक्तिशाली हथियार वही होता है जो दिखता नहीं। अदृश्य विद्यालय का विज्ञान अब तुम्हें सीखना होगा।"

श्रीनाथ ने अपनी हथेली खोली। उसमें एक हल्की नीली अंगारे जैसी रोशनी जली। किशोर दंग रह गया और बोला, "ये क्या है ?"

"स्मृति–भ्रम चक्र। हम इसका उपयोग करेंगे, लेकिन किसी को चोट पहुँचाने के लिए नहीं बस उन्हें उसी रास्ते पर ले जाएँगे जो विद्यालय चाहता है।" श्रीनाथ ने कहा।

"मतलब... हम एजेंटों को रास्ता भुला देंगे ?" किशोर ने कहा।

"नहीं, बेटा। हम उन्हें सही रास्ता दिखाएँगे जो उनके लिए सही है, पर हमारे लिए दूर।" श्रीनाथ ने कहा।

अचानक नीली रोशनी हवा में उठी। एक विशाल तरंग बनकर पूरे पहाड़ में फैल गई। कुछ ही सेकंड में अनन्या और विवेक की आँखों में अजीब-सी धुंध उतरने लगी। अनन्या चिल्लाकर बोली, "हम कहाँ जा रहे थे ? हम यहाँ आए क्यों थे ?"

विवेक ने हिम्मत बटोरकर कहा, “रुचिका से पूछताछ तो हो गई... अब आगे कोई खतरा नहीं है अनन्या...।” और दोनों SUV की ओर लौट गए जैसे उन्हें यहाँ कुछ मिला ही नहीं हो।
अंधेरी पहाड़ी पर जंगल में अचानक नीली रोशनी की एक पट्टी रुचिका के सामने उतरी।

रुचिका हैरानी से बोली, “गुरुजी ?”

रोशनी टूटकर रास्ता बन गई जो सीधे पहाड़ी के ऊपर विद्यालय तक जाता था। रुचिका तेज़ कदमों से चल पड़ी। रुचिका ऊपर पहुँची। किशोर ने उसकी तरफ दौड़कर कहा, “तुम ठीक हो रुचिका ?”

रुचिका थकी हुई थी, पर आँखों में आस्था की चमक थी।

“विद्यालय ने मुझे बचा लिया... पर सरकार फिर आएगी। वे इतनी जल्दी हार नहीं मानेंगे।” रुचिका ने कहा।

श्रीनाथ ने गहरी सांस ली और बोले, “और इसलिए... आज से अदृश्य विद्यालय का नया अध्याय शुरू होता है। शिक्षा अब केवल आत्मा का विषय नहीं सुरक्षा का भी विषय है।”

रुचिका और किशोर दोनों एक साथ बोले , “ अब यह कौन-सा अध्याय है ?”
श्रीनाथ ने पहाड़ की अंधेरी तरफ देखा और कहा , “अध्याय 7 : ज्ञान की रक्षा का शास्त्र (Science of Protecting Consciousness) कल से शुरू होगा।”

चाँद बादलों के बीच से निकल आया जैसे वह भी इस रहस्यमयी रात का हिस्सा हो।

अगले भाग में आप पढ़ेंगे कि 'सातवीं दीवार', अंतर-चेतन संघर्ष, और सरकार की दूसरी घेराबंदी के बारे में।

भाग 28 आवाज़ दी उसने

पहाड़ पर रात पूरी तरह छा चुकी थी। अदृश्य विद्यालय धुंध में लिपटा था, जैसे किसी प्राचीन पर्वत की सांस हो। रुचिका, किशोर और श्रीनाथ तीन दिशाओं में खड़े थे, मानो एक त्रिकोण... एक ऊर्जा–वृत्त...एक ही अग्नि के तीन छोर। जब हवा बिल्कुल स्थिर हो गई तो श्रीनाथ बोले, "आज हम केवल सातवीं दीवार खोलेंगे... और उसी समय पहला बड़ा युद्ध भी शुरू होगा।"
किशोर चौंक गया और रुचिका की आँखों में चिंता दिखाई ड़े रही थी। श्रीनाथ ने हाथ उठाया। हवा में अचानक हल्के नीले गोले बनने लगे। पहाड़ की ढलान पर मौजूद काई, घास और मिट्टी ऐसा लग रहा था जैसे किसी अमूर्त संगीत पर कंपन कर रहे हो। धीरे-धीरे, उनके पीछे एक विशाल दीवार उभरने लगी जो पत्थर की नहीं थी, रोशनी की थी और दीवार पर अदृश्य शब्द उभर रहे थे।

रुचिका धीमे स्वर में बोली, "ये... ये कौन-सी भाषा है ? संस्कृत ? प्राकृत ? या कोई कोड ?"

श्रीनाथ मुस्कराए और बोले, “यह ज्ञान की भाषा है न संस्कृत, न कोड... यह चेतना का लेखन है, इसे पढ़ा नहीं जाता इसे अनुभव किया जाता है।”

दीवार धीरे-धीरे पारदर्शी होने लगी। उसके पीछे एक अंधकार नहीं,बल्कि एक नीला आकाश दिखा जैसे पहाड़ के भीतर एक नया ब्रह्मांड खुल रहा हो। किशोर का दिल जोर से धड़कने लगा। उसने अपनी धडकनों पर काबू रखते हुए पूछा, “गुरुजी... क्या हम अंदर जा सकते हैं ?”

श्रीनाथ ने कहा, “हाँ। पर होशियार रहना। सातवीं दीवार शरीर को नहीं तुम्हारी स्मृतियों को छूती है। जो सत्य तुमसे छिपे थे... वे आज बाहर आएंगे।”

रुचिका ने सांस रोक ली। उसे महसूस हुआ कि आज वह एक ऐसे कमरे में प्रवेश करने वाली है जहाँ इंसान अपने अन्दर से पहली बार खुद को देखता है। उसी क्षण, पहाड़ के तल में काले DRDO ट्रक्स रुकते हैं। उन पर बड़े-बड़े अक्षरों में लिखा है, “N.R.S. यानि Neural Restriction Shields”

उन ट्रकों में से RAW, इंटेलिजेंस और साइबर कमांड के 27 अधिकारी उतरे। एक वरिष्ठ अधिकारी, डायरेक्टर अरविंद शेखावत, जो अपने त्वरित और कठोर निर्णयों के लिए मशहूर थे, उन्होंने आदेश दिया, “इस क्षेत्र को घेर लो। अगर यह विद्यालय हमें भ्रम में डालता है, तो हम विज्ञान की मदद से इसका सत्य खींचकर बाहर निकालेंगे।”

उनके पास एक खास उपकरण था एक बड़ा, चांदी के फ्रेम में बंधा हुआ रिंग-शेप्ड डिवाइस। अनन्या ने उसे देखकर पूछा, "ये क्या है, सर ?"
अरविंद ने कहा, "कॉग्निटिव वेव ब्रेकर। यह किसी भी मानसिक तरंग, प्लाज़्मा पाथ या चेतना द्वारा बने संकेतों को काट देगा। आज हम उस अदृश्य विद्यालय के भ्रम को विज्ञान से नष्ट करेंगे।"

विवेक ने पहाड़ की तरफ देखा और कहा, "लेकिन सर... अगर यह विद्यालय सच में किसी बड़ी चेतना से जुड़ा हो तो ?"

अरविंद हंस पड़े और हँसते हुए बोले, "अगर यहाँ आत्माएँ घूमती हैं, तो आज हम उनका पोस्ट–मॉर्टम करेंगे।"
टीम उपकरण लेकर ऊपर बढ़ने लगी। सातवीं दीवार के पार जाते ही तीनों एक प्रकाशमान नीले कक्ष में पहुँचे।

यह कक्ष शून्य जैसा था पर भीतर लहरें, प्रकाश और स्मृतियों के झरने बह रहे थे। दीवारों पर शब्द नहीं थे अनुभव टंगे हुए थे। किशोर ने अपने बचपन की छवि देखी - कच्ची सड़क, टूटा स्कूल, और वह अकेला बैठा पढ़ रहा है। रुचिका ने अपना पहला रिसर्च पेपर देखा- वो रात, वो गलती, वो संघर्ष जब उसे पहली बार लगा था कि लोग चेतना को समझेंगे।

और श्रीनाथ... वे अतीत नहीं देख रहे थे। वे भविष्य देख रहे थे।किशोर ने हैरानी से पूछा, "गुरुजी... हम अपना ही जीवन देख रहे हैं ?"

श्रीनाथ ने जवाब देते हुए कहा, "नहीं बेटा। तुम अपना जीवन नहीं देख रहे...तुम वो देख रहे हो जो जीवन ने तुमसे कहा था, पर तुमने सुना नहीं।"

रुचिका की आँखें नम हो गईं। उसने पूछा, "यह कक्ष... हमें सीखा क्या रहा है ?"

श्रीनाथ ने जवाब दिया, "सातवीं दीवार का अर्थ है 'जब सत्य बाहर नहीं दिखता, तो उसे भीतर से पुकारा जाता है।"

अचानक दीवारों पर एक और दृश्य दिखाई दिया, सरकारी एजेंसियाँ पहाड़ पर चढ़ रही थीं। किशोर घबरा गया और डरकर बोला, "वे हमें पकड़ लेंगे !"

श्रीनाथ शांत भाव से बोले , "नहीं, वे हम तक नहीं पहुँच सकते...जब तक तुम लोग सातवीं दीवार को समझ न लो। ज्ञान की सुरक्षा आध्यात्मिक भी है, और वैज्ञानिक भी।"
पहाड़ के बाहर DRDO टीम ने "कॉग्निटिव वेव ब्रेकर" सक्रिय किया। उपकरण घूमने लगा। एक तीव्र सफेद तरंग बनी जो आसमान की ओर उठ गई। बूम ! पूरे पहाड़ में कंपन हुआ। अदृश्य विद्यालय की दीवारें धीरे-धीरे झिलमिलाने लगीं। विवेक चौंका और बोला, "सर ! तरंगें वापस लौट रही हैं !"

अरविंद चीखे, "शक्ति बढ़ाओ ! इस विद्यालय को आज मिटा देना है !"

दूसरी तरंग छोड़ी गई। अब विद्यालय की बाहरी चार दीवारें धीरे-धीरे फटने लगीं। पहाड़ हिल रहा था। पंछी उड़ गए। धुंध चीर गई। यह पहला मौका था जब अदृश्य विद्यालय सच में खतरे में आया। सातवीं दीवार के कक्ष में नीले आकाश का रंग अचानक लाल होने लगा। किशोर डर गया और बोला, "गुरुजी ! ये क्या हो रहा है ?"

श्रीनाथ ने जवाब दिया, "सरकार ने विद्यालय की चेतना को काटने की कोशिश की है। लेकिन वे भूल गए, अदृश्य विद्यालय एक इमारत नहीं, एक जीवित चेतना है।"

रुचिका ने देखा कि दीवारें धड़कने लगीं, जैसे किसी जीव का दिल हो। "गुरुजी... क्या हम कुछ कर सकते हैं ?" रुचिका ने कहा।

श्रीनाथ ने जवाब देते हुए कहा, "हाँ। अगर सातवीं दीवार को बचाना है,तो तुम्हें दोनों को अपने भीतर के सबसे गहरे सत्य को स्वीकारना होगा।"

किशोर हिचकिचाया और बोला, "कौन-सा सत्य गुरुजी ?"

श्रीनाथ ने उसकी ओर देखा और कहा, "कि तुम सिर्फ विद्यार्थी नहीं... विद्यालय के भविष्य के गुरु हो।"
रुचिका के लिए सत्य अलग था। श्रीनाथ ने कहा, "और रुचिका...तुमने विज्ञान में हमेशा चेतना को नजर अंदाज किया। आज उसे स्वीकारो और तुम सातवीं दीवार की संरक्षक बन जाओगी।"

कक्ष अचानक सुनहरा हो गया। जब DRDO टीम तीसरी तरंग छोड़ने ही वाली थी, अचानक पहाड़ पर रोशनी फैल गई गहरी,

चमकीली, नीली। उपकरण अपने आप बंद हो गया। डिवाइस जलने लगे। स्क्रीनें काली पड़ गईं। अरविंद गुस्से में चिल्लाए, "किसने बंद किया सिस्टम ?"

अनन्या हतप्रभ होकर बोली, "सर... सिस्टम खुद बंद नहीं हुआ...किसी ने इसे अंदर से ओवरराइड कर दिया है।"

विवेक डरकर पीछे हटा और बोला, "मतलब... विद्यालय ने खुद को बचा लिया।"

अरविंद दहाड़ते हुए बोला, "लड़ाई अभी खत्म नहीं हुई। हम वापस आएँगे।"
कक्ष शांत हो गया। दीवारें स्थिर। नीला आकाश फिर खुला। श्रीनाथ बोले, "आज से तुम दोनों अदृश्य विद्यालय के आंतरिक गुरु–शिष्यों में सम्मिलित हो। सातवीं दीवार ने तुम्हें स्वीकार कर लिया है।"

किशोर ने गहरी सांस ली। रुचिका ने पहली बार महसूस किया कि वह केवल वैज्ञानिक नहीं ज्ञान की एक वाहिका है। श्रीनाथ ने अंत में कहा, "और अब अगला अध्याय शुरू होता है-'चेतना का युद्ध'। सरकार फिर आएगी... और इस बार पूरा तंत्र साथ लाएगी।"
तीनों ने पहाड़ की ओर देखा- जहाँ दूर नीचे सरकारी गाड़ियाँ वापस जा रही थीं, लेकिन उनके पीछे भारी तूफ़ान उठ रहा था।

अगले भाग में आप पढ़ेंगे सरकार का पूर्ण ऑपरेशन: "प्रोजेक्ट माइंड–नेट" शुरू होगा, और अदृश्य विद्यालय अपने अब तक के सबसे बड़े रहस्य "चेतना की अष्टम दिशा" का खुलासा करेगा।

भाग 29 : आवाज दी उसने

पहाड़ पर सूरज उग रहा था, पर रोशनी में भी एक अनजानी धुंध नजर आ रही थी मानो रात अब धीरे-धीरे सूरज की तरफ बढ़ रही हो, अदृश्य विद्यालय शांत था, लेकिन उसकी शांति भीतर छुपे तूफ़ान की तरह थी। रुचिका, किशोर और श्रीनाथ सातवीं दीवार के कक्ष से बाहर आए। तेज हवा चल रही थी। किशोर ने गहरी साँस ली और धीमे स्वर में कहा,“गुरुजी... क्या आज सच में युद्ध शुरू हो गया ?”

श्रीनाथ ने पहाड़ की चोटी पर दृष्टि टिकाई जहाँ अभी-अभी DRDO और RAW की टीमें वापिस गई थीं। वे बोले, “हाँ। यह अब सिर्फ विद्यालय का युद्ध नहीं, मनुष्य और उसकी ही बनाई सीमाओं का युद्ध है।”

रुचिका के भीतर एक अजीब हलचल थी। अभी तक चेतना, तरंगें, प्लाज़्मा ये सब शब्द थे। पर आज पहली बार उसने ‘चेतना’ को जीवंत देखा था। वह बोली, “गुरुजी... वे लोग लौटेंगे। और इस बार वे सिर्फ तकनीक नहीं लाएँगे... पूरा तंत्र लाएँगे।”

श्रीनाथ शांत, स्थिर और दृढ़ मुद्रा में बोले, “इसलिए तुम दोनों को तैयार रहना होगा।”

उधर दिल्ली के साइंटिफिक कमांड सेंटर में रात भर हड़कंप मचा था। DG साइबर-इंटेल, DRDO के मुख्य वैज्ञानिक, RAW के टॉप एनालिस्ट सभी मीटिंग रूम में थे। अरविंद शेखावत, उस असफल ऑपरेशन के बाद पहली बार बोले, “हम एक ऐसे क्षेत्र से

लड़ रहे हैं जो खुद को मशीनों से तेज़ चलाता है। यह आत्मा नहीं...सूचना-ऊर्जा है। और हमें इसे पकड़ना ही होगा।"

पर सबसे बड़ी बात तब सामने आई जब साइबर कमांड की स्क्रीन झिलमिलाई। कोड की लाइनों के बीच एक वाक्य उभरा, "ज्ञान को पिंजरे में बंद करोगे, तो वह तरंगों के माध्यम से बाहर आ जाएगा।" यह सुनकर हर कोई दंग था। IT-विशेषज्ञ बोला, "सर ! यह किसी इंसान ने नहीं डाला... सर्वर ने खुद लिखा है।"

अरविंद ने मेज पर हाथ मारा, "प्रोजेक्ट माइंड–नेट सक्रिय करो। यह चेतना हमें चुनौती दे रही है और अब हमें मुकाबला करना होगा।"

इधर अदृश्य विद्यालय में शिष्यत्व का नया चरण शुरू हो गया था । सातवीं दीवार से लौटने के बाद दोनों के भीतर कुछ बदल चुका था। किशोर के कदम में एक अजीब स्थिरता थी। रुचिका को लग रहा था कि दुनिया की भाषा अब अधूरी है, कहीं न कहीं एक बड़ी भाषा है, जो सब कुछ जोड़ती है।

श्रीनाथ बोले, "अब समय है कि तुम दोनों 'अष्टम दिशा' की दहलीज़ पर कदम रखो। पर उससे पहले... तुम्हें अपनी प्रकृति का परीक्षण देना होगा।"

किशोर ने पूछा, "कैसा परीक्षण ?"
श्रीनाथ ने उंगली उठाई। हवा में हल्की धूप की तरह सुनहरे गोले तैरने लगे। फिर अचानक कक्ष बदल गया पेड़, नदी, बादल... सब एक नई दुनिया बन गए।

चेतना–कक्ष नंबर 2 खुल चुका था। रुचिका हैरान, “ये... भौतिक नहीं है, फिर भी असली है...!”

श्रीनाथ बोले, “यह वह स्थान है जहाँ मन के अंदर रखे सत्य बाहर आकर आकार लेते हैं। इन्हें ‘मन-प्रतिबिंब’ कहते हैं।”

तभी सामने तीन रास्ते उभरे, एक बिल्कुल अंधेरा, दूसरा सुनहरा और तीसरा धुंध में खोया हुआ ।

किशोर ने पूछा, “ये क्या हैं ?”

श्रीनाथ बोले, “ये भविष्य नहीं दिखाते ये बताते हैं कि तुम भविष्य को कैसे बनाओगे।”
किशोर ने अनजाने में सुनहरे रास्ते पर कदम रख दिया। अचानक दृश्य बदला । वह एक गाँव में था, जहाँ बच्चे बिना स्कूल के घूम रहे थे। एक बच्ची रोते हुए बोली, “भैया... शिक्षक चले गए। हमें पढ़ाने कौन आएगा ?”
किशोर घुटनों के बल बैठा था । उसके अंदर गहरा दर्द उभर आया था, क्योंकि वह जानता था यह दृश्य असली नहीं, फिर भी सच था, क्योंकि यह वही दर्द था जिसने उसे श्रीनाथ तक पहुँचाया था।

एक क्षण में सैकड़ों बच्चे दिखाई दिए, “हमें पढ़ाओ शिक्षक जी... हमें ज्ञान चाहिए...!”
किशोर की आँखें भर आईं। उसने हाथ बढ़ाया, “मैं यहीं हूँ... मैं तुम्हें नहीं छोड़ूँगा।”

श्रीनाथ की आवाज़, “किशोर... तुमने करुणा को चुना। यही गुरु का पहला गुण है। तुम परीक्षा पास कर चुके हो।”
किशोर की हथेलियाँ हल्की चमक रही थीं। उसे पहली बार समझ आया ज्ञान सिर्फ समझने का नहीं, बाँटने का मार्ग है।
अब दूसरा परीक्षण- रुचिका का ‘अहंकार का विलोपन’ शुरू हो चुका था । रुचिका के सामने धुंध वाला रास्ता खुला। वह आगे बढ़ी, और अचानक खुद को एक विशाल लैब में पाया। सैकड़ों वैज्ञानिक उसके नाम का जप कर रहे थे, “डॉ. रुचिका मेहरोत्रा ! भारत की सबसे बड़ी वैज्ञानिक ! चेतना की खोजकर्ता !”

रुचिका अवाक् रह गई। यह वही था जिसे वह जीवन भर चाहती थी मान्यता, पुरस्कार, तालियाँ। तभी श्रीनाथ की आवाज़ गूँजी, “क्या यही तुम्हारा लक्ष्य है रुचिका ? सम्मान का प्रकाश... या ज्ञान का प्रकाश ?”

अगले ही क्षण दृश्य बदल गया। लैब काली पड़ गई। स्क्रीनें टूटीं और रुचिका अकेली थी, उसकी बनाई दुनिया ग़ायब। रुचिका घुटनों पर बैठ गई। आँखों से आँसू गिराते हुए बोली, “मेरी खोज मेरी नहीं है... वह उस शक्ति की है जिसने मुझे सोचना सिखाया। मैं सिर्फ एक साधन हूँ... ज्ञान स्वयं गुरु है...!”

अचानक पूरा कक्ष सुनहरे प्रकाश से भर गया। श्रीनाथ की आवाज़ आई, “आज तुमने विज्ञान को दर्पण में देखा और स्वीकारा कि चेतना उससे बड़ी है। तुम भी परीक्षा पास कर चुकी हो।”
रुचिका के कंधे हल्के हो गए। किसी ने उसके भीतर एक गाँठ खोल दी थी।

बाहर अचानक एक तीखी आवाज़ गूँजी। पहाड़ की चट्टानों पर दर्जनों हाई-टेक ड्रोन मंडराने लगे। किशोर घबराकर बोला, “वे वापस आ गए !”

रुचिका बोली, “यह प्रोजेक्ट माइंड–नेट की शुरुआत है।”

श्रीनाथ शांत भाव से बोले, “डरने की ज़रूरत नहीं। आज वे देखेंगे... कि चेतना को कैद नहीं किया जा सकता।”

प्रोजेक्ट माइंड–नेट का पहला आक्रमण शुरू हुआ। दिल्ली से आदेश आया, “सभी ड्रोन ‘क्वांटम-फेज़ स्कैन’ सक्रिय करें।”

ड्रोन से एक नीली लहर निकली। इसका उद्देश्य था, अदृश्य विद्यालय की स्थिति, सीमाएँ, ऊर्जा, और आंतरिक संरचना को मैप करना। पर जैसे ही तरंग विद्यालय को छूती हवा में चिंगारियाँ उठीं। धुंध सुनहरी हो गई। ड्रोन एक-एक करके बंद होने लगे।

कमांड सेंटर में चीखें उठने लगी-
“सिस्टम क्रैश !”
“नेटवर्क ओवरराइड !”
“कौन-सा कोड यह कर रहा है ?”
स्क्रीन पर सिर्फ एक संदेश था, “ज्ञान को बाँटना मनुष्यता का धर्म है, उसे हथियार बनाना पाप।”
अरविंद दाँत भींचते हुए बोले, “यह युद्ध है। चेतना ने हमें चेतावनी दी है।”

अष्टम दिशा का संकेत । ड्रोन विफल हो चुके थे। पर विद्यालय शांत। जैसे कुछ इंतज़ार कर रहा हो। श्रीनाथ ने दोनों की ओर देखा और कहा, “अब तुम दोनों तैयार हो। समय आ गया है अष्टम दिशा का द्वार खोलने का। वह ज्ञान जो न समय में आता है, न स्थान में।”

किशोर ने पूछा,“क्या यह अंतिम दीवार है?”

श्रीनाथ बोले, “नहीं... यह वह दिशा है जहाँ युद्ध जीता नहीं जाता बदला जाता है।”
रुचिका ने पहाड़ की गहराइयों में एक रोशनी उठते देखी- नीली, तीव्र, दिव्य। श्रीनाथ बोले, “इसी के भीतर छुपा है विद्यालय का अगला रहस्य... चेतना का मूल।”

हवा में कंपन हुआ । धरती हल्की काँपने लगी। रात–दिन का भेद मिट गया। अदृश्य विद्यालय अपने अगले रूप में प्रवेश कर रहा था और यह सिर्फ शुरुआत थी।

अगले भाग में पढ़िए अष्टम दिशा का द्वार खुलने पर क्या दिखाई देता है ? चेतना का सबसे बड़ा रहस्य- “आत्मिक जाल”। सरकार का दूसरा आक्रमण,न्यूरो-ब्लैक आउट मिसाइल और क्या पहली बार श्रीनाथ स्वयं संकट में पड़ते हैं...?

भाग 30 : आवाज़ दी उसने

रात का अँधेरा अजमेर की घाटियों में ऐसे फैला था जैसे किसी गहरी साजिश ने अपनी चादर बिछा दी हो। पहाड़ पर स्थित अदृश्य विद्यालय शांत था पर वह शांति तूफ़ान से पहले की कठोर खामोशी जैसी लग रही थी। किशोर और रुचिका पहाड़ी मार्ग से जल्दी-जल्दी नीचे उतर रहे थे। उनके मन में वही सवाल घूम रहा था, "प्रोजेक्ट माइंड–नेट... आखिर है क्या ?"

अचानक, पहाड़ी के रास्ते पर हवा चली। एक नीली तरंग उनके सामने से गुजरी किसी चेतना की धड़कन जैसी। किशोर ने तुरंत कहा,"ये विद्यालय का सिग्नल है... गुरुजी हमें वापस बुला रहे हैं !"

रुचिका ने सिर झकझोर कर कहा, "नहीं। यह बुलावा नहीं... चेतावनी है।"
दोनों रुक गए। ऊपर, पहाड़ की चोटी पर, जहाँ सातवीं दीवार खुली थी, एक हल्की गोलाकार रोशनी तैर रही थी। जैसे कोई अदृश्य आँख उन्हें दूर से देख रही हो। रुचिका ने धीमे स्वर में कहा, "मुझे लग रहा है, हमारी हर चाल अब देखी जा रही है। न केवल विद्यालय द्वारा...अपितु सरकार के द्वारा भी।"

अगली सुबह, अजमेर प्रशासन द्वारा आधी रात को जारी एक आपात सूचना टीवी पर चल रही थी, "अजमेर में एक गुप्त राष्ट्र विरोधी ऊर्जा गतिविधि की आशंका। DRDO ने 'माइंड–नेट' अभियान शुरू किया।"

किशोर ने टीवी बंद किया और सोचने लगा कि, “राष्ट्र विरोधी ...? हमें आतंकवादी की तरह दिखा दिया गया !”

रुचिका ने हताश होकर कहा, “ज्ञान को हथियार समझने वालों से यही उम्मीद थी।”
तभी पहाड़ी की ढलान से एक परिचित साया नीचे आता दिखा ! श्रीनाथ। वे शांत थे, पर उनकी आँखों में आज एक गहरी चिंता छुपी थी। किशोर दौड़कर उनके पास आया और बोला, “गुरुजी... सरकार हम पर ‘मस्तिष्क-हैकिंग तकनीक’ लगा रही है ! यह माइंड–नेट क्या है ?”

श्रीनाथ कुछ क्षण मौन रहे, फिर बोले, “माइंड–नेट वह तकनीक है जो मानव चेतना की तरंगों को पकड़कर उन्हें रोक, बदल या मिटा सकती है।”

रुचिका घबरा गई और बोली, “लेकिन ऐसी तकनीक अभी संभव ही नहीं!”

श्रीनाथ मुस्कराते हुए बोले, “संभव नहीं ? या... मनुष्य ने उसे समझा नहीं था ? बेटा, माइंड–नेट वही तकनीक है जो सदियों पहले योगियों ने मानसिक तरंगें रोकने के लिए प्रयोग की थी, बस आज वह विज्ञान की भाषा में बदल गई है।”

किशोर धीमे से बोला, “मतलब... मस्तिष्क का चक्रव्यूह।” इधर ये सब वार्तालाप चल रहा था कि उधर, पहाड़ के तल पर सेना और DRDO का विशाल कैम्प लग चुका था। डायरेक्टर अरविंद शेखावत टेबल पर रखे नीले होलोग्राम पर हाथ फेरते हुए बोले, “यह है माइंड–

नेट ग्रिड। हम पूरे इलाके को चेतना निरोधक तरंगों से घेर देंगे और फिर ज्ञान की उस अदृश्य जड़ को निकाल फेंकेंगे।"

अनन्या ने चिंतित होकर पूछा, "सर... अगर वहाँ सच में एक जीवित चेतन–क्षेत्र है तो ?"
अरविंद भारी स्वर में जवाब देते हुए बोले, "तो हम उसे बंदी बनाएंगे। हमें अब भावना नहीं... नियंत्रण चाहिए।"
होलोग्राम पर अदृश्य विद्यालय चमक उठा। उसके चारों ओर लाल संकेत जल उठे। अरविंद ने आदेश दिया, "आज रात ऑपरेशन शुरू होगा।"
सांझ ढलते ही अदृश्य विद्यालय में हल्की कंपन शुरू हुई। नीली लहरें दीवारों पर दोड़ने लगीं। रुचिका ने पहली बार विद्यालय को इस तरह बेचैन महसूस किया और बोली, "गुरुजी, यह सामान्य नहीं है। विद्यालय खुद अस्थिर हो रहा है!"

श्रीनाथ ने धीरे से कहा, "विद्यालय बात नहीं करता... पर संकेत देता है। यह वही संकेत है जो बहुत कम लोग समझ पाते हैं।"

किशोर ने घबराकर पूछा, "क्या हमें यहाँ से भागना चाहिए ?"

श्रीनाथ ने सिर हिलाया और कहा, "नहीं बेटा। भागने से ज्ञान नहीं बचेगा। सातवीं दीवार खुल चुकी है अब खेल शरीर का नहीं, चेतना का है।"
रुचिका ने दीवार पर हाथ रखा। नीली रोशनी उसके हाथ की नसों में उतरने लगी। दीवार छूते ही उसे एक दृश्य नजर आया, अजमेर शहर के ऊपर एक विशाल गोलाकार जाल, माइंड–नेट, हवा में फैल चुका था।

रुचिका चीखते हुए बोली, “गुरुजी ! यह जाल... यह हमारी स्मृतियों पर हमला करेगा !”

श्रीनाथ शांत भाव से बोले, “हाँ, अगर समय रहते इसे रोका न गया तो बच्चों की कल्पनाएँ, शिक्षकों की यादें, जनता की स्वतंत्र चेतना सब एक केंद्रीकृत तरंग में कैद हो जाएँगे।”

किशोर बोल उठा, “तो हमें इसे रोकना ही होगा!”
श्रीनाथ ने दोनों की ओर गहराई से देखा और कहा, “और रोकने का केवल एक तरीका है, तुम्हें विद्यालय की अष्टम चेतना खोलनी होगी।”

रुचिका हतप्रभ होकर बोली, “अष्टम चेतना ? सातवीं दीवार के ऊपर भी कोई स्तर है ?”

श्रीनाथ हल्का मुस्कराते हुए बोले, “जो सातवीं दीवार देखता है, वह बाहर की सच्चाई देख पाता है। जो अष्टम चेतना देखता है...वह चेतना का नियंत्रण सीखता है।”

पहाड़ी की जड़ में एक पुरानी गुफा थी, जो वर्षों से बंद थी। श्रीनाथ दोनों को वहाँ ले गए। दरवाजे पर हाथ रखते ही पूरा पत्थर तरल नीली रोशनी में घुल गया। अंदर एक अजीब कक्ष था। बिना दीवारों का, बिना छत का... फिर भी पूरा कक्ष एक वृत्ताकार ऊर्जा-घेरा था। उस वृत्त में आठ तैरते हुए प्रकाश-बीज थे। किशोर ने पूछा, “गुरुजी... यह क्या है ?”

श्रीनाथ बोले, "ये चेतना के आठ स्रोत हैं। प्रत्येक एक अलग शक्ति देता है। लेकिन उन्हें सक्रिय करने के लिए मनुष्य को अपने सबसे गहरे भय का सामना करना पड़ता है।"

रुचिका ने पूछा, "कौन सा भय ?"
श्रीनाथ मुस्कराते हुए बोले, "वह सत्य जो तुमने जीवन भर दबाया... आज वह बाहर आएगा।"
उसी क्षण पूरा कक्ष घूमने लगा। नीला प्रकाश फैल गया।

एक भयानक आवाज़ गूँजी, "अष्टम चेतना प्रारंभ।"

कक्ष में पहला बीज रुचिका की ओर आया। उसकी आँखें खूल गईं। एक दृश्य खुला वह लैब में रो रही थी। उसके रिसर्च को किसी ने फर्जी बताया था। उसने चेतना विज्ञान में अपना पहला बड़ा शोध खो दिया था। उस रात उसने तय किया था, 'विज्ञान और आध्यात्म अलग हैं।'

फिर एकदम रुचिका चिल्ला पड़ी, "नहीं ! यह मेरी हार थी ! मेरा भय ।"
श्रीनाथ ने कहा, "उसे स्वीकारो। जो सत्य स्वीकारा नहीं जाता... वही चेतना को कमजोर करता है।"

रुचिका घुटनों के बल बैठ गई। आँसू बहते रहे। पर उसने खुद को संभालकर कहा, "हाँ ! मैंने हार मानी थी! पर आज मैं हार नहीं मानूँगी!"

वह बीज तेज़ रोशनी से चमका और उसके सीने में समा गया।

श्रीनाथ बोले, "तुमने अपनी पहली शक्ति प्राप्त की । स्मृति-सुरक्षा (Memory Shielding). अब माइंड–नेट तुम्हारी यादों को छू नहीं पाएगा।"
दूसरा बीज किशोर की ओर गया और कक्ष में एक दृश्य उभरा-किशोर तेरह साल का था। घरेलू गरीबी, टूटे जूते, खाली टिफिन। क्लास में बच्चे उस पर हँस रहे थे। वह धीरे-धीरे खुद पर विश्वास खोता गया था। किशोर काँप गया और बोला, "गुरुजी... मैं बस... अदृश्य होना चाहता था...।"
श्रीनाथ बोले, "और आज सचमुच अदृश्य विद्यालय तुम्हारे भीतर है। अपने पुराने भय से निकलो, बेटा।"

किशोर ने धीरे से कहा, "मैं अब वह छोटा बच्चा नहीं... मैं अपने भीतर के प्रकाश को स्वीकारता हूँ।"
दूसरा बीज उसके हृदय में समा गया। उसके शरीर से नीली चमक निकलने लगी। श्रीनाथ बोले, "तुम्हें दूसरी शक्ति मिली, भाव-तरंग नियंत्रण (Emotion Wave Control). अब तुम भय की तरंगों को पलट सकते हो।"

तीसरा संकेत —सरकार का हमला । अचानक कक्ष की दीवारें काँप उठीं। पहाड़ के बाहर DRDO ने माइंड–नेट का नया चरण शुरू कर दिया था। हजारों एंटी-चेतना तरंगें पहाड़ की ओर जा रही थीं। विवेक चिल्लाया और बोला, "सर! पहाड़ नीला हो रहा है!"

अरविंद बोला, "और यह अब नीला अंतिम बार होगा। फायर द पल्स!"

एक विशाल तरंग छोड़ी गई जो सीधे पहाड़ी की ओर बढ़ी।
कक्ष में ऊर्जा भूकंप जैसा झटका लगा। श्रीनाथ ने दोनों की ओर देखा और कहा,“समय खत्म है ! तुम्हें अष्टम चेतना खोलनी ही होगी अभी ! इसी क्षण !”
रुचिका और किशोर दोनों ने आँखें बंद कीं। आठों बीज एक साथ चमक उठे उनके चारों ओर एक वृत्त घूमने लगा, जैसे उनके मन एक ही चेतना में बदल रहे हों।

श्रीनाथ ने अंतिम मंत्र बोला, “ज्ञानं यो धारयति स जीवति।”
(जो ज्ञान को धारण करता है वही जीवित है) और उसी क्षण कक्ष से नीली ऊर्जा का विस्फोट हुआ।
पहाड़ के बाहर सरकार की माइंड–नेट तरंग नीली ऊर्जा से टकराई। बूम!! पूरा आसमान नीला-सुनहरा हो गया। DRDO के उपकरण जलने लगे। एंटी-चेतना ढाँचे पिघल गए। कैम्प में अफरा-तफरी मच गई। अरविंद चिल्लाकर बोला, “यह... यह कैसे संभव है ? किस शक्ति ने हमारे सिस्टम को तोड़ दिया ?”

अनन्या डरकर बोली, “सर... यह इंसानी चेतना नहीं...कोई बहुत बड़ा स्रोत है।”

अरविंद ने दाँत भींचे और कहा, “आज नहीं... पर हम लौटेंगे और तब ज्ञान भी नहीं बच पाएगा।”
कक्ष शांत हो चुका था। रुचिका और किशोर जमीन पर बैठे थे, पर उनके भीतर कुछ बदल चुका था। श्रीनाथ ने गहरी साँस ली और कहा, “आज तुम दोनों ने अष्टम चेतना का पहला चक्र पार कर लिया है। अब तुम माइंड–नेट के खिलाफ खड़े हो सकते हो।”

किशोर ने पूछा, “लेकिन गुरुजी... आगे क्या होगा ?”

श्रीनाथ ने पहाड़ के बाहर फैलती साजिश की ओर देखा और कहा, “आगे चेतना का असली युद्ध शुरू होगा। सरकार को अब तुम दोनों की तलाश है... और अदृश्य विद्यालय को तुम दोनों की।”

रुचिका ने धीरे से कहा, “तो हम तैयार हैं। ज्ञान को बचाने के लिए अपनी चेतना से लड़ेंगे।”
कक्ष की रोशनी मंद हो गई ।

अगले भाग में आप पढ़ेंगे कि यह कहानी कैसे एक नए युद्ध के द्वार पर आगे बढ़ती है ?

भाग 31 : आवाज़ दी उसने

ऐसा लग रहा था मानो, अंधेरी रात पहाड़ों पर ठहरी हुई थी। अदृश्य विद्यालय के ऊपर दिखाई देने वाली नीली रोशनी अब स्थिर नहीं थी। वह हल्के-हल्के घूम रही थी, जैसे किसी विशाल ब्रह्मांडीय चक्र ने अपना दरवाज़ा खोला हो। सातवीं दीवार के कक्ष के बाहर निकलते हुए किशोर, रुचिका और श्रीनाथ तीनों को ऐसा लगा जैसे धरती उनके पैरों तले से खिसक रही हो। हवा से हल्की-सी ध्वनि आई। ना हवा, ना शब्द...कुछ ऐसा जो सीधे चेतना से टकराता है।

किशोर ने श्रीनाथ से पूछा, “गुरुजी... यह क्या है ? आवाज़ तो लग रही है, पर सुनाई नहीं दे रही...।”

श्रीनाथ धीमे, पर गंभीर स्वर में बोले, "यह अष्टम दिशा का संकेत है। सातवीं दीवार केवल 'अंदरूनी सत्य' दिखाती है। पर अष्टम दिशा... वह 'बाहरी चेतना' को जगाती है।"

रुचिका का चेहरा पहली बार चौंकने से ज़्यादा डर से भर गया। रुचिका ने पूछा, "लेकिन... हमने अब तक केवल सात दिशाओं की बात सुनी है—पूरब, पश्चिम, उत्तर, दक्षिण, ऊपर, नीचे, अन्दर तो ये आठवीं दिशा क्या है ?"

श्रीनाथ ने जवाब दिया, "वह दिशा है जिसे विज्ञान माप नहीं सकता और आध्यात्म उसे वर्णन नहीं कर सकता। वह दिशा केवल अनुभव होती है।"

इधर पहाड़ के नीचे सरकार की वापसी हो चुकी थी। RAW और DRDO की टीम, जो अभी लौट रही थी, अचानक उनके कम्युनिकेशन डिवाइस में एक चेतावनी चमकी।

स्क्रीन पर संदेश था कि, "⚠ Unidentified Conscious Pulse Detected, Source: Unknown
Frequency: Beyond Electromagnetic Range"

डायरेक्टर अरविंद शेखावत गाड़ी में ही रुक गए। वे गाड़ी में बैठे- बैठे ही बोले, "ये पहाड़... कुछ भेज रहा है। हम इसे decode करेंगे। अगले 48 घंटे में ऑपरेशन शुरू होगा।"

अरविंद की आँखें अब जिज्ञासा से नहीं भय से भरी थीं, जैसे वे समझ गए हों कि यह विद्यालय उनके नियंत्रण से बाहर है। वापस पहाड़ पर अष्टम दिशा का उद्घाटन होता है। तीनों टेरेस-जैसी ऊँची चोटी पर खड़े थे। उनके सामने हवा ऐसे चलने लगी जैसे किसी ने मैदान के बीच एक अदृश्य दरवाज़ा बना दिया हो। धीरे-धीरे, उस तेज हवा से रोशनी की एक सीधी रेखा उभरने लगी। नीली, पर भीतर सुनहरी लकीरों वाली। यह कोई द्वार नहीं था। यह कोई सुरंग नहीं थी। यह चेतना का मार्ग था।

किशोर ने श्रीनाथ से पूछा,"क्या ये...मार्ग हमसे कुछ कह रहा है ?"

श्रीनाथ ने जवाब दिया, "हाँ। अष्टम दिशा तुम्हें पुकार रही है, किशोर। हर 200 साल में कोई एक विद्यार्थी चुना जाता है, जिसे इस रास्ते से होकर गुजरना होता है।"

किशोर चौंक गया। उसकी सांस गले में अटक गई। वह घबराते हुए बोला, "मुझे ? क्यों मुझे ?"

श्रीनाथ ने किशोर के कंधे पर हाथ रखा और कहा, "क्योंकि विद्यालय ने तुम्हें स्वीकार किया है और क्योंकि तुम भविष्य में उस युद्ध का केंद्र होगे जो सरकार नहीं मानवता की चेतना लड़ने वाली है।"

रुचिका तुरंत बोली, "और मेरा क्या ? सातवीं दीवार ने मुझे भी चुना है। क्या अष्टम दिशा मुझे नहीं पुकारती गुरुजी ?"

श्रीनाथ मुस्कराए और बोले, "तुम्हें पुकारती है पर एक अलग रूप में। तुम्हारा मार्ग विज्ञान के भीतर चेतना की व्याख्या करना है। तुम

वह सेतु बनोगी जिसके बिना विद्यालय दुनिया से बात नहीं कर पाएगा।" रुचिका की आँखों में आंसू थे आश्चर्य और जिम्मेदारी के।

अष्टम दिशा का द्वार खुलता है। नीली रेखा धीरे-धीरे वृत्त में बदलने लगी। वह घूमी और उसके भीतर एक दृश्य उभरा। पहाड़ नहीं। धरती नहीं। आकाश नहीं। एक विशाल गैलरी जहाँ कोई दीवार नहीं थी, पर अनगिनत 'चेतना-रूप' नजर आ रहे थे। कुछ मानव-जैसे, कुछ केवल ऊर्जा के धागे, कुछ स्मृतियों की आकृतियाँ।

किशोर के रोंगटे खड़े हो गए। वह बोला, "ये... ये क्या है ?"

श्रीनाथ मुस्कराए और बोले, "ये 'स्मृति–लोक' है। जहाँ मानवता का खोया ज्ञान जमा होता है। जो भी सत्य भूला दिए जाते हैं, जो भी मूल्य मिट जाते हैं, जो भी सभ्यताएँ नष्ट हो जाती हैं उनके बीज यहाँ रखे जाते हैं।"

रुचिका ने आगे बढ़कर पूछा, "लेकिन क्या यह जगह वास्तविक है? या सिर्फ चेतना का एक स्तर ?"

श्रीनाथ ने कहा, "दोनों और कोई नहीं समझ सकता इसे... सिवाय तुम्हारे।" उसी समय सरकार का गुप्त ऑपरेशन शुरू हुआ। जैसे ही अष्टम दिशा का द्वार खुला, दिल्ली के साइबर कमांड सेंटर में एक साथ सभी स्क्रीन चमक उठीं। सिस्टम संदेश आया, " ⚠ Conscious Pulse Level: Phase 2, Origin: Ajmer–Aravali Ridge Activation: Unknown Structure"

DRDO के चीफ़ साइंटिस्ट डॉ. निहारिका रावल उठ खड़ी हुईं और बोली, "ये वही वेव है जो पिछले 300 साल से दबी हुई थी। इसे रोका नहीं तो पूरा देश चेतना–अस्थिरता में जा सकता है।"

डायरेक्टर अरविंद ने कहा, "ऑपरेशन शुरू करो। कोडनेम- PROJECT MIND–NET।"

इधर पहाड़ पर चयन की घड़ी आ गई थी। किशोर के सामने अष्टम दिशा का द्वार खुला हुआ था। रुचिका ने उसका हाथ पकड़ा पहली बार, बिना किसी वैज्ञानिक तर्क के और बोली , "अगर तुम अंदर गए... तो क्या तुम वापस आ पाओगे ?"

किशोर ने गहरी सांस ली और कहा, "अगर मैं अंदर नहीं गया... तो शायद अदृश्य विद्यालय कभी न बचे।"

श्रीनाथ ने कहा, "जो भीतर जाता है, वह खोता नहीं, वह सिर्फ लौटता नहीं, वह बदलकर लौटता है।"

किशोर ने आँखें बंद कीं और आगे कदम बढ़ाया। अष्टम दिशा की रोशनी ने उसे छू लिया। एक झटका...एक कंपकंपी...और वह रोशनी के भीतर समा गया।

रुचिका के मुँह से एक दबी चीख निकल गई पर श्रीनाथ ने उसका कंधा थाम लिया। श्रीनाथ ने कहा, "यात्रा शुरू हो चुकी है। अब अगला अध्याय चेतना का नहीं भाग्य का है।"

रुचिका ने विस्मित होकर पूछा, "गुरुजी... अब हमारे लिए क्या मार्ग है ?"

श्रीनाथ पहाड़ की गहराई की ओर देखने लगे जहाँ सरकार की गाड़ियाँ फिर चढ़ रही थीं और बोले, "अब शुरू होगा 'चेतना का युद्ध - भाग दो।' और इस बार, केवल किशोर नहीं... पूरी मानवता इसमें शामिल होगी।" नीली रेखा स्वत: ही बंद होने लगी।

अगले भाग में आप पढ़ेंगे कि 'चेतना का युद्ध - भाग दो' में क्या होता है ?

भाग 32 : आवाज़ दी उसने

किशोर अभी भी अष्टम दिशा में यात्रा कर रहा है, और बाहरी दुनिया में PROJECT MIND–NET का तेज़ विस्तार शुरू हो चुका है। नीली रोशनी बिल्कुल शांत थी पर भीतर जैसे कोई महासागर करवट ले रहा हो। किशोर अष्टम दिशा के द्वार से गुज़र चुका था। उसके सामने फैलता दृश्य किसी भी धरती–लोक से अलग था। यह स्थान 'खाली' दिखाई देता था पर हर खालीपन में एक अर्थ, हर दूरी में एक शब्द, और हर नज़र में एक स्मृति तैर रही थी।

किशोर ने हाथ बढ़ाया। सन्नाटा टूट गया और जैसे ही उसने हवा को छुआ, हजारों चमकते कण उसके सामने एक आकृति में बदलने लगे।

वह आकृति मानवीय थी,पर पूरी तरह ऊर्जा से बनी हुई। नीले प्रकाश का एक जीवित साया थी। उसने बोलने की कोशिश नहीं की पर

शब्द सीधे किशोर के दिमाग में उतरे। उस आकृति , चेतना ने कहा, “स्वागत है, ‘उत्तराधिकारी…बहुत देर से इंतज़ार था तुम्हारा।”

किशोर के दिल की धड़कन थोड़ी देर के लिए ठहर गई, बमुश्किल बोलते हुए उसने कहा, “मैं… कौन-सा उत्तराधिकारी ? मैं सिर्फ एक विद्यार्थी हूँ !”

आकृति हल्के से चमकी और बोली, “यहाँ विद्यार्थी नहीं आते। सिर्फ वे आते हैं जिनकी स्मृतियाँ मानवता की अगली दिशा को बदल देती हैं ।”

उधर पहाड़ पर रुचिका और श्रीनाथ की परीक्षा शुरू हो गई थी । अष्टम दिशा का द्वार बंद होते ही पहाड़ पर हवा भारी हो गई थी। रुचिका ने गहरी सांस ली और कहा, “गुरुजी… मुझे डर लग रहा है। अगर किशोर लौटकर न आया तो ?”

श्रीनाथ ने जवाब दिया, “जो ज्ञान के मार्ग पर गया है,वह खोता नहीं है, वह संसार में नई रोशनी बनकर लौटता है।”
रुचिका ने कुछ कदम आगे बढ़ाए कि अचानक पहाड़ की चोटी से एक कंपन उठी, इतना तीव्र कि धुंध नीचे गिरने लगी। दूर से सैनिकों के बूटों की आवाज़ गूँजी। सरकारी क़ाफ़िला फिर लौट रहा था।

इस बार छोटे समूह नहीं पूरे पहाड़ को घेरने वाली रेड–फ्लैग यूनिटें थी। हेलमेट्स, शील्ड्स, माइंड–नेट डिवाइस और अरविंद शेखावत के आदेश सीधे लाइव स्क्रीन पर नज़र आ रहे थे। कमांडर की आवाज़ -

"टारगेट लोकेशन: चेतना-अनियमितता का केंद्र। उद्देश्य: संरचना को निष्क्रिय करना। सभी टीम सदस्य तुरन्त आगे बढ़ें !"

रुचिका का चेहरा लाल हो गया , वह गुस्से में बोली, "गुरुजी... वे इस बार विद्यालय को नहीं छोड़ेंगे !"

श्रीनाथ की आँखें भी गहरी हो गईं थी। वे बोले, "आज विद्यालय का पहला 'रक्षा-चक्र' पृथ्वी लोक में सक्रिय होगा। यही चक्र मानवता को बचाता है...और यही मानवता की सबसे बड़ी परीक्षा भी होगा।"

वापस अष्टम दिशा में स्मृति–लोक खुलता है, ऊर्जा–आकृति किशोर के चारों तरफ घूमी अचानक उसके सामने दृश्य एक-एक कर उभरने लगे। पहला दृश्य: एक प्राचीन सभ्यता- पर्वतों पर ऐसे विद्यालय जो पूरी तरह प्रकाश से बने हैं।

दूसरा दृश्य: भारत का लोक कथाओं वाला समय- जहाँ 'ज्ञान–ऋषि' चेतना की आठ दिशाओं में यात्रा करते थे।

तीसरा दृश्य: भविष्य जहाँ मनुष्य अपनी ही चेतना को खोकर सिर्फ उपकरणों का गुलाम रह जाता है।

किशोर हिल गया। उसकी सांस तेजी से चलने लगी। उसने पूछा, "ये सब... मेरे लिए क्यों दिखा रहे हो ?"

आकृति ने कहा- "क्योंकि तुम वह 'सेतु' होगे जो प्राचीन ज्ञान को आधुनिक चेतना से जोड़ देगा। तुम्हारा मार्ग आसान नहीं, पर यही मानवता का बचाव है।"

किशोर के भीतर भावनाओं का बवंडर उठा। उसे विश्वास नहीं हो रहा था कि वह इतनी बड़ी भूमिका का हिस्सा है। उधर पृथ्वी पर — PROJECT MIND–NET का पहला प्रहार हुआ। RAW कमांड सेंटर में चेतावनी गूँजी।
"Target Locked: Ajmer Ridge
Initiating Mind–Net Phase–1"

अरविंद ने कमांड दिया, "सभी वेव–पल्स भेजो। इस चेतना के ढाँचे को जड़ से हिला दो।" दस जगहों से माइंड–नेट तरंगें छोड़ी गईं। आसमान लाल और सफेद धारियों में चमक उठा। वह तरंग पहाड़ से टकराई- पहाड़ गूँज उठा।
रुचिका चिल्लाई, "गुरुजी !! दीवारें फट रही हैं!"

पर उसी क्षण पहाड़ के चारों ओर एक अदृश्य नीला गुंबद उभर आया, फ़ैलता हुआ, मोटा, अग्नि जैसा चमकता हुआ।

श्रीनाथ धीमे से बोले, "यह विद्यालय का प्रथम रक्षा-चक्र है- 'चेतना-वलय'। अब सरकार विज्ञान से नहीं, अपने अभिमान से टकराएगी।"

माइंड–नेट तरंगें वापिस लौट गईं और सरकारी उपकरण एक-एक कर बंद पड़ने लगे। कमांडर अरविंद चिल्लाए, "ये असंभव है ! हमने ऐसा कोई ढाँचा नहीं देखा। ये विद्यालय हमें चुनौती दे रहा है!"

अष्टम दिशा में किशोर को दी गई अंतिम कुंजी ऊर्जा आकृति अब स्थिर हो गई थी। वह किशोर के सामने चमकती हुई खड़ी थी। उसने

एक चमकदार गोला उससे आगे बढ़ाया जैसे किसी बच्चे को दी जाने वाली छोटी रोशनी।

आकृति बोली, “यह ‘स्मृति–बीज’ है। जब तुम पृथ्वी पर लौटोगे,तो इस बीज से ‘ज्ञान चक्र’ सक्रिय होगा।”
किशोर ने पूछा, “पर यह करेगा क्या ?”

आकृति की आवाज़ गहरी हो गई, “यह मानवता को वह याद दिलाएगा जो हज़ार वर्षों ने उससे छीन लिया है “मनुष्य मल्टी लेयर चेतना रखता है...और उसे बंद करना किसी सरकार या विज्ञान के हाथ में नहीं।”

किशोर की आँखों में चमक आ गई। वह बोला, “क्या मैं वापस जा सकता हूँ ?”

आकृति उसके करीब आई और बोली, “हाँ, पर अब तुम विद्यार्थी नहीं तुम वह वाहन हो जिसके माध्यम से आठवीं दिशा मानव-लोक में प्रकट होगी।”

नीली रोशनी उसके चारों ओर घुमी और वह अष्टम दिशा से बाहर फेंका गया। तेज़ प्रकाश, एक झटका... और पहाड़ पर लौटता हुआ किशोर। किशोर को देखकर रुचिका और श्रीनाथ उसकी तरफ दौड़ पड़े। अचानक नीले गुंबद के भीतर किशोर का शरीर धीरे-धीरे प्रकट होने लगा। वह ज़मीन पर गिरा,पर उसके चेहरे पर ऐसा तेज था जो पहले कभी नहीं देखा गया।
रुचिका घबराकर बोली, “किशोर !! तुम ठीक हो ? बोलो !!”

किशोर ने धीरे से आँखें खोलीं। उसकी हथेली में वह चमकदार "स्मृति–बीज" था।

किशोर बहुत धीमे, पर अडिग स्वर में बोला, "गुरुजी...वह यात्रा...सिर्फ शुरुआत थी।" श्रीनाथ किशोर को देखकर मुस्कराए पर उनकी मुस्कान पहली बार थोड़ी डरी हुई थी।

श्रीनाथ बोले, "और अब...मानवता का युद्ध वास्तव में शुरू होगा।"

नीला गुंबद और चमका। और दूर नीचे सरकार की पूरी फोर्स पहाड़ की तरफ बढ़ते हुए तैयार खड़ी दिखाई दे रही थी।

अगले भाग में आप पढ़ेंगे जहाँ PROJECT MIND–NET Phase–2 शुरू होगा और "स्मृति–बीज" अपनी पहली शक्ति दिखाएगा।

भाग 33 : आवाज़ दी उसने

रात गहरी हो चुकी थी। पहाड़ों के पीछे टिमटिमाते तारे ऐसे लग रहे थे जैसे किसी ने आकाश पर हजारों दीपक टांग दिए हों। हवा में ठंड थी, लेकिन भीतर एक अनजानी गर्मी मानो कोई अदृश्य ऊर्जा चल रही हो। श्रीनाथ अपने आश्रम के खुले आँगन में खड़े थे। उनके चारों ओर हल्की धुंध घूम रही थी। ज़मीन पर फैली चाँदनी में उनका साया किसी प्राचीन साधु की तरह रहस्यमयी दिख रहा था। दूर से कदमों की आहट सुनाई दी धीमी, संकोची, और साथ ही स्पंदित।

किशोर पास आया, उसके पीछे अन्वी, और सबसे अंत में गुंजन, जिसके भीतर पिछले कुछ दिनों से विचित्र प्रकार की अनुभूतियाँ उठ रही थीं।

श्रीनाथ ने मुस्कुराते हुए कहा, “समय आ गया है। आज तुम लोगों को अदृश्य शाला के उस द्वार तक ले जाया जाएगा जहाँ से साधना की दूसरी परत शुरू होती है।”

किशोर थोड़ा उलझन के साथ बोला, “गुरुजी, क्या यह वही जगह है जहाँ आप कहते थे ‘मन यदि निर्विकार हो जाए, तो शिक्षा आत्मा में उतरती है’?”

“हाँ, वही। लेकिन आज तुम सीखोगे यह वाक्य केवल सत्य नहीं, अनुभव है।” श्रीनाथ ने कहा।

अन्वी कुछ डरी हुई बोली, “क्या हमें कोई परीक्षा देनी होगी ?”

“हर अनुभव ही परीक्षा है, बेटी। यहाँ कोई लिखित प्रश्नपत्र नहीं… केवल आत्मा की तरलता है।” श्रीनाथ ने कहा।

गुंजन चुप खड़ी थी। उसकी आँखों में चमक थी, और हल्का-सा कंपकंपाहट भी। श्रीनाथ ने तीनों को आँगन के बीच बने वृत्त में खड़ा किया। उन्होंने हाथ उठाए। एक क्षण में सब शांत हो गया। पेड़ों की पत्तियों की थिरकन तक रुक गई। फिर… एक ध्वनि उठी इतनी सूक्ष्म कि जैसे हवा खुद बोल उठी हो। वह शब्द नहीं था, लेकिन अर्थ दे रहा था।

किशोर ने हिलते हुए पूछा, “ये… ये क्या है गुरुजी ?”

“यह वही ध्वनि है, जिसमें स्कूल की पहली ईंट रखी गई थी। जब ज्ञान केवल कक्षाओं के भीतर बंद नहीं था। जब मनुष्य ध्वनि को सुनकर देख लेते थे।” श्रीनाथ ने कहा।

अन्वी चौक गई और बोली, “ध्वनि… दिखाई कैसे दे सकती है ?”

“जब मन शांत हो जाता है, तब वह बाहरी आँख की जगह भीतर वाली आँख से देखना शुरू करता है। आज तुम तीनों उसी भीतर की आँख को जाग्रत करने की यात्रा पर हो।” श्रीनाथ ने कहा।

अचानक गुंजन के कदम लड़खड़ा गए। उसने माथा पकड़ा उसकी सांस तेज हो गई। वह बोली, “ये आवाज़… ये मुझे अपने बचपन की याद दिला रही है। जब मैं रातों को रोती थी… और कोई कहता था- ‘चुप हो जा, तू सुन लेगी’…मगर मुझे तब समझ नहीं आया था कि क्या सुनना है।”

श्रीनाथ की आँखें गंभीर हो गईं। “तुम्हारी आत्मा में एक पुरानी गूँज है। वही आज जाग रही है। डरो मत। यह तुम्हारी शक्ति है, कमजोरी नहीं।” श्रीनाथ ने कहा।

किशोर और अन्वी एक-दूसरे को देखने लगे। उन्हें गुंजन में हो रहे बदलाव का अंदाज़ा नहीं था। लेकिन श्रीनाथ जानते थे गुंजन में वह अदृश्य कंपन शक्ति है जो बाद में अदृश्य शाला की ‘प्रथम विद्या’ को आगे बढ़ाएगी।

तीनों श्रीनाथ के सामने खड़े थे। चाँदनी तेज चमक रही थी। मानो आकाश भी आज की दीक्षा को देखना चाहता हो।

"तुम सबको यह समझना होगा कि विद्यालय कभी इमारत नहीं होता। इमारतें तो गिरती रहती हैं। विद्यालय वह है जहाँ मनुष्य अपने भीतर के अंधकार को पहचानकर उसे प्रकाशित करने की कोशिश करे।" श्रीनाथ ने कहा।

किशोर ने धीरे से पूछा, "लेकिन गुरुजी... आजकल शिक्षा केवल अंक और प्रमाण पत्रों पर टिक गई है। क्या अदृश्य शाला इस व्यवस्था को बदल पाएगी ?"

श्रीनाथ मुस्कुराए और बोले, "बदलने की ज़रूरत नहीं। सत्य का काम बदलना नहीं, जगा देना है। जब लोग जागेंगे, व्यवस्था खुद-ब-खुद बदल जाएगी और तुम तीनों... वह 'जागृति की पहली चिंगारी' हो।"

तभी आँगन के बीच एक मंद आग प्रज्वलित हुई पर वह साधारण आग नहीं थी। उसकी लपटें नीली थीं, और उनमें शान्ति का स्पर्श था मानो आत्मा जल नहीं रही, निखर रही हो। श्रीनाथ बोले- "इस अग्नि को देखो। यह ज्ञान की अग्नि है। यह जलाकर नष्ट नहीं करती बल्कि भीतर की धूल हटाकर मूल स्वरूप दिखाती है।"

किशोर मंत्रमुग्ध था। अन्वी की आँखों से आँसू निकल रहे थे, पर यह डर के नहीं किसी पुराने बोझ के उतरने के थे। गुंजन बिल्कुल स्थिर

खड़ी थी, जैसे अग्नि की हर लपट का अर्थ उसके भीतर उतर रहा हो। तीनों को अग्नि के सामने बैठा दिया गया।

श्रीनाथ बोले, "आज तुम सीखोगे मौन का व्याकरण। शब्दों का व्याकरण तो सब सीख लेते हैं, पर मौन का... व्याकरण बहुत कम लोग समझते हैं।"

किशोर ने सिर उठाया और पूछा ,"गुरुजी, मौन भी कोई भाषा है ?"

"हाँ, और वही सबसे पुरानी भाषा है। जो कहा नहीं जाता, वही तो सबसे गहरा होता है।" श्रीनाथ ने कहा।

अन्वी ने धीमे से कहा, "तो क्या आज से हमें बोलना कम करना होगा ?"

श्रीनाथ हँसे, "नहीं। आज से तुम्हें सुनना सीखना होगा। जब तक मनुष्य सुनना नहीं सीखता, तब तक वह बोलता भी क्या है ? अज्ञान।"

गुंजन ने पहली बार मुख खोला, "गुरुजी... अगर मौन सुनाई ही न दे तो ?"

श्रीनाथ धीरे से उसके सिर पर हाथ रखकर बोले, "मौन सुनाई नहीं देता, अनुभव होता है।"

इधर अचानक आग की लपटें लंबी हो गईं। नीला प्रकाश फैल कर आँगन की मिट्टी से उठने लगा। एक पारदर्शी-सी दीवार बनी जैसे हवा ने खुद एक द्वार का आकार ले लिया हो। तीनों अवाक् रह गए। किशोर ने पूछा- "ये... ये क्या है ?"

"यह अदृश्य शाला का पहला द्वार है। आज तुम इसमें प्रवेश नहीं करोगे। आज केवल इसे देखने की अनुमति है।" श्रीनाथ ने कहा।

अन्वी ने विस्मय से पूछा, "अगर आज नहीं... तो कब ?"

"जब तुम तीनों मिलकर एक ऐसी अनुभूति पैदा करोगे जो अलग-अलग होने पर असंभव है। ज्ञान अकेले का नहीं होता। ज्ञान का निर्माण तब होता है जब तीन मन एक लय में हों।" श्रीनाथ ने जवाब दिया।

गुंजन ने कहा, "गुरुजी, मैं तैयार हूँ। लेकिन... क्या हम तीनों एक लय खोज पाएँगे ?"

"तुम खोजोगे नहीं... समय तुम्हें खोजने देगा।" श्रीनाथ ने कहा।

द्वार धीरे-धीरे धुंध में बदल गया। लपटें शांत हो गईं। हवा फिर सामान्य हो गई। श्रीनाथ ने तीनों को देखते हुए कहा, "आज तुमने पहला सूत्र प्राप्त किया- 'सुनो वह, जो नहीं कहा गया।' अदृश्य शाला की शिक्षा इसी सूत्र से जन्म लेती है।"

किशोर, अन्वी और गुंजन तीनों के चेहरे पर एक-सा प्रश्न था, एक-सा उत्साह था, और एक-सा डर भी। पर सबसे ऊपर एक नई ऊर्जा

थी। रात और गहरी हो गई। चाँद अब बादलों में छिपने लगा था। श्रीनाथ पीछे मुड़े और आख़िरी बार बोले, “यह यात्रा बाहरी नहीं... भीतरी है। अदृश्य शाला में कोई किताब नहीं है, कोई अध्याय नहीं है, कोई कक्षा नहीं है। यहाँ केवल आत्मा है...और उसकी पुनर्जन्म यात्रा।”

तीनों एक साथ झुक गए। अदृश्य शाला की अग्नि–दीक्षा पूरी हो चुकी थी। अब यात्रा दूसरे चरण में प्रवेश कर चुकी थी।

अगले भाग में आप पढ़ेंगे “सत्य की चाल, और आत्मा का पहला संघर्ष।”

भाग 34 : आवाज़ दी उसने

सुबह का सूरज धीरे-धीरे पहाड़ों के पीछे से निकल रहा था। आश्रम में पक्षियों की आवाजें गूँज रही थीं, लेकिन आज इन ध्वनियों में भी एक अलग कंपन था मानो रात की अग्नि–दीक्षा के प्रभाव अभी भी हवा में तैर रहे हों। किशोर, अन्वी और गुंजन तीनों रात भर सो नहीं पाए। जिस ‘द्वार’ को उन्होंने देखा था, वह कोई स्वप्न नहीं था। वह वास्तविक था। इतना वास्तविक कि अब उनके भीतर बेचैनी भी वास्तविक ही थी। किशोर ने अपने कमरे से निकलते हुए अन्वी को बाहर खड़े देखा। वह पेड़ के नीचे बैठी थी, हाथों में चाय का कप लिए, पर चाय बिल्कुल ठंडी थी।

किशोर ने पूछा, “तुम्हें भी नींद नहीं आई ?”

अन्वी मुस्कुराई और बोली, “नहीं। गुरुजी ने जो कहा... ‘सुनो वह जो कहा नहीं गया।’ मैं रात भर यह समझने की कोशिश करती रही... पर कोई भी बात समझ नहीं आई।”

किशोर ने आह भरकर कहा, “मुझे भी। ऐसा लगता है जैसे हमारे भीतर कुछ खुल गया है, लेकिन अब आगे क्या करना है ये पता नहीं।”

इसी बीच पत्थर की पगडंडी पर हल्के कदमों की आवाज सुनाई दी। गुंजन आई। पर आज उसका चेहरा अलग था थोड़ा बुझा हुआ, थोड़ा डरा हुआ, और बहुत ज्यादा गंभीर।

किशोर ने पूछा, “गुंजन, तुम ठीक हो ?”

गुंजन कुछ देर चुप रही फिर बोली, “कह नहीं सकती। सुबह उठते ही ऐसा लगा... जैसे मेरी चेतना दो हिस्सों में बँट गई हो। एक हिस्सा बाहर की दुनिया देख रहा है, दूसरा हिस्सा भीतर कोई पुराना दरवाज़ा खोल रहा है।”

अन्वी की पेशानी पर चिंता की लकीरें आ गईं। वह बोली, “गुरुजी से बात करनी चाहिए।”

गुंजन ने धीरे-से सिर हिलाया और बोली, “शायद यही परीक्षा है। गुरुजी हमें सिर्फ समझाने नहीं बुलाएँगे... वे देखेंगे कि हम अपनी पहली उलझन कैसे हल करते हैं।”

तभी पीछे से कदमों की आवाज़ सुनाई दी। श्रीनाथ आ चुके थे। उनके चेहरे पर वही रहस्यपूर्ण शांति थी, जो साधारण मनुष्य को बेचैन कर देती है और साधक को स्थिर। श्रीनाथ ने कहा, "नींद कम और विचार अधिक... यही तो दीक्षा का असर है।"

किशोर ने तुरंत झुककर प्रणाम किया और पूछा, "गुरुजी, हमें लग रहा है जैसे कोई अदृश्य दबाव है। हम तीनों ही उलझ रहे हैं। क्या यह सामान्य है ?"

श्रीनाथ मुस्कुराए और बोले, "यह उलझन नहीं... पहली जागृति है। जगना हमेशा कठिन होता है। नींद से उठने में शरीर को दर्द होता है, और आत्मा के जागने में मन को।"

अन्वी ने संकोच से पूछा, "लेकिन गुरुजी... हम शुरुआत कहाँ से करें ?"

श्रीनाथ बोले, "जहाँ दर्द हो... वहीं से।" तीनों एक-दूसरे को देखते रह गए फिर एक साथ बोले,"दर्द ? कैसा दर्द ?"

गुंजन ने हिम्मत कर पूछ ही लिया, "गुरुजी, यह शब्द क्यों 'दर्द' ? क्या ज्ञान का मार्ग इतना कठिन है ?"

श्रीनाथ ने उसकी ओर देखा और कहा, "ज्ञान का मार्ग कठिन नहीं, सत्य का स्वीकार कठिन होता है और ज्ञान... सत्य के बिना कभी पूर्ण नहीं होता।"

पहली शिक्षा का दूसरा चरण: 'सत्य की चाल' शुरू हुआ। श्रीनाथ तीनों को लेकर आश्रम के पिछले हिस्से में पहुँचे। वह जगह शांत थी चारों ओर बड़े-बड़े वृक्ष, गिरती पत्तियाँ, और एक बहुत पुराना पत्थर जिसका नाम आश्रम में 'ऋषि-शिला' कहा जाता था। श्रीनाथ ने तीनों को वहाँ बैठने का संकेत दिया और कहा, "आज तुम तीनों एक-दूसरे के मन को पढ़ोगे।"

किशोर उछल पड़ा और बोला, "मन... पढ़ेंगे ?

लेकिन गुरुजी यह तो ?"

श्रीनाथ ने कहा, "असंभव लगता है। हाँ, लगता है। पर अदृश्य शाला में शिक्षा लगे नहीं, हो जाती है। तुम तीनों में एक ध्वनि-सूत्र एक साथ जगा है। उसी का उपयोग करना है।"

अन्वी ने धीरे से पूछा- "हमें कैसे पता चलेगा कि हम सही महसूस कर रहे हैं ?"

श्रीनाथ ने कहा, "सत्य कभी शोर नहीं करता, वह केवल हलचल पैदा करता है। उस हलचल को पहचानना सीखो।"

पहले गुंजन को दोनों के सामने बैठाया गया। किशोर और अन्वी आँखें बंद करके उसके मन की "लय" सुनने की कोशिश करने लगे। कुछ ही क्षण बीते थे कि अन्वी चौंककर बोल उठी, "गुंजन... तुम्हारे भीतर कोई गहरी चोट है। कुछ दबा हुआ... जो तुम्हें परेशान करता है?"

गुंजन की आँखें भर आईं। वह कुछ बोल ही नहीं पाई।

किशोर ने धीरे से कहा, "ये चोट पुरानी है... बचपन से और तुम्हें उससे नफ़रत नहीं... बल्कि डर है। तुम समझती हो कि अगर वह बाहर आ गई, तो तुम फिर बिखर जाओगी।"

गुंजन के होंठ काँपने लगे। उसने खुद को रोकते हुए कहा- “ये... ये तुम दोनों को कैसे पता चला ?”
श्रीनाथ शांत थे फिर बोले, “इसलिए कि सत्य की चाल कभी अकेले नहीं होती। जब एक मन खुद को खोलता है, तो दूसरा मन उसका प्रतिबिंब देख लेता है। तुम्हारे भीतर की पीड़ा अब ‘ध्वनि’ बन चुकी है... और ध्वनि छुपाई नहीं जा सकती।”

गुंजन फूट पड़ी .....आँसू... बहुत दिनों के बाद खुले बह रहे थे।

अब बारी अन्वी की थी। वह थोड़ी झिझकी, पर बैठ गई। किशोर ने आँखें बंद कीं, गुंजन ने भी। कुछ पल बीते... फिर गुंजन बोली, “अन्वी... तुम मजबूत दिखती हो पर भीतर बहुत अकेली हो। तुम हमेशा दूसरों को सहारा देती हो, लेकिन खुद सहारा माँगने से डरती हो।”

अन्वी की सांस रुक-सी गई। किशोर ने धीमी आवाज़ में कहा, “तुम्हें लगता है अगर तुमने अपनी कमजोरी दिखाई, तो लोग तुम्हें छोड़ देंगे। इसलिए तुम मुस्कान पहनकर जीती हो जबकि भीतर... एक अनकहा डर है।”

अन्वी की आँखों से आँसू गिरे लेकिन यह आँसू टूटने के नहीं... हल्का होने के थे। फिर किशोर बैठा। किशोर ने हमेशा खुद को सहज दिखाया था। पर भीतर क्या था आज वह सामने आना था। गुंजन ने आँख बंद करके पहला वाक्य कहा, “किशोर... तुम्हारे भीतर एक दीवार है।”
किशोर चौंक गया और बोला, “दीवार ? कैसी दीवार ?”

अन्वी ने धीरे से कहा, “तुम बहुत सोचते हो... पर बोलते कम हो। तुम हर भावनाओं को शब्द में बदलने की कोशिश करते हो... पर उन्हें महसूस करने से डरते हो।”

गुंजन आगे बोली, “तुम्हें लगता है कि भावनाएँ कमज़ोरी हैं...लेकिन असल में वही तुम्हारी असली शक्ति हैं।”

किशोर एक पल को सांस रोके बैठा रहा। वह सदा मानता था कि वह संतुलित है। पर आज उसे लगा वह सबसे ज़्यादा उलझा हुआ है।

श्रीनाथ बोले, “अदृश्य शाला में पहला पाठ है अपने भीतर की सच्चाई को स्वीकारना । तुम तीनों ने पहला चरण पार कर लिया है।”

तीनों गहरी सांसों के साथ शांत हो रहे थे,तभी अचानक हवा तेज़ होने लगी। वृक्ष हिलने लगे। पत्तियाँ ज़मीन पर नाचने लगीं।

अन्वी घबरा उठी और बोली, “ये क्या हो रहा है ?”

श्रीनाथ की नजरें आकाश पर टिक गईं। उनकी आवाज धीमी थी पर अर्थ भरी, “यह चेतावनी है। सत्य जितना भीतर जगता है, उतनी ही बाहर की दुनिया तुम्हें रोकने की कोशिश करती है। ज्ञान कभी निर्विरोध नहीं मिलता।”
किशोर ने पूछा, “क्या कोई खतरा आने वाला है ?”

श्रीनाथ ने कहा- "खतरा नहीं...एक बड़ी परीक्षा। और उस परीक्षा में तुम तीनों अकेले नहीं रहोगे। कई लोग आएँगे, कई विरोध करेंगे, कई तुम्हें समझने की कोशिश करेंगे,और कई तुम्हें मिटाने की।"

गुंजन ने काँपती आवाज में पूछा, "क्यों गुरुजी ? हम अभी शुरू ही हुए हैं...।"
श्रीनाथ ने उत्तर दिया, "क्योंकि प्रकाश जब जन्म लेता है, तो अंधकार उसे तुरंत पहचान लेता है।"

हवा शांत होने लगी। श्रीनाथ खड़े हुए और बोले , "आज का सूत्र याद रखो, 'सत्य की चाल धीमी होती है,पर उससे बड़ा कोई ब्रह्मास्त्र नहीं।' जो मन सत्य को स्वीकार लेता है, वह अदृश्य शाला के अगले द्वार के योग्य हो जाता है।"

किशोर, अन्वी और गुंजन तीनों पहले से ज्यादा बदले हुए थे। कमज़ोर भी...और मजबूत भी। पर सबसे महत्वपूर्ण वे अब एक लय में थे और यही लय उन्हें आगे उस अदृश्य द्वार तक ले जाएगी जिसकी झलक उन्होंने पहली बार देखी थी।

अगले भाग में आप पढ़ेंगे "पहला कम्पन: जब अदृश्य विद्यालय ने पुकारा।"

भाग 35 : आवाज़ दी उसने

पहाड़ों पर गहरा अंधियारा था और अजीब सी शान्ति थी, मानो वातावरण किसी बड़े परिवर्तन का इंतज़ार कर रहा हो। अदृश्य विद्यालय बाहरी दुनिया से शांत दिखता था, पर भीतर चेतना की तरंगें सूक्ष्म रूप से धड़क रही थीं। दिन में जो "सत्य की चाल" का अभ्यास हुआ था, उसके बाद किशोर, अन्वी और गुंजन तीनों इतने थके हुए थे कि संवाद भी धीमे पड़ गए थे। लेकिन नींद किसी को नहीं आई।

किशोर बिस्तर पर लेटा था, आँखें बंद पर दिमाग खुला हुआ। अचानक उसे लगा मानो उसके सामने कोई धुँधली छवि खड़ी है। एक आकृति...शायद किसी पुरानी स्मृति की। उस धुँधली छवि ने कहा, "किशोर... जागो।" किशोर चौंककर उठ बैठा।

"कौन...?" किशोर ने पूछा। लेकिन कमरा खाली था। उसका दिल तेजी से धड़क रहा था। उसे महसूस हुआ यह सपना नहीं था। उसी क्षण दरवाज़े पर दस्तक हुई। अन्वी खड़ी थी, चेहरा हल्का भयभीत। "किशोर... तुम जाग रहे हो ? अभी अभी... किसी ने मुझे भी पुकारा है। किसी अजीब भाषा में..." अन्वी ने कहा।

गुंजन भी पीछे-पीछे आ गई और बोली, "मुझे भी... किसी ने स्पष्ट कहा 'आओ'। पर आवाज़ किसी मनुष्य की नहीं थी।"

तीनों के चेहरों पर एक जैसा तनाव था। किशोर ने धीरे से कहा, "गुरुजी से मिलते हैं। अभी।"

तीनों गुरुजी के कक्ष की ओर तेज़ी से बढ़े। पर आश्चर्य श्रीनाथ बाहर ही खड़े थे, जैसे उन्हें पता था।

श्रीनाथ (शांत स्वर में) बोले, "डरो मत। तुम तीनों को आज पहली बार विद्यालय ने स्वयं बुलाया है।"

गुंजन ने आश्चर्य से कहा, "विद्यालय... हमें बुला रहा है ? क्या विद्यालय ज़िंदा है ?"

श्रीनाथ मुस्कुराए और बोले, "ज्ञान कभी निर्जीव नहीं होता, और जहाँ ज्ञान का निवास होता है...वहाँ चेतना रहती ही है। अदृश्य विद्यालय भी सांस लेता है, धड़कता है, राह दिखाता है। आज वह तुम्हें अपने पहले कम्पन में शामिल कर रहा है।"

अन्वी ने पूछा, "पहला कम्पन ? ये क्या है गुरुजी ?"

श्रीनाथ ने जवाब देते हुए कहा, "जब किसी विद्यार्थी का मन सत्य के प्रथम स्तर को छूता है, तो विद्यालय उसे 'कम्पन' के माध्यम से बुलाता है। यह संकेत होता है तुम आगे बढ़ने के लिए तैयार हो।"

रात का आकाश तारों से तो भरा था, पर आज उनमें हल्की नीली लकीरें दिख रही थीं मानो वे भी विद्यालय के द्वार की ओर इशारा कर रही हों। श्रीनाथ तीनों को लेकर पहाड़ी के भीतर उस जगह पहुँचे जहाँ अदृश्य शाला की प्रथम दीवार होती है। रात के बावजूद वह दीवार चमक रही थी जैसे किसी ने भीतर दीपक जलाया हो।

किशोर ने धीरे पूछा,"गुरुजी... क्या हम फिर से अंदर जाएँगे ?"

श्रीनाथ ने कहा, “हाँ। लेकिन आज का प्रवेश कल से अलग होगा। आज विद्यालय प्रश्न पूछेगा...और जवाब तुम तीनों को देना होगा। यदि तुमने जवाब गलत दिया...तो दीवार तुम्हें वापस लौटा देगी।”

तीनों ने एक-दूसरे को देखा। यह सामान्य शिक्षा नहीं थी। यह आत्मा की परीक्षा थी। जैसे ही वे करीब पहुँचे, दीवार पर हल्की तरंगें बनने लगीं। उस पर कोई चिह्न, कोई शब्द नहीं था लेकिन एक कंपन था, मानो वह स्वयं बोल रही हो। अचानक दीवार पर आकृति उभरी- एक गोलदार वलय, अंदर घूमती प्रकाश की रेखाएँ।

एक मधुर, पर भारी स्वर गूँज उठा, दिव्य स्वर, “कौन प्रवेश चाहता है ?”

किशोर ने पहला कदम बढ़ाया और कहा, “हम... अदृश्य शाला के विद्यार्थी।”

दीवार ने पूछा, “विद्यार्थी कौन ?
नाम महत्वहीन है। अपनी पहचान बताओ।”

अन्वी ने हिम्मत करके कहा, “मैं सत्य की खोज हूँ।”

गुंजन ने कहा, “मैं भय को पहचानने आई हूँ।”

किशोर ने गहरी सांस ली और कहा, “मैं वह हूँ जिसने अपने भीतर की आवाज़ बहुत देर बाद सुनी है...लेकिन अब उससे दूर नहीं जाना चाहता।”

दीवार चमकने लगी। स्वर फिर बोला, "प्रवेश दिया जाता है।"
दीवार गायब हुई। तीनों भीतर चले गए। भीतर जो कक्ष था, वह कल वाले से बिल्कुल अलग था। यह काला नहीं, नीला नहीं,बल्कि चांदी जैसा था। एक विशाल दर्पण का संसार। अन्वी ने आश्चर्य से चारों ओर देखा और कहा, "ये... ये दर्पण हैं ? लेकिन इनमें हमारा चेहरा नहीं... कुछ और दिख रहा है !"

किशोर ने एक दर्पण में झाँका। उसमें उसका चेहरा नहीं, बल्कि उसका बचपन , वह क्षण जब उसे पहली बार स्कूल छोड़ने को कहा गया था। गुंजन के सामने दर्पण में वह क्षण दिखाई दिया जब उसे किसी प्रियजन ने कहा था, "तुम बेकार हो।"

अन्वी के दर्पण में वह रात प्रकट हुई जब उसका रिसर्च खारिज हुआ था और उसने आँसू छुपाकर काम जारी रखा था। तीनों घबरा गए।

तभी कक्ष में स्वर सुनाई दिया, "यह दूसरा पाठ है- 'प्रतिबिंब'। जब तक तुम्हें अपने अतीत से डर है... तुम भविष्य का ज्ञान नहीं पकड़ सकते।"

किशोर की त्योरियाँ चढ़ गईं वह बोला, "लेकिन हम यहाँ सीखने आए हैं, अपना दर्द देखने नहीं !"

स्वर कठोर हो गया, "जो अतीत स्वीकार नहीं करता...उसे ज्ञान का हक नहीं मिलता।" गुंजन अचानक घुटनों के बल बैठ गई।
दर्पण में एक साया बार-बार कह रहा था, "तुम बेकार हो। तुम कमजोर हो। तुम असफलता हो।"

गुंजन रोने लगी और रोते हुए बोली, “मैं... मैं इसे दोबारा नहीं देख सकती। मैं यह सब भूल चुकी थी...।”

श्रीनाथ चुपचाप खड़े देखते रहे। उन्होंने मदद नहीं की। यह परीक्षा उसकी थी। अन्वी ने गुंजन का हाथ पकड़ा और कहा, “गुंजन... तुम बेकार नहीं हो। तुम एक योद्धा हो।
सबसे मजबूत वही होता है जो टूटकर भी दुबारा खड़ा होता है।”

किशोर ने भी कहा, “इन दर्पणों को तुम्हारी सच्चाई चाहिए, तुम्हारा डर नहीं।”

गुंजन काँपते हुए उठी, दर्पण के सामने खड़ी हुई और बोली,“हाँ ! मैं टूटी थी। मैं डरी थी। मैं असफल हुई थी लेकिन मैं खत्म नहीं हुई ! मैं अभी भी खड़ी हूँ !”
दर्पण का साया गायब हो गया। वह प्रकाश में बदल गया। अब दर्पण अन्वी की ओर मुड़ा। उसके अंदर वही दृश्य चमक रहा था। रात, लैब, और उसका खारिज किया गया शोध।

अन्वी का गला भर आया वह बोली, “यह ही मेरी सबसे बड़ी हार थी। ”

किशोर ने कहा, “क्या तुम आज भी मानती हो कि वह हार थी ?”

अन्वी ने धीमे स्वर में कहा, “नहीं... वह मेरी शुरुआत थी। उन्होंने मुझे रोका, इसलिए मैं और गहरी तलाश तक पहुँची। आज मैं विज्ञान से आगे चेतना तक देख पा रही हूँ।” दर्पण चमक उठा। उसका

आकाश खुल गया। अब दर्पण किशोर के सामने आया। इसमें उसका बचपन था,गरीबी,अकेलापन, और एक सवाल, “तुम किसके हो ?”

किशोर का गला सूख गया। वह इस प्रश्न से हमेशा भागता था।

किशोर (धीरे) से बोला, “मैं... मैं नहीं जानता था मैं किसका हूँ...!”

दर्पण की आवाज आई,“और अब ?” किशोर ने गहरी सांस ली। उसने अन्वी और गुंजन की ओर देखा, फिर दीवारों की प्रकाश तरंगों की ओर देखते हुए कहा, “अब... मैं अपने पथ पर हूँ और मैं गुरुजी का पथ पकड़ चुका हूँ। अब मैं किसी का छोड़ा हुआ नहीं...एक खोज का शुरू हुआ हिस्सा हूँ।”

दर्पण ने उसे स्वीकार कर लिया। तीनों ने अपनी-अपनी परीक्षा पास कर ली थी। कक्ष की दीवार धीरे-धीरे प्रकाश में घुलने लगी।

स्वर फिर गूँजा,“तुम तीनों अब ‘आंतरिक पथ’ के योग्य हो। तुम्हें वह पहला संकेत दिया जाता है जो अदृश्य विद्यालय ने सदियों से छुपाकर रखा था।”
तीनों विस्मय से छोड़कर आगे बढ़े। कक्ष के केंद्र में एक गोलाकार द्रव्य चमक रहा था, नीला, शांत, और जीवित।

श्रीनाथ धीरे से बोले, “यह ‘ज्ञान-बिंदु’ है। अदृश्य विद्यालय की पहली चेतना। इसके बाद के पथ और कठिन होंगे...और इसके बाद सरकार की नज़र और भारी होगी।”

किशोर ने पूछा, "गुरुजी... क्या यह वही शक्ति है जिसे RAW और DRDO खोज रहे हैं ?"

श्रीनाथ ने लंबी सांस ली और कहा, "नहीं, बेटा। वे जो खोज रहे हैं... वह सिर्फ परछाई है। असली रहस्य तो अब शुरू होता है।"

तीनों के सामने कक्ष खुल गया था। रौशनी के भीतर एक अजीब-सा भूगोल दिख रहा था मानो दुनिया की परतें खुद को पलट रही हों।

श्रीनाथ बोले, "अब तुम अगले चरण में प्रवेश कर चुके हो और अगली शिक्षा है 'आत्मा की गूंज' जहाँ तुम्हारे भीतर उठने वाली पहली चेतना बाहरी दुनिया में प्रतिक्रिया उत्पन्न करेगी।"

अन्वी घबरा गई और बोली, "मतलब... हमारे भीतर कुछ बदलेगा तो बाहर भी उसका असर होगा ?"

श्रीनाथ ने कहा, "हाँ और यही असर 'प्रोजेक्ट माइंड-नेट' को भी तुम्हारी ओर खींचेगा।"

तीनों एकदम स्तब्ध हो गए। मानो अब असली युद्ध शुरू हो चुका था।

अगले भाग में आप पढ़ेंगे कि "प्रोजेक्ट माइंड नेट का ये पहला प्रहार और अदृश्य विद्यालय का पहला संरक्षण वृत्त" के बारे में।

भाग 36 : आवाज दी उसने

कमरा पूरी तरह मौन था, पर उस मौन में भी कंपन थे, सूक्ष्म, गहरे, और अदृश्य। जैसे समय खुद अपनी सांस रोककर खड़ा हो। सुनहरी दीवार पूरी तरह खुलने के बाद अब उनके सामने एक अर्धवृत्ताकार मार्ग था, जिसकी फर्श पर हल्की नीली चमक बहती थी। ऐसा लगता था कि कोई अदृश्य नदी बह रही हो। किशोर ने कदम बढ़ाया, पर तभी एक कंपन पूरे मार्ग में दौड़ा। रुचिका चौंक गई और बोली, “ये रास्ता... ये समय जीवित है ?”

श्रीनाथ शांत स्वर में बोले, “समय कभी निर्जीव नहीं होता, रुचिका। हम ही उसे मृत समझ लेते हैं।”

तभी सामने एक गोलाकार प्रकाश उभरा, जैसे धड़कता हुआ हृदय। उसमें से आवाज आई, “ अपनी पहचान प्रस्तुत करो।”

किशोर घबरा गया और बोला, “गुरुदेव, क्या यह हमसे कोई पासवर्ड चाहता है ?”

श्रीनाथ मुस्कुराए और बोले, “समय को पासवर्ड नहीं चाहिए। उसे सत्य चाहिए।” उन्होंने आगे बढ़कर हाथ उठाया। उस प्रकाश में श्रीनाथ की आकृति दो सेकंड के लिए तीन हिस्सों में विभाजित हो गई। अतीत, वर्तमान, भविष्य की तरह।

रुचिका स्तब्ध हो गई और बोली, “यह क्या... आपने खुद को तीन बार...?”

श्रीनाथ ने जवाब दिया, “यह दूसरे स्पंदन की मांग है ‘त्रिकाल-स्वीकृति’। जो स्वयं को तीनों कालों में एक साथ स्वीकार कर ले, उसे समय का दूसरा द्वार मिलता है।”

समय-तरंग शांत हुई। रास्ता खुल गया। तीनों आगे बढ़े । अब वे एक गोल कक्ष में थे जहाँ हवा भी नीली दिखाई देती थी। दीवारों पर उनकी अपनी-अपनी परछाइयाँ उभर रही थीं लेकिन वे परछाइयाँ बोल रही थीं। किशोर की परछाईं गुस्से में चिल्ला रही थी, “तुमने कितनी बार हार मानी ! तुम ये मार्ग कभी नहीं चल पाओगे!”

किशोर काँप गया, “गुरुदेव... ये क्या हो रहा है ?”

श्रीनाथ मुस्कुराए और बोले, “यह अतीत की प्रतिध्वनियाँ हैं। समय-दीर्घा तुम्हारे भीतर के अधूरे हिस्सों को आवाज देती है। जो अपने अतीत से नहीं गुजर पाया, वह भविष्य की यात्रा नहीं कर सकता।”

किशोर ने आँखे बंद कीं, गहरी सांस ली और शांत स्वर में कहा, “हाँ, मैंने हार मानी थी। लेकिन अब नहीं मानूँगा।”

परछाईं मिट गई। किशोर पहली चुनौती पार कर चुका था। अब रोशनी रुचिका के चारों ओर घूमने लगी। अचानक उसके सामने बचपन का दृश्य उभरा। वह पाँच साल की थी, एक टूटी स्लेट पकड़े हुए। मास्टर जी डाँट रहे थे, “तुम कभी काबिल नहीं बनोगी !”
रुचिका की आँखों में आँसू आ गए।

श्रीनाथ धीरे से बोले, “रुचिका, समय तुम्हें चोट नहीं पहुँचाता, वह तुम्हें पूरा करता है।”
रुचिका ने अपने बचपन वाली छवि की ओर हाथ बढ़ाया, “तुम गलत नहीं थीं...तुम बस अकेली थीं। और आज मैं तुम्हारे साथ हूँ।”

भंवर टूट गया। नीली रोशनी स्थिर हो गई। रुचिका की परीक्षा पूरी। अब पूरा कक्ष शांत हो गया। कोई आवाज नहीं। कोई परछाईं नहीं। कुछ भी नहीं।

किशोर फुसफुसाते हुए बोला, “गुरुदेव को क्यों नहीं कुछ दिखाई दे रहा ?”

रुचिका ने पूछा, “क्या उनका समय स्थिर हो गया है ?”

तभी श्रीनाथ ने आँखें खोलीं। उनकी आवाज बेहद धीमी थी, “मेरे सामने वह पहाड़ आया...जिसे मैंने 30 साल पहले पार नहीं किया था।”

किशोर चौंक गया, “गुरुदेव जैसे व्यक्ति ने भी...?”

श्रीनाथ मुस्कुराए और बोले, “जिसे दिल में छिपाकर रखो,वह समय के सामने सबसे पहले खड़ा होता है।”

उन्होंने दोनों हाथ आगे बढ़ाए, जैसे किसी अदृश्य चट्टान को धकेल दिया हो। क्षण भर में रोशनी फट पड़ी। तीनों अब समय-दीर्घा के दूसरे चक्र में पहुँच चुके थे। अब उनके सामने एक विशाल दर्पण जैसा

ढाँचा था, पर उसमें कोई प्रतिबिंब नहीं दिखता था सिर्फ चमकती सफेद परत।

किशोर ने पूछा, “ये क्या है ?”

श्रीनाथ मुस्कुराए और बोले , “यह ‘भविष्य-दर्पण’ है। यह दिखाता है वह मार्ग जो अभी जन्म भी नहीं लिया।”

रुचिका हड़बड़ा गई और बोली, “तो हम भविष्य देखेंगे ?”

श्रीनाथ ने कहा, “नहीं। तुम भविष्य बनाओगे।”

तभी दर्पण चमका और तीन अलग-अलग दृश्य उभरे- किशोर को अराजक भीड़ ज्ञान-विद्यालय को जलाने की धमकी देती दिखी।

रुचिका को सरकारी एजेंसियों की एक गुप्त फाइल में अपना नाम दिखा, “Category Omega: High Cognitive Threat.”

श्रीनाथ को अदृश्य विद्यालय की सातवीं दीवार फटती हुई दिखी। तीनों पीछे हट गए।

किशोर डरते हुए बोला , “यह सच होगा ?”

श्रीनाथ बहुत शांति से बोले, “यह संभव है...सच तभी बनेगा यदि तुम इसे रोकने का ज्ञान न सीखो।”

रुचिका ने कहा, “तो यह चेतावनी है ?”

श्रीनाथ ने जवाब देते हुए कहा, "यह समय का दूसरा स्पंदन है, भविष्य के बोझ को पहचानना, पर उससे डरना नहीं।"
दर्पण अचानक धुंध में बदल गया। फर्श हल्की नीली से गहरी बैंगनी रोशनी में परिवर्तित हुआ। एक नया रास्ता बन रहा था ऊपर की ओर उठता हुआ, जैसे प्रकाश की सीढ़ियाँ।

किशोर ने पूछा, "अब क्या होगा ?"

श्रीनाथ ने कहा, "अब हम 'समय-दीर्घा की तीसरी मंज़िल' पर प्रवेश करेंगे। वहाँ से वापसी सरल नहीं।"

रुचिका ने सवाल किया, "क्यों ?"

श्रीनाथ धीरे से बोले, "क्योंकि तीसरी मंज़िल में समय तुम्हारे भीतर नहीं,तुम समय के भीतर प्रवेश करोगे।" तभी पूरी दीर्घा में घंटियों जैसे कंपन गूँजे। मार्ग खुल चुका था। उनकी असली यात्रा अब शुरू होने वाली थी।

अगले भाग में आप पढ़ेंगे कि असली यात्रा किस प्रकार शुरू होती है ?

भाग 37 : आवाज़ दी उसने

समय-दीर्घा की तीसरी मंज़िल का मार्ग खुल चुका था और श्रीनाथ ने चेतावनी दी थी कि वहाँ "समय के भीतर प्रवेश" होगा। तीनों

प्रकाश की बनी उस सीढ़ी पर चढ़ते जा रहे थे। हर कदम के साथ कंपन बदल रहा था । पहले हल्का, फिर गहरा, फिर किसी अनदेखी लय में धड़कता हुआ। ऐसा लग रहा था कि वे किसी विशाल जीव के भीतर कदम रखते जा रहे हों।

रुचिका ने धीमे स्वर में पूछा, “ये सीढ़ियाँ... चल तो रही हैं, लेकिन... स्थिर क्यों लग रही हैं ?”

श्रीनाथ ने जवाब दिया, “क्योंकि यहाँ समय स्थिर है पर गति जीवित, और गति रुक गई है पर समय बह रहा है।”

किशोर हँसने की कोशिश करता है और कहता है-, “गुरुदेव... यह तो पूरा उल्टा-सीधा हो गया !”

श्रीनाथ मुस्कुराए और बोले, “यही तीसरी मंज़िल का नियम है, यह उलट कर ही सीधा करती है।”

अचानक सीढ़ियाँ खत्म हो गईं। सामने एक विशाल, गोलाकार कक्ष था, पर इसकी छत नहीं थी।अभी भी ऊपर आसमान दिखाई दे रहा था, पर वह आसमान चल रहा था। जैसे हजारों साल एक ही सेकंड में बीत रहे हों।

किशोर ने ऊपर देखा, “ये... बादल पीछे जा रहे हैं...नहीं, आगे...नहीं, गोल-गोल...!”

रुचिका ने उसके हाथ को कसकर पकड़ा और कहा, “किशोर, यह सामान्य नहीं है। यहाँ समय गोल है।”

श्रीनाथ गंभीर स्वर में बोले, “स्वागत है तीसरी मंज़िल में! ‘चक्र-काल’ जहाँ समय रेखा नहीं, वृत्त होता है।”

जैसे ही वे आगे बढ़े, फर्श पर हल्की सफेद रेखाएँ चमकने लगीं। कुछ सेकंड में वह रेखाएँ एक जाल जैसी बन गईं मानो किसी ने जमीन पर हजारों घड़ियाँ उतार दी हों। अचानक उन रेखाओं ने बोलना शुरू किया- “पहचानें। चयन करें। स्थिर हों।”

किशोर काँप गया और बोला, “ये रेखाएँ... बोल कैसे सकती हैं ?”

श्रीनाथ ने जवाब दिया, “यह ‘समय-सूत्र’ है। हर व्यक्ति के लिए उसकी नियति की एक रेखा चमकती है। तुम्हें सही रेखा चुननी होगी।”

रुचिका ने पूछा, “अगर गलत रेखा चुन ली तो ?”

श्रीनाथ ने कहा,“तो तुम किसी और के समय में प्रवेश कर जाओगे।”

किशोर के चेहरे से रंग उड़ गया। कई रेखाओं में से एक चमकने लगी, लाल रंग की। उसमें दृश्य उभरा, हजारों लोग, मशालें लिए, ‘अदृश्य विद्यालय’ को जला देने की कोशिश कर रहे थे।

किशोर दहशत में आकर बोला, “यह... यही तो भविष्य-दर्पण में दिखा था!”

रुचिका तुरंत बीच में आई और बोली, “नहीं ! यह तुम्हारी रेखा नहीं हो सकती। यह भय है, नियति नहीं।”

समय-सूत्र बोला, “डर के रास्ते को चुनना आसान होता है।”

किशोर ने गहरी सांस ली, वह एकदम पीछे हट गया। वह रेखा बुझ गई। अब दूसरी रेखा चमकी- नीली। उसमें सरकारी दस्तावेज़ दिखाई दे रहे थे, “Category Omega: High Cognitive Threat.”
“उच्च स्तर का मनो-प्रभाव एवं चेतना विचलन।”
“सर्विलांस सक्रिय रखें।”
रुचिका की साँस अटक गई, वह संभलकर बोली, “यह... ये सच में मेरे लिए फाइल बनेगी ?”

श्रीनाथ ने जवाब दिया, “निश्चित नहीं। पर संभावनाएँ हमेशा कहीं न कहीं जन्म लेती हैं। यह तुम्हारी परीक्षा है, सत्य नहीं।”

रुचिका ने दृढ़ स्वर में कहा, “मैं इस रेखा को नहीं चुनूँगी। मैं खतरा नहीं एक दीपक बनकर जन्मी हूँ ।”
और तभी रेखा स्वयं बुझ गई। अब तीसरी रेखा स्वयं जगमगा उठी- सुनहरी। उसमें दिखाई दे रहा था कि अदृश्य विद्यालय की सातवीं दीवार टूट रही है। भयंकर सफ़ेद प्रकाश फैल रहा है। जैसे समूची चेतना-व्यूह में भूकम्प आ गया हो।

किशोर ने पूछा, “गुरुदेव... यह तो विनाश जैसा लग रहा है !”

रुचिका ने कहा, “क्या यह आपका भाग्य है ?”

श्रीनाथ ने जवाब दिया, “समय कभी विनाश नहीं दिखाता। वह केवल परिवर्तन दिखाता है।”

उन्होंने उस रेखा पर हाथ रखा। लेकिन वह रेखा बुझी नहीं। बल्कि दो हिस्सों में बँट गई- एक में दीवार टूट रही थी। दूसरी में दीवार से प्रकाश बाहर बह रहा था।

किशोर ने पूछा, “मतलब... दो संभावनाएँ हैं ?”

श्रीनाथ ने कहा, “नहीं किशोर। एक ही घटना है, फर्क सिर्फ अर्थ का है।”

अब पूरा कक्ष गूँजने लगा। सभी रेखाएँ एक-दूसरे में बहने लगीं, जैसे नदी की धाराएँ मिलती हों। अचानक एक नई रेखा उभरी- अतिरिक्त चमकदार, बैंगनी रंग की। समय-सूत्र ने कहा- “त्रि-पथ रेखा। यह केवल तीन आत्माओं के संयुक्त संकल्प से खुलती है।”
उस रेखा में तीन दृश्य थे- किशोर साधारण लोगों के बीच ज्ञान का नया रूप बो रहा है। रुचिका सरकारी एजेंसियों के सामने खड़ी है, पर आत्मा निर्भय है। श्रीनाथ सातवीं दीवार को पुनः आकार दे रहे है- पुरानी से अधिक शुद्ध, अधिक प्रकाशमान।

किशोर ने पूछा,“ क्या ये... यह हमारा संयुक्त भविष्य है ?”

रुचिका ने जवाब दिया, “ पर यह... सुंदर भी है... और खतरनाक भी।”

श्रीनाथ ने जवाब दिया, “यही ‘चक्र-काल’ की मंज़ूरी है।”

तीनों एक साथ उस रेखा के भीतर कदम रखते हैं। जैसे ही उन्होंने कदम रखा, पूरा कक्ष घुमने लगा। धीरे... फिर तेज़...फिर इतना तेज़ कि कोई आकृति भी दिखना बंद हो गई।

रुचिका चिल्लाई, “गुरुदेव ! हम कहाँ जा रहे हैं ?”

श्रीनाथ ने कहा,“समय के भीतर।”

किशोर ने पूछा,“लेकिन... किस समय में ?”

श्रीनाथ की आवाज धीरे-धीरे दूर होती गई, “उस समय में... जो तुम्हें खोज रहा है।”

अचानक सब कुछ काला हो गया। फिर प्रकाश। तीखे सफेद प्रकाश की एक नदी। तीनों उसके केंद्र में तैरते हुए दिखाई दिए। अब वे समय को देख नहीं रहे थे, वे समय बन गए थे। यात्रा अब असली रूप से शुरू हुई थी।

अगले भाग में आप पढ़ेंगे कि ये असली यात्रा कहाँ पहुंचती है ?

भाग 38 : आवाज़ दी उसने

सब कुछ सफ़ेद था। प्रकाश, हवा, दिशा, यहाँ तक कि उनकी अपनी परछाई भी। किशोर ने अपने हाथों को देखा, वे हाथ थे भी... और नहीं भी। मानो वह शरीर होकर भी शरीर नहीं था। उसने घबराकर पूछा, "गुरुदेव... क्या हम मर गए ?"

रुचिका ने झिड़कते हुए कहा, "बेवकूफ़ ! मरना इतना आसान होता तो विज्ञान अब तक आत्मा को नाप चुका होता !"

श्रीनाथ हँस पड़े फिर बोले, "नहीं बेटे। तुम मरे नहीं,पहली बार पूरी तरह जीवित हुए हो।"

किशोर श्रीनाथ की बात सुनकर अवाक रह गया। अचानक उस सफ़ेद प्रकाश की धारा में नीले, सुनहरे और फिर बैंगनी तरंग उठने लगीं। वे तरंगें किसी भाषा की तरह बह रही थीं। श्रीनाथ ने स्वर बदला। गंभीर, गहरा, जैसे किसी गुफा से आ रहा हो, "समय-नदी दुनिया की घटनाएँ नहीं दिखाती। यह उनके पीछे छिपे कर्म-स्रोत दिखाती है।"

रुचिका उत्सुकता से बोली, "मतलब समय घटनाएँ नहीं...उनके कारण दिखाता है ?"

श्रीनाथ ने जवाब दिया, "हाँ। घटना तो सबको दिखाई देती है,पर कारण केवल उन लोगों को जो समय-दीर्घा में प्रवेश पाते हैं।"

किशोर धीरे से बोला, “फिर... क्या हम दुनिया के भविष्य को देख सकेंगे ?”

श्रीनाथ ने कहा, “भविष्य देखना संभव है, पर महत्वपूर्ण यह है कि तुम ‘किस भविष्य में प्रवेश’ करना चाहोगे।”

हवा...या प्रकाश...या दोनों, कुछ भी समझ नहीं आता था पर अचानक प्रकाश-नदी के भीतर लहरें शब्दों में बदल गईं।
“विकल्प। चयन। संकल्प।”

रुचिका चौंककर बोली, “ये... ये आवाज कहाँ से आ रही है ?”

श्रीनाथ ने जवाब दिया, “यह आवाज नदी की नहीं, तुम्हारी चेतना की है। यह तुम्हारी उन परतों को पढ़ रही है जो तुमने खुद से छिपा रखी थीं।”

किशोर डरते हुए बोला, “मतलब यह हमारे भीतर झाँक रही है ?”

श्रीनाथ ने जवाब दिया, “नदी में कोई गोपनीयता नहीं होती। यहाँ सब कुछ नग्न होता है। इच्छाएँ, दोष, क्रोध, प्रेम,यहाँ तक कि वे बातें भी जो तुम खुद से नहीं मानते।”

रुचिका अचानक दूर देखती है। प्रकाश की धारा में दृश्य बनने लगे। पर वे दृश्य दुनिया के नहीं, उनके भीतर के थे।

किशोर ने अपनी माँ को देखा,जो रातों में उसके लिए दिया जलाती थी।

रुचिका ने अपने बचपन का वह कमरा देखा, जहाँ उसे तंग किया गया था सिर्फ इसलिए कि वह “अलग तरह से सोचती थी।”

और श्रीनाथ...वे किसी अनजान युद्धभूमि को देख रहे थे। अचानक प्रकाश-धारा काँपी। इसके बीच में एक आकृति बनने लगी। धीरे-धीरे, जैसे धुंध से कोई उभरता हो। किशोर पीछे हट गया और बोल, “ये... कौन है ?”

आकृति पूरी हुई। एक प्राचीन वृद्ध, जिनके शरीर पर वस्त्र नहीं, केवल प्रकाश की धारियाँ थीं। उन्होंने तीनों को देखा, गहरी, धधकती हुई लेकिन शांत आँखों से। वे बोले, “मैं हूँ काल-मानव। समय का पहला प्रहरी। पहली मंज़िल पर जो भी आत्मा आती है, उसे रास्ता दिखाने का दायित्व मेरा है।”

रुचिका ने अविश्वास से पूछा, “आप... मनुष्य हैं या चेतना का स्वरूप?”

वह मुस्कराए और बोले, “मनुष्य भी हूँ, और मनुष्य से पहले भी था।”

रुचिका ने कहा, “यह तो अर्थहीन जवाब है !”

वे बोले, “समय में पहले क्या जन्मा और क्या बाद में आया, ऐसे प्रश्न समय को हँसाते हैं।”

किशोर धीरे से पूछा, “आप हमें कहाँ ले जाएँगे ?”

काल-मानव बोले, “वहाँ... जहाँ तुम्हारे पहले निर्णय की परीक्षा होगी।”

जैसे ही उन्होंने हाथ उठाया, प्रकाश-धारा तीन हिस्सों में बंट गई। तीन दरवाज़े बने, पहला दरवाज़ा - लाल
धधकता हुआ, भीतर तूफान जैसा।
दूसरा दरवाज़ा - नीला, शांत, पर गहराई जैसे अंतहीन हो।
तीसरा दरवाज़ा- बैंगनी, बिजली-सा चमकता,
परंतु एक अजीब स्थिरता लिए हुए।

काल-मानव बोले, “तीन निर्णय हैं। तीन मार्ग हैं और हर मार्ग से तुम्हारा भविष्य बदलता है।”

रुचिका आगे बढ़ी और बोली, “पर हमें कैसे पता चले कि कौन-सा सही है ?”

काल-मानव ने जवाब दिया, “सही वह नहीं जो आसान हो। सही वह है जिससे तुम स्वयं से नहीं बच पाओ।”

किशोर चिंतित स्वर में बोला, “अगर हमने गलत मार्ग चुन लिया तो?”

काल-मानव बोले, “गलत चयन समय को बदलता नहीं, तुम्हें बदल देता है।”

अचानक दरवाज़ों ने बोलना शुरू किया। तीन बिल्कुल अलग आवाजें। लाल दरवाजे से आवाज आई, "जो भय से जूझना चाहता है, भीतर आए।"

नीला दरवाजे ने कहा, "जो सत्य खोजता है, पर सत्य का बोझ उठाने की क्षमता नहीं रखता वह मेरे लिए नहीं।"

बैंगनी दरवाज़ा बोला, "जो परिवर्तन का केंद्र बनना चाहता है,उसे मेरे भीतर प्रवेश करना होगा। पर याद रहे केंद्र में सबसे अधिक तूफान होता है।"

रुचिका काँप गई। किशोर के चेहरे पर पसीना परन्तु श्रीनाथ शांत, स्थिर।

किशोर ने पूछा, "गुरुदेव... आप कौन-से दरवाज़े में जाएँगे ?"

श्रीनाथ ने कहा, "मैं बैंगनी में। क्योंकि गुरु का मार्ग सदा तूफ़ान के केंद्र में होता है।"

रुचिका धीरे से बोली, "मैं... मैं सत्य चाहती हूँ। चाहे वह मुझे रुला दे।" और वह नीले दरवाज़े की ओर बढ़ी।

किशोर अकेला रह गया। लाल दरवाज़े की आग उसकी ओर बढ़ी। उसने डरते हुए पूछा, "क्या यह... मेरा ही मार्ग है ?"

काल-मानव बोले, "हाँ। क्योंकि जिसे शिक्षा दुनिया को देनी है, उसे पहले अपने भय से मुक्त होना पड़ता है।"

और किशोर ने कदम बढ़ाया। लाल दरवाज़ा खुला। तीनों भीतर खो गए। प्रकाश-धारा अब अधिक तेज़ बहने लगी।

अगले भाग में शुरुआत होगी, किशोर का भय-परीक्षण रुचिका का सत्य-परीक्षण और श्रीनाथ का परिवर्तन-परीक्षण।

भाग 39 : आवाज़ दी उसने

रात अब पहाड़ों पर गाढ़ी काली स्याही की तरह फैल चुकी थी। हवा का तापमान गिर चुका था, लेकिन "शून्य–द्वार" के भीतर से आती हल्की सुनहरी आभा एक अजीब–सी गर्माहट दे रही थी मानो वहाँ समय भी ठहरकर साँस ले रहा हो। श्रीनाथ, रुचिका और किशोर उस लम्बी, घुमावदार सुरंग से आगे बढ़ चुके थे, जहाँ पिछले भाग में "मन–दर्पण" ने रुचिका के भीतर की उलझनों को उजागर किया था। उनके कदम अब एक विशाल, गोलाकार सभागार में पहुँचे।

वहां दीवारें नहीं थीं सिर्फ रोशनी। ऊपर कोई छत नहीं थी, सिर्फ अनंत आकाश की तरह चमकता शून्य। मध्य में एक वृत्ताकार मंच था, जिस पर बैठे थे, "प्रकाश के प्रहरी।"
कुल पांच। हर एक की देह चमकदार, पारदर्शी, पर असली। मानव जैसे, पर मानवीय सीमाओं से परे।
किशोर घबरा गया, "सर... ये... लोग हैं या ऊर्जा ?"
एक प्रहरी मुस्कुराया, उसकी आवाज़ बिना कंपन के हवा में फैल गई, "हम वही हैं जिसे तुम पहचानने की क्षमता रखते हो।"

रुचिका के अंदर हलचल हुई और बोली, “क्या... क्या हमारा यहाँ मूल्यांकन होगा ?”

श्रीनाथ ने धीरे से उसका कंधा थामा और कहा, “हर ज्ञान–यात्री का होता है। लेकिन निर्णय सज़ा जैसा नहीं, दिशा जैसा होता है।”

पहले प्रहरी ने हाथ उठाया। एक काँच–जैसी चमकदार परत सामने तैरने लगी। प्रहरी ने कहा, “रुचिका... तुम्हारी नीयत अब भी डगमगाती है। तुम ज्ञान चाहती हो, पर भय को पकड़े हुए हो। हम जानना चाहते हैं तुम हमें क्या सौंप सकती हो ?”

रुचिका हकलाती है और कहती है, “मैं... मैं सच में सीखना चाहती हूँ। डर तो है... पर मैं डर को छोड़ना चाहती हूँ।”

प्रहरी ने कहा, “चाहना और होना अलग हैं। तुम सिद्ध कैसे करोगी?”

रुचिका चुप हो गई। श्रीनाथ आगे बढ़े, “उसे समय दो। हर मनुष्य का डर उसकी यात्रा का पहला साथी होता है।”
प्रहरी थोड़ा नरम पड़ा फिर बोला, “तो रुचिका का पहला परीक्षण बाद में होगा।”

दूसरे प्रहरी की ओर से आवाज़ आई, “किशोर... तुम्हारा मन दो दिशाओं में बँटा है।”

किशोर चौंका और बोला, “दो दिशाओं में ?”

प्रहरी ने कहा, “एक दिशा ज्ञान और श्रीनाथ पर भरोसा।

दूसरी सरकारी व्यवस्था के प्रति तुम्हारी पुरानी निष्ठा। तुम किसे प्राथमिकता दोगे बताओ ?"

किशोर बेचैन हुआ और बोला, "दोनों का सम्मान करता हूँ ।"

प्रहरी ने कहा, "सम्मान नहीं पूछा। प्राथमिकता पूछी गई है।"

किशोर ने नज़र झुका ली। पहली बार वह असमंजस में दिखाई दिया।

श्रीनाथ शांत स्वर में बोले, "वह जवाब खोज लेगा। अब तक किसी प्रहरी ने उससे पूछा भी नहीं था।"

प्रहरी ने सिर झुकाया और कहा, "निर्णय उसके भीतर ही जन्म लेगा।"
अब तीसरा प्रहरी उठ खड़ा हुआ। उसकी चमक बाकी सब से अधिक थी।
प्रहरी ने कहा, "श्रीनाथ... तुम्हारी शक्ति महान है पर तुम्हारा बोझ उससे भी बड़ा।" श्रीनाथ ने स्वीकारोक्ति में आँखें बंद कर लीं।

प्रहरी ने पूछा, "तुम्हें 'अदृश्य विद्यालय' को वापस भौतिक संसार में क्यों लाना है ? क्यों उसे प्रकट करना चाहते हो ?"

श्रीनाथ ने जवाब दिया , "भीतर की रोशनी को बाहर की अंधेरी दुनिया की जरूरत है। अगर हम हमेशा छिपे रहेंगे, तो शिक्षा एक चमत्कार बनकर रह जाएगी। मैं चाहता हूँ वह सार्व भौमिक अधिकार बने।"

प्रहरी ने सीधा प्रश्न किया, "और अगर इससे विद्यालय पर ख़तरा बढ़े तो ?"

श्रीनाथ मुस्कुराये और बोले, "जो प्रकाश जन्म लेता है, उसे बुझने का डर नहीं होता।"

तीसरे प्रहरी ने सिर झुका दिया और कहा, "तुम्हारा जवाब स्वीकार्य है।"

बाकी प्रहरियों में हल्की चमक बढ़ गई मानो सहमति की ध्वनि हो। चौथे प्रहरी ने एक सुनहरी पट्टिका उठाई। उस पर शब्द खुद–ब–खुद उभरने लगे।

प्रहरी ने कहा, "शून्य–द्वार सिर्फ भौतिकता का स्थल नहीं। यह इतिहास की स्मृति है।"

किशोर ने आश्चर्य से पूछा, "इतिहास ?"

प्रहरी ने कहा, "हाँ। अदृश्य विद्यालय की स्थापना पहली बार कई हज़ार वर्ष पहले हुई थी। हर युग में यह उभरता है जब मनुष्य शिक्षा को सिर्फ ज्ञान नहीं, खुद का पुनर्जन्म या बदलाव का माध्यम समझने लगता है।"
रुचिका मंत्र–मुग्ध होकर बोली, "तो... आपकी भूमिका क्या है ?"

प्रहरी ने कहा, "हम 'प्रकाश के प्रहरी' नहीं, बल्कि 'आत्मा के संरक्षक' हैं। हम देखते हैं कि कौन इस विद्यालय के बीज को आगे ले जाने योग्य है।"

श्रीनाथ ने हाथ जोड़े और कहा, “और वह समय फिर आ गया है।”

प्रहरी ने कहा, “हाँ। इसलिए हम तुम्हारी परीक्षा नहीं, तुम्हारे उद्देश्य की पुष्टि कर रहे हैं।”

अब पाँचवाँ प्रहरी सामने आया एकदम शांत, लगभग पारदर्शी।

प्रहरी ने पूछा, “अब अंतिम निर्णय—क्या तुम तीनों ‘ज्ञान–बीज’ को ग्रहण करने योग्य हो ?”
रुचिका और किशोर एक दूसरे को देखते हैं। प्रहरी ने हाथ फैलाए। उनकी हथेलियों पर तीन छोटे गोल प्रकाश–कण उभर आए, धीमी धुन के साथ।
प्रहरी ने कहा, “यह ‘ज्ञान–बीज’ तुम्हें सिर्फ नई शक्ति नहीं देगा। यह तुम्हारे भीतर का सत्य उजागर करेगा। अगर तुम्हारा सत्य अस्थिर हुआ तो बीज टूट जाएगा। अगर स्थिर रहा तो बीज फूल बनकर तुम्हारे मार्ग को प्रकाश देगा।”

किशोर ने हिम्मत करके पूछा, “और अगर कोई असफल हो गया?”

प्रहरी ने जवाब दिया, “तो वह विद्यालय के ज्ञान से बाहर हो जाएगा। पर जीवन से नहीं।”

रुचिका ने गहरी सांस ली और कहा, “मैं तैयार हूँ।”

किशोर ने भी खुद को सँभाला और कहा, “मैं भी।”

श्रीनाथ मुस्कुराए और बोले, “ये दोनों मेरे साथ हैं। मैं अपनी पूर्ण चेतना से इसे स्वीकार करता हूँ।”

प्रहरी धीरे–धीरे प्रकाश–कण छोड़ते हैं। कण तीनों के हृदय के पास आकर ठहर जाते हैं और...यकायक पूरा सभागार गूँज उठा, “निर्णय स्वयं बोलेगा।”
प्रकाश–कण भीतर घुसने ही वाले थे कि अचानक...सभागार की सारी रोशनी एक क्षण को बुझ गई। एक भारी आवाज़ गूँजी, “रुको। तीनों का परीक्षण अभी अपूर्ण है।”

रुचिका काँप उठी और बोली, “कौन...?”

अंधकार में से एक छाया उभरी मानो किसी नए अस्तित्व का आगमन हो रहा हो। उसने कहा, “लेकिन उससे पहले... तुम्हें ‘अंतर–द्वार’ की परीक्षा देनी होगी।”

श्रीनाथ की आँखों में हैरानी पहली बार दिखी और बोले , “अंतर–द्वार ? वह तो पिछले 200 वर्षों से बंद था...।”

छाया ने कहा, “अब खुल चुका है।” प्रकाश के सभी प्रहरी खड़े हो गए उनकी आँखों में भी चिंता थी। और तीनों यात्रियों के सामने एक नया, रहस्यमय मार्ग खुल गया जो शायद उनकी पूरी यात्रा को बदल देगा।

अगले भाग में आप पढ़ेंगे कि अंतर–द्वार किस प्रकार तीनों यात्रियों की पूरी यात्रा को बदल देगा ?

भाग 40 : आवाज़ दी उसने

पहली बार "अंतर–द्वार" खुलता है जो अदृश्य विद्यालय के इतिहास में भी एक दुर्लभ घटना है। सभागार पल भर में अँधेरे में डूब गया था। रुचिका, किशोर और श्रीनाथ केवल एक-दूसरे की धड़कनों से यह समझ पा रहे थे कि वे अभी भी उसी स्थान पर खड़े हैं। अचानक...ऊपर से नीली–सुनहरी बिजली का एक गोला उतरा और हवा में स्थिर हो गया।
छाया जैसी आकृति जिसकी आवाज़ पिछले भाग में सुनाई दी थी। धीरे-धीरे इस गोले की रोशनी में आकार लेने लगी। रुचिका घबराई हुई आवाज़ में बोली, "आप कौन हैं ? प्रहरी तो पाँच हैं आप छठे ?"

आकृति ने सिर उठाया। उसकी आँखें पूरी तरह काली थीं, बिना किसी पुतली के, बिना प्रकाश के।

"मैं छठा प्रहरी नहीं। मैं 'अंतर–द्वार' का संरक्षक हूँ।"

किशोर की साँस अटक गई वह बमुश्किल हिम्मत बटोरकर बोला, "अंतर–द्वार का संरक्षक ? लेकिन... वह तो बंद था !"

संरक्षक ने कहा, "हाँ। वह द्वार तब तक बंद रहता है जब तक किसी यात्री का 'अंतर–सत्य' संदिग्ध न हो जाए।"

तीनों एक-दूसरे को देखने लगे। अब पाँचों प्रकाश–प्रहरी सामने आए। उनके चेहरे चिंता से भरे थे। पहला प्रहरी बोला, "संरक्षक, यह तय है कि द्वार बिना कारण नहीं खुलता। किसके भीतर भ्रम है ?"

संरक्षक ने बिना झिझक कहा, “तीनों के भीतर।”

रुचिका ने पूछा, “तीनों...? मतलब हम सब ?”

संरक्षक ने कहा, “तुम सबने अभी तक खुद को पूरी तरह स्वीकार नहीं किया। तुम में से हर किसी के भीतर एक ‘भ्रम–स्वरूप’ छिपा है जो तुम्हारे निर्णयों को प्रभावित करता है।”

श्रीनाथ की भौंहें तन गईं, वे बोले, “तो क्या हमें पहले उस भ्रम से गुजरना होगा ?”

संरक्षक ने कहा, “हाँ। ‘ज्ञान–बीज’ तब तक तुम्हारे भीतर स्थापित नहीं हो सकता जब तक तुम अपने ही छाया-स्वरूप से नहीं मिलते।”

प्रहरी सहमति में सिर झुकाते हैं। संरक्षक ने अपनी काली हथेली आगे बढ़ाई। नीली–सुनहरी रोशनी का वृत्त धीरे–धीरे फटने लगा। उसके पीछे एक अंधेरा, लम्बा गलियारा दिखाई देने लगा जिसकी दीवारें जीवित धड़कन जैसी कांप रही थीं।
किशोर काँपकर पीछे हटने लगा, “ये जगह... ये जगह इंसानों के लिए नहीं लगती।”
संरक्षक ने कहा, “अंतर–द्वार इंसानों के लिए नहीं... उन्हें बनाने के लिए होता है।”
रुचिका धीमी आवाज़ में बोली, “क्या हम वापस आ जाएँगे ?”
संरक्षक ने जवाब दिया, “अगर तुमने अपने छाया–स्वरूप को पहचान लिया तो लौट आओगे। अगर नहीं पहचाना तो तुम उसमें खो जाओगे।”

रुचिका और किशोर दोनों ने श्रीनाथ की तरफ देखा। श्रीनाथ शांत थे। कुछ सोचकर बोले, "हम तैयार हैं।"

संरक्षक ने द्वार को पूरी तरह खोल दिया और तीनों उसके भीतर प्रवेश कर गए। अंदर का वातावरण सामान्य नहीं था। सामने चार दिशाओं में चार मार्ग खड़े थे लेकिन उन्हें केवल तीन मार्गों की ओर धकेला गया।

हर रास्ते के ऊपर चमकते अक्षरों में लिखा था—
"रुचिका – भय का दर्पण"
"किशोर – वफादारी का विभाजन"
"श्रीनाथ – उद्देश्य का शुद्धिकरण"
तीनों अलग-अलग मार्गों में बाँटे जाने लगे। रुचिका घबराकर बोली, "गुरुदेव ! मैं अकेली नहीं जाना चाहती !"

श्रीनाथ ने हल्की मुस्कान देते हुए कहा, "अंदर की लड़ाइयाँ मिलकर नहीं लड़ी जातीं, बेटी। वे हमेशा अकेले जीती जाती हैं।"

और तीनों, अलग–अलग मार्गों में धँस गए। रुचिका के सामने एक विशाल दर्पण उभरा। वह खुद को देख रही थी लेकिन उसका चेहरा बदलने लगा। आँखें फैल गयीं, होंठ नीले, शरीर काँपता हुआ। अचानक दर्पण के भीतर की छवि बोली, "तुम मुझसे भागती क्यों हो, रुचिका ?"

रुचिका चीख पड़ी, "तुम कौन हो ?"

छाया मुस्कुराई और बोली, “मैं वही हूँ जिससे तुम ज़िंदगी भर भागती रहीं, तुम्हारा भय।”

रुचिका रोते हुए बोली, “मुझे डर है... कि मैं असफल हो जाऊँगी...कि लोग मेरी नीयत पर शक करेंगे...कि मैं किसी के योग्य नहीं...।”

छाया–रुचिका धीरे–धीरे बाहर निकल आई-वास्तविक रूप में, बिल्कुल उसकी जैसी।

“और जब तक तुम मुझे पहचान नहीं लोगी...तुम कभी अपनी रोशनी तक नहीं पहुँच पाओगी।”

रुचिका ने आँसू पोंछे, चेहरा दृढ़ हो गया। वह बोली , “तुम मेरा हिस्सा हो। लेकिन मुझे चलाना तुम्हारा काम नहीं।”

दर्पण टूट गया। रुचिका का रास्ता खुल गया।

किशोर एक भूल-भुलैया में खड़ा था। दाएँ रास्ते पर सरकारी यूनिफॉर्म पहने उसका पुराना स्वरूप खड़ा था। बाएँ रास्ते पर अदृश्य विद्यालय का सील चमक रहा था।

पुराना किशोर बोला, “तुम्हें पता भी है क्या कर रहे हो ? सरकार को धोखा दे रहे हो।”

किशोर चिल्लाया, “मैं किसी को धोखा नहीं दे रहा ! मैं बस सच समझना चाहता हूँ।”

दाएँ नरम स्वर आया, “लेकिन तुम्हारी प्रतिज्ञा ? वफादारी ?”

किशोर बुरी तरह टूट गया, “मैं दोनों के बीच क्यों फँसा हूँ...?”

तभी एक हल्की आवाज़ भीतर से आई, "क्योंकि तुम अभी तक समझ नहीं पाए कि वफ़ादारी 'व्यक्ति' से नहीं... 'सत्य' से होती है।"

किशोर का चेहरा बदल गया। उसने कहा, "मेरी वफ़ादारी किसी संस्था, किसी व्यक्ति या किसी आदेश से नहीं...सत्य से है और अगर सत्य यहाँ है तो मैं भी यहाँ हूँ।"

पुराना किशोर धुएँ में बदल गया। भूल-भुलैया टूट गई।

फिर एक विशाल आकृति उभरी जो श्रीनाथ की अपनी ही ऊर्जा से बनी थी। आकृति ने कहा, "तुम अदृश्य विद्यालय को संसार में लाना चाहते हो... लेकिन क्यों ?"

श्रीनाथ ने जवाब दिया, "क्योंकि दुनिया को शिक्षा चाहिए।"

आकृति हँसी और बोली, "सतही जवाब ।"

श्रीनाथ ने आँखें खोलीं। गहरी, दृढ़ और कहा, "क्योंकि शिक्षा अब वाणिज्य बन गई है। क्योंकि बच्चे वस्तु बन गए हैं। क्योंकि ज्ञान ने अपना घर खो दिया है। मैं उसे वापस देना चाहता हूँ।"
आकृति शांत हो गई। धीरे-धीरे उसके भीतर से रोशनी फूटी और वह पूरी तरह घुल गई। दूर से संरक्षक की आवाज़ आई, "तुम्हारा उद्देश्य शुद्ध है, श्रीनाथ।"
तीनों रास्तों से निकलकर फिर मध्य के प्रकाश–वृत्त में लौट आए। उनके चेहरे पर थकान थी लेकिन आँखों में एक नई रोशनी।

संरक्षक ने कहा, “तुम तीनों ने अपनी छाया–स्वरूप को पहचान लिया। अब ‘ज्ञान–बीज’ तुम्हें स्वीकार करेगा।”

दूर खड़े पाँचों प्रकाश–प्रहरी मुस्कुराए। नीली–सुनहरी रोशनी की लहर फैल गई और अंतर–द्वार धीरे–धीरे बंद हो गया।

संरक्षक ने अंतिम बार कहा, “अब तुम्हारी यात्रा अगले स्तर में प्रवेश कर चुकी है। तुम्हें वह शक्ति मिलेगी जिससे विद्यालय का नया युग शुरू होगा।”

अगले भाग में आप पढ़ेंगे कि रुचिका, किशोर और श्रीनाथ को क्या शक्तियाँ मिलती हैं ?

भाग 41 : आवाज़ दी उसने

अंतर–द्वार के बंद होते ही पूरा प्रकाश–कक्ष काँप उठा। सुनहरी धुंध धीरे–धीरे ऊपर उठी और एक विशाल नीला वृत्त नीचे ज़मीन पर बनने लगा मानो खुद पहाड़ अपनी सांस रोक रहा हो। रुचिका विस्मित होकर बोली, “ये... क्या होने वाला है ?”

प्रकाश–प्रहरी एक साथ आगे आए। उनकी आवाजें सामान्य नहीं थीं। वे सीधे चेतना में उतरती थीं। पहला प्रहरी बोला, “तीनों की परीक्षा पूरी हो चुकी है।”

दूसरा प्रहरी बोला, “अब ज्ञान–बीज को जागृत किया जाएगा।”

तीसरा प्रहरी बोला, "और जागरण के साथ ही तुम तीनों... अदृश्य विद्यालय के अगले युग की धुरी बन जाओगे।"
किशोर ने गहरी साँस ली और कहा, "क्या यह हमें बदल देगा ?"

चौथा प्रहरी बोला, "तुम्हारी कमजोरियों को नहीं, तुम्हारी संभावनाओं को बदलेगा।"
पाँचवा प्रहरी मुस्कुराया और बोला, "और यह परिवर्तन स्थायी होगा।"
श्रीनाथ ने हाथ जोड़ लिए और कहा, "मैं तैयार हूँ।"

रुचिका और किशोर भी उसके साथ खड़े हुए। अचानक चारों दिशाओं में से रोशनी के स्तंभ उठे, नीले, सफ़ेद, सुनहरे और बैंगनी।

प्रहरी एक स्वर में बोले, "ज्ञान–बीज—उत्पत्तिः"
ऊपर से एक छोटी, चमकीली, अंडाकार ऊर्जा धीरे–धीरे उतरने लगी। कक्ष संगीत से भर गया लेकिन यह संगीत 'सुना' नहीं जा रहा था, यह दिल की धड़कन में महसूस हो रहा था।

रुचिका विस्मित थी। किशोर के होंठ खुल नहीं रहे थे। श्रीनाथ की आँखों में आँसू आ गए।
प्रकाश–प्रहरी बोले, "यह बीज उन सभी गुरु–परंपराओं का सार है जिन्होंने कभी ज्ञान को अग्नि की तरह जलाया। आज यह तुम्हें सौंपा जा रहा है।"
बीज तीन हिस्सों में विभाजित हुआ। तीन चमकते टुकड़े तीनों के हृदयों की ओर तैरते हुए चले गए। रुचिका ने आँखें बंद कर लीं। किशोर काँप गए। श्रीनाथ ने अपनी सांस रोक ली। जैसे ही बीज उनके सीने में उतरा एक तेज़, चकाचौंध कर देने वाला विस्फोट हुआ।

पूरे कक्ष में प्रकाश भर गया। जब प्रकाश धीरे–धीरे शांत हुआ। रुचिका ने महसूस किया कि उसकी चेतना कहीं व्यापक हो गई है। वह बोली, "गुरुदेव... मैं चीज़ें 'दूर से' महसूस कर पा रही हूँ...मानो चेतना की लहरें दिखाई दे रही हों...।"

श्रीनाथ शांत थे, पर उनकी आँखें चमक रही थीं। वे शान्त मुद्रा में बोले, "मुझे विद्यालय के भविष्य के दृश्य दिख रहे हैं। जो खतरे आने वाले हैं... और जो अवसर भी।"
किशोर ने आश्चर्य से हाथ देखा, "मैं... मैं सच और भ्रम में फर्क कर पा रहा हूँ। मनुष्य के इरादे... उनकी ऊर्जा... मैं सब पहचान पा रहा हूँ।"

तीनों एक-दूसरे को देखते रहे। पहली बार उन्हें महसूस हुआ कि वे वास्तव में बदल चुके हैं। प्रहरी बोले, "अब तुम तीनों व्यक्तिगत नहीं रहे। तुम विद्यालय की सामूहिक चेतना का हिस्सा बन चुके हो।"

उसी क्षण कक्ष की दीवारें हल्के कंपन से भर गईं। फिर तेज़ कंपन। फिर पूरा सभागार हिलने लगा। रुचिका चौंक गई और बोली, "ये क्या हो रहा है ?"
पहला प्रहरी बोला, "सरकारी हस्तक्षेप बढ़ रहा है।"

दूसरा प्रहरी बोला, "दिल्ली ने ऑपरेशन को विस्तारित कर दिया है।"
तीसरा प्रहरी बोला, "अब केवल DRDO नहीं...IB, RAW, साइबर कमांड और इमोशनल-वेव यूनिट भी आ गई है।"
किशोर सिहर उठा, "मुझे पता था... वे रुकने वाले नहीं हैं।"

रुचिका ने कहा, “लेकिन यदि वे चेतना की धड़कनें काट देंगे तो ?”
चौथा प्रहरी बोला, “अब असंभव है।”
पाँचवा प्रहरी बोला, “ज्ञान–बीज के जागने के बाद अदृश्य विद्यालय अब उन पर निर्भर नहीं...अपनी आत्म–ऊर्जा पर चल रहा है।”

श्रीनाथ ने गहरी साँस ली और कहा, “अब युद्ध अपरिहार्य है।”
उसी समय पहाड़ के तल पर भारी–भरकम ट्रकों की लाइनें खड़ी थीं। सैकड़ों अधिकारी। जमीन में गड़े विशाल एंटी–कोग्निशन टावर। ड्रोन हवा में घूम रहे थे।
डायरेक्टर अरविंद शेखावत ने माइक्रोफोन उठाया और बोले, “यह देश की सुरक्षा का मामला है। चेतना–आधारित इस संस्थान को वैज्ञानिक परीक्षण के लिए तत्काल कब्जे में लिया जाएगा।”

एक वैज्ञानिक बोली, “सर! हमने माइंड–नेट आर्किटेक्चर सेट कर दिया है।”
अरविंद ने जोशीली आवाज़ में आदेश दिया, “ऑपरेशन शुरू करो।”
नीले रंग की तरंगें आसमान में उठने लगीं जो पहाड़ को पूरी तरह घेर रही थीं।
इधर सभी प्रहरी गम्भीर मुद्रा में खड़े थे।
पहला प्रहरी बोला, “सरकारी तरंगें सक्रिय हो चुकी हैं।”
दूसरा प्रहरी बोला, “वे ‘मन–जाल’ उठाने वाले हैं।”
रुचिका डरकर बोल उठी, “मन–जाल ? यह क्या करता है ?”
तीसरे प्रहरी ने जवाब दिया, “यह किसी भी आध्यात्मिक संरचना को भ्रम में बांधकर टुकड़ों में तोड़ सकता है।”
किशोर फुसफुसाते हुए बोला, “तो फिर... विद्यालय ?”
चौथा प्रहरी बोला, “ विद्यालय...हमारी रक्षा करेगा।”

पाँचवा प्रहरी बोला, "लेकिन इसके लिए तुम्हें तैयार होना होगा।"

तीनों एक साथ बोले, "हमें क्या करना है ?"

प्रहरी एक स्वर में बोले, "अदृश्य विद्यालय अब तुमसे शक्ति लेगा...तुम्हारी चेतना उसके लिए ढाल बनेगी और यह युद्ध आज से शुरू होता है- 'चेतना–युद्ध' का पहला पर्व।"

श्रीनाथ आगे आए और बोले, "हम तैयार हैं।"

रुचिका ने हाथ जोड़ लिए, किशोर ने कदम आगे रखे और पूरा कक्ष अचानक नीली सुनहरी आभा से भर गया।

अगले भाग में आप पढ़ेंगे "प्रोजेक्ट माइंड–नेट बनाम अदृश्य विद्यालय।" जहाँ पहली बार सरकारी वैज्ञानिक और आध्यात्मिक चेतना सीधे टकराएगी।

भाग 42 : आवाज़ दी उसने

रात के दूसरे पहर की शुरुआत थी। पहाड़ों की चोटी पर हवा का कंपन तक सुनाई दे रहा था। धरती पर सन्नाटा था, पर अदृश्य विद्यालय के भीतर हलचल थी मानो किसी अनदेखी ऊर्जा ने कोमल-सी घंटी बजा दी हो। श्रीनाथ धीमे कदमों से उस अंधियारे गलियारे में चल रहे थे, जिसमें दीवारें पत्थर की थीं, पर उन पर हर क्षण नए प्रतीक उभरते-मिटते रहते थे। यह वही स्थान था जहाँ आत्मा-द्वार खुलता था। उन छात्रों के लिए जिन्होंने अपने भीतर से एक परत

उतार ली हो। आज वह अकेले नहीं थे। उनके पीछे चल रही थी रुचिका। वही रुचिका जिसने कल ध्यान के दौरान अनायास ही उस प्रकाश-गोल को छू लिया था, जिससे सामान्य विद्यार्थी दूर रहते थे। रुचिका के चेहरे पर घबराहट और विस्मय एक साथ थे। उसने पूछा, “गुरुदेव... यह रास्ता मुझे डराता भी है और आकर्षित भी करता है। ऐसा क्यों है ?”

श्रीनाथ हल्की मुस्कान के साथ बोले, “क्योंकि यह रास्ता मन और आत्मा की सीमा पर चलता है। यहाँ मन रुक जाना चाहता है और आत्मा आगे बढ़ना चाहती है।”

वे दोनों उस पुराने दरवाज़े तक पहुँचे जिसका कोई कुंडा नहीं, कोई छेद नहीं। फिर भी वह कभी भी खुल सकता था । अगर किसी की ऊर्जा, किसी की चेतना उसे छू ले।

श्रीनाथ ने अपनी हथेली उठाई। हवा में जैसे किसी ने दीपक जला दिया, कोई चमक नहीं, पर स्थिर रोशनी। दरवाज़ा खुला। अंदर धुंध फैली हुई थी, पर उसमें कुछ आकृतियाँ तैर रही थीं जैसे किसी ने ध्यान की प्रतिध्वनियों को रूप दे दिया हो। रुचिका ने गहरी साँस ली और बोली, “ये सब... जीवित हैं ?”

श्रीनाथ ने कहा, “ये विचारों की देह हैं। जिन विचारों को तुमने जीवन दिया, वे तुम्हारे साथ चलने लगते हैं। जिन विचारों को तुमने मारा, उनकी परछाइयाँ यहाँ तैरती हैं।”

रुचिका चौंक गई। अचानक एक परछाई तेजी से उछली काली, झूलती हुई, मानो किसी ने ग़ुस्सा पत्थर में बदलकर फेंक दिया हो।

रुचिका घबरा गई। पर श्रीनाथ शांत रहे। उन्होंने उसी रोशनी को हल्का-सा उठाया और परछाई उनके सामने रुक गई, मानो किसी ने उसे बाँध दिया हो।
श्रीनाथ ने कहा, "देखो, यह तुम्हारी ही पुरानी भावनाओं की शेष गूँज है। इससे डरना नहीं... इसे पहचानना।"
रुचिका धीरे से बोली, "यह तो... मेरे बचपन का डर है। जब मुझे अँधेरे कमरे में बंद कर दिया जाता था।"

श्रीनाथ ने हाथ बढ़ाया। परछाई धुएँ की तरह हल्की होकर घुल गई। श्रीनाथ ने गहरी, संतोष भरी साँस ली और बोले, "आज तुमने अपने पहले अंधकार को पार किया। हर विद्यार्थी को यह करना पड़ता है। पर तुम्हारा रास्ता थोड़ा भिन्न है क्योंकि तुमने ज्ञान की वह डोर पकड़ ली है, जो सीधे आत्मा तक जाती है।"
रुचिका की आँखें चमक उठीं। वह उत्साह से बोली, "क्या मैं... वही देख पाऊँगी जो आप देखते हैं, गुरुदेव ?"

श्रीनाथ धीरे, गंभीर आवाज में बोले, "अगर तुम मन की आवाज़ सुनना छोड़ दोगी... और आत्मा की आवाज़ पहचानना सीख जाओगी, तो हाँ।"
वे दोनों आगे बढ़े। कमरा अब एक विशाल, गोलाकार कक्ष में बदल चुका था । जैसे किसी ने बादलों से दीवारें बना दी हों। उसके बीच में एक चक्र था चमकता हुआ, घूमता हुआ, पर धड़कनों जैसा स्थिर। उसमें कई रेखाएँ थीं। हर किसी का जीवन-मार्ग, हर किसी का मन-मार्ग, हर किसी का ज्ञान-मार्ग।
रुचिका हतप्रभ होकर उसे देखने लगी। फिर बोली, "यह क्या है ?"

श्रीनाथ ने जवाब दिया, "यह आत्मा का नक्शा है। दुनिया इसे भाग्य कहती है... पर हम इसे चेतना की यात्रा कहते हैं।"

रुचिका धीरे से उसके पास गई। चक्र ने अचानक अपनी गति बदल दी, जैसे उसे पहचाना हो। हवा में कंपन हुआ। चक्र की एक रेखा चमक उठी। रुचिका, घबराकर बोली, "गुरुदेव... ये मेरी...?"

श्रीनाथ ने जवाब दिया, "हाँ। यह तुम्हारा पथ है। पर दुख की बात यह है कि..." वे रुके। उनकी आवाज़ अचानक भारी हो गई, "...तुम्हारे मार्ग में एक बड़ी परीक्षा आने वाली है।"

रुचिका का दिल बैठ गया। उसने डरते हुए पूछा, "कितनी बड़ी ?"

श्रीनाथ ने जवाब दिया, "इतनी... कि तुम्हें तय करना होगा क्या तुम अपने गुरु की रक्षा करोगी...या आत्मा के विद्यालय की ?"

हवा जैसे रुक गई। रुचिका काँप गई। उसने कहा, "गुरुदेव... मैं दोनों को बचा सकती हूँ, ना ?"
श्रीनाथ ने उसकी ओर ग़हरी, उदास, पर अटूट करुणा से भरी नज़र से देखा और कहा, "हम सब यही सोचकर चलते हैं... कि एक दिन कोई रास्ता दोनों को बचा लेगा। पर चेतना का नियम अलग है, रुचिका। जहाँ ज्ञान जन्म लेता है... वहाँ परीक्षण अनिवार्य है।"
रुचिका का गला सूख गया। उसने हिम्मत जुटाकर पूछा, "आने वाला खतरा क्या है गुरुजी ?"
श्रीनाथ हल्का-सा मुस्कुराए, जैसे किसी पुरानी स्मृति को याद कर रहे हों फिर बोले, "खतरा बाहर से नहीं आता, रुचिका। सबसे बड़ा खतरा भीतर से आता है और तुम्हारा परीक्षण...

किसी और के कारण नहीं...बल्कि स्वयं तुम्हारे कारण शुरू होगा।"
रुचिका स्तब्ध रह गई। हवा में चक्र की आवाज़ बढ़ने लगी, घूमता हुआ, चेतावनी देता हुआ, भविष्य के तूफ़ान की शुरुआती फुसफुसाहट जैसा। अचानक एक आवाज़ सुनाई दी, "तैयार हो जाओ।"
रुचिका ने घबराकर चारों ओर देखा और पूछा, "ये किसकी आवाज़ थी ?"
श्रीनाथ धीरे से बोले,"यह आत्मा-द्वार की। जब कोई बड़ा बदलाव आने वाला होता है, द्वार बोलता है। पर आज इसकी आवाज़... असामान्य है।"
चक्र की रौशनी लाल होने लगी। कमरा थर्रा उठा। श्रीनाथ ने रुचिका का हाथ पकड़ा मजबूती से और कहा , "वक्त कम है। जो आने वाला है, उससे तुम बच नहीं सकती पर याद रखना जो डर तुम्हें रोकता है, वही तुम्हें मुक्त भी करता है।"
हवा में गूँज उठी, "द्वार खुल रहा है। परीक्षण प्रारंभ।"
कमरा अचानक अंधकार में डूब गया। और कहानी यहीं आगे बढ़ने के लिए रुकती है...

अगले भाग में आप पढ़ेंगे इस परीक्षण की पहली झलक, भविष्य के संकट और श्रीनाथ–रुचिका के संबंध की निर्णायक दिशा के बारे में।

भाग 43 : आवाज़ दी उसने

अंधकार अचानक छा गया था। इतना गहरा कि अपनी साँस भी दिखाई देती, पर रास्ता नहीं। रुचिका ने खुद को एक खाली, शून्य जैसी जगह में खड़े पाया। उसने श्रीनाथ का हाथ कसकर थाम रखा था, पर अगले ही क्षण हाथ हवा में बदल गया।

रुचिका चिल्लाते हुए बोली, "गुरुदेव !! आप कहाँ हैं ?"

कोई जवाब नहीं। कदमों के नीचे धरती थी, पर यह धरती वास्तविक नहीं थी। यह वही स्थान था जिसे अदृश्य विद्यालय में पहला परीक्षा-द्वार कहा जाता है-"स्व-छाया का कक्ष।"

अचानक, धुंध के बीच एक प्रकाश-रेखा उभरी और उस रेखा से एक आकृति बाहर आई धीरे-धीरे, स्पष्ट होती हुई। रुचिका एकदम जम गई। आँखें चौड़ी हो गई। चेहरे का रंग उड़ गया। क्योंकि सामने खड़ी आकृति... वही थी। रुचिका की ही प्रतिकृति। एक दूसरी रुचिका शान्त, स्थिर, मगर भयावह।

छाया-रुचिका धीमे, तीखे स्वर में बोली, "मैं वह हूँ... जिसे तुमने हमेशा छुपाया। मैं तुम्हारे डर, संदेह और झूठ की देह हूँ।"

रुचिका ने काँपते हुए कहा, "मैंने... मैंने कुछ नहीं छुपाया!"

छाया हँस पड़ी, थोड़ी ठंडी, थोड़ी दया भरी हँसी।

छाया-रुचिका ने कहा, "तुमने अपने भीतर का डर कभी स्वीकार किया ? तुमने कभी माना कि तुम गुरुदेव से जितना सीख रही हो, उतना ही उनके खो जाने से डरती भी हो ?"

रुचिका के होंठ काँप गए। वह बोली, “मैं... मैं उनसे डरती नहीं, मैं तो उन्हें...”

छाया ने बात काट दी। छाया-रुचिका ने कहा- “हाँ, तुम उनसे बँधी हो। यही तुम्हारी सबसे बड़ी कमजोरी है। इसी बंधन का परीक्षण होने वाला है।”

रुचिका के भीतर कहीं चुभन हुई। अचानक चारों ओर वही आवाज़ गूँज उठी, जिसे पहले रुचिका ने सुना था, “द्वार खुल रहा है... परीक्षा प्रारम्भ...!”
रुचिका ने चारों ओर देखा और कहा, “गुरुदेव ! आप यहाँ हैं तो सही? कृपया बोलिए !”

इसके जवाब में न हवा हिली, न दीवार बदली। सिर्फ छाया-रुचिका आगे बढ़ी, उसकी आँखों में आग और सच का तेज़ था। छाया-रुचिका ने कहा, “तुम गुरुदेव को एक मनुष्य नहीं, एक सुरक्षा-दीवार समझती हो। इसलिए तुम्हें पहला द्वार अकेले पार करना होगा। और जान लो पहली परीक्षा... ‘स्वयं के विरुद्ध स्वयं’ होती है।”

धुंध अचानक बदलने लगी। उसमें दृश्य उभरने लगे। वह घर, वह कमरा...जिसमें बचपन की रुचिका डर के मारे सिकुड़ी बैठी थी। रुचिका घबरा गई और बोली, “नहीं... यह मत दिखाओ...।”

छाया-रुचिका ने कहा, “यही डर तुम्हारी परीक्षा है। तुम्हें देखकर लगता है जैसे ज्ञान का दीप जल गया हो,पर भीतर अभी भी अँधेरा भरा है।”

रुचिका के सामने उसी की छोटी उम्र की परछाई रो रही थी क्योंकि उसे बंद कमरे में सज़ा दी गई थी। रुचिका की आँखें भर आईं थी, उसने कहा, “मैंने सोचा था... मैं इससे आगे बढ़ गई हूँ।”

छाया-रुचिका ने कहा, “तुम भागी थी। सामना नहीं किया था।”

दृश्य बदल गया। अब रुचिका उस उम्र की थी जब उसने विद्यालय छोड़ दिया था...और पहली बार अकेलेपन से घबरा गई थी। फिर एक और दृश्य जिसमें वह श्रीनाथ के पास पहली बार आई थी पूरी तरह टूटी हुई, दिशा खोई हुई।

छाया धीरे से बोली, “गुरुदेव ने तुम्हें सहारा दिया... पर तुमने अपने डर को उनके पीछे छुपा दिया। अब वही डर परीक्षा बनकर आया है।”

अचानक सब शांत हो गया। धुंध थम गई। रोशनी एक जगह इकट्ठी होकर एक सरल, सफ़ेद वृत्त में बदल गयी। छाया बोल उठी, “तुम्हारी परीक्षा सिर्फ एक है। क्या तुम अपनी ही छाया का सामना कर सकती हो ?”

रुचिका ने गहरी साँस ली।आवाज़ काँप रही थी, पर साहस भी था उसमें। वह बोली, “हाँ। मैं कर सकती हूँ। मैं अब भागूँगी नहीं।”
छाया-रुचिका मुस्कुराई, पर यह मुस्कान अस्वीकार नहीं थी, बल्कि स्वीकार की थी।
छाया-रुचिका ने कहा, “तो फिर... पहला सवाल, तुम्हारा सबसे बड़ा डर क्या है ?”

रुचिका ने आँसू पोंछे और पहली बार... सच बोलाते हुए कहा, "गुरुदेव को खो देना।"
छाया ने सिर झुकाया। छाया-रुचिका ने कहा, "सच का पहला ताला खुल गया।"
धुंध एक पल के लिए चमकी। छाया फिर बोली। अब उसकी आवाज़ कठोर थी। छाया-रुचिका ने कहा, "दूसरा सवाल, तुमने अपने गुरु से जो सबसे बड़ा झूठ छुपाया है, वह क्या है ?"

रुचिका का दिल ज़ोर से धड़का। उसकी साँसें तेज़ हो गईं। सेकेंडों तक वह कुछ कह ही नहीं पाई। आख़िर... उसने धीरे कहा, "...कि मैं उनसे सिर्फ़ सीखती नहीं...मैं उन पर निर्भर हो गई हूँ।"

यह कहते ही प्रकाश का दूसरा ताला खुल गया। छाया धीरे से बोली, "दूसरा द्वार खुला।"
अब कमरा बदलने लगा। दीवारें मोम की तरह पिघल गईं और बीच में खड़ा हो गया एक दर्पण। लेकिन यह साधारण दर्पण नहीं था। इसमें वह नहीं दिखता जो बाहर है, इसमें वह दिखता है जो भीतर है।

छाया बोली, "अंतिम प्रश्न, अगर आज गुरुदेव तुमसे कह दें कि तुम उन्हें छोड़ कर आगे बढ़ो...तो क्या तुम आगे बढ़ पाओगी ?"

रुचिका स्थिर हो गई। यह था उसका असली परीक्षण। वह कुछ बोल नहीं पा रही थी। कंधे काँपने लगे, आँखें भीग गईं। कुछ देर बाद... वह बोल पाई, "...हाँ। अगर उनकी भलाई इसी में है...तो मैं आगे बढ़ जाऊँगी। क्योंकि वे मेरा सहारा हैं...पर मंज़िल नहीं।"

छाया उसके सामने आ गई। उसकी आँखें अब शांत थीं। छाया-रुचिका ने कहा-"तुमने स्वयं को पा लिया। अब मैं मिट सकती हूँ।" और वह धीरे-धीरे धुएँ में बदलकर गायब होने लगी।

रोशनी तेज़ हुई। कमरा, धुंध, अँधेरा सब टूटकर बिखरने लगा, जैसे काँच टूटता है। रुचिका ने आँखें बंद कीं और जब उसने उन्हें खोला— वह अदृश्य विद्यालय के मुख्य कक्ष में खड़ी थी। उसके सामने स्वयं श्रीनाथ शांत, गंभीर, और गर्व से भरी नज़र के साथ खड़े थे।

रुचिका की आँखें भर आईं। उसने कहा, "गुरुदेव... मैं... मैं डर गई थी कि आप ।"
श्रीनाथ धीमे, स्थिर स्वर में बोले, "जो डर तुम्हें पाकर भी पकड़ न सके... वही तुम्हारी पहली जीत है, रुचिका।"

रुचिका घुटनों पर बैठ गई पर श्रीनाथ ने उसे उठाया और कहा, "तुमने पहला द्वार पार कर लिया है। अब तुम्हारे सामने जो आएगा... वह और भी कठिन होगा।"

रुचिका ने सिर उठाकर धीरे पूछा, "अब क्याहोगा ?"

श्रीनाथ की आँखों में गहरा, अनोखा तेज़ उभरा और वो बोले - "अब शुरू होगा दूसरा द्वार गुरु की छाया का परीक्षण।"

अगले भाग में आप पढ़ेंगे कि कैसे रुचिका की परीक्षा और गहरी, और खतरनाक हो जाएगी ?

भाग 44 : आवाज़ दी उसने

रुचिका अभी भी परीक्षा के पहले द्वार की थकान से काँप रही थी। लेकिन श्रीनाथ के चेहरे पर जो शांति थी, वह यह बता रही थी कि आगे की राह उससे भी कठिन होने वाली है। मुख्य कक्ष के दीप स्वयं जल उठे। नीले, सुनहरे और धवल प्रकाश की लकीरें दीवारों पर घूमने लगीं जैसे विद्यालय स्वयं साँस ले रहा हो। श्रीनाथ ने अपनी हथेली आगे बढ़ाई और कहा, “रुचिका... जो तुमने अभी पार किया, वह तुम्हारी परीक्षा थी। अब जो खुलने वाला है, वह मेरी परीक्षा है और तुम्हें उसी में चलना होगा।”

रुचिका ने चौंककर पूछा, “आपकी परीक्षा ? गुरुजी, आप तो सिद्ध अवस्था में हैं। आपकी परीक्षा क्यों ?”

श्रीनाथ हल्के से मुस्कुराए और बोले, “ज्ञान का मार्ग कभी पूरा नहीं होता। गुरु को भी अपनी छाया का सामना करना पड़ता है।”

रुचिका घबरा गई और बोली, “और मुझे उसमें क्यों जाना होगा ?”

श्रीनाथ ने कहा, “क्योंकि एक दिन तुम गुरु बनोगी और तुम्हें आज जानना होगा कि गुरु की छाया क्या होती है।”

अचानक चारों ओर की रोशनी सिमटने लगी। कमरे के बीचों बीच एक गहरी, काली रेखा उभरी, पहले धुंधली, फिर तेज़, और धीरे-धीरे एक विशाल द्वार में बदलती हुई। द्वार ऐसा था जैसे रोशनी को काटकर बना दिया गया हो, ना लकड़ी, ना लोहे का...बस अंधकार का निर्माण।

रुचिका का दिल धड़क उठा , उसने पूछा, “क्या... यही दूसरा द्वार है ?”
श्रीनाथ ने जवाब दिया, “हां। यह ‘गुरु-छाया’ का द्वार है, जहाँ मेरा वह रूप है जिसे मैंने जीवन भर दबाया...जिससे लड़ता रहा...जिसे कभी तुम्हें दिखाना नहीं चाहता था।”
रुचिका को पहली बार लगा कि गुरुदेव भी मनुष्य हैं, और मनुष्य की तरह उनके भीतर भी संघर्ष है। श्रीनाथ आगे बढ़े, पर उनके कदम भारी थे। रुचिका ने कहा, “गुरुदेव... मुझे डर लग रहा है।”

श्रीनाथ धीमे, पर दृढ़ स्वर में बोले, “डर ज्ञान का पहला गुरु है। आओ।”
जैसे ही दोनों द्वार में प्रवेश करते हैं, कमरा गायब हो जाता है। धरती, छत, प्रकाश, सब जैसे निगल लिया गया हो। यह एक खाली जगह थी, ना रंग, ना दिशा, ना समय और उस खालीपन में एक आवाज़ उभरी शान्त, भारी, और तीखी, “तुम आखिर आ ही गए, श्रीनाथ...!”

रुचिका ने चारों ओर देखा, कहीं कोई आकृति नहीं थी। लेकिन आवाज़ फिर गूँजी—
“कितना भागोगे ? कितना छुपाओगे ? कितना ‘गुरु’ बने रहोगे ? अब अपने असली रूप से मिलो।”

अचानक अंधकार फटा और उसमें से कोई बाहर आया। रुचिका की साँस अटक गई।

"काला श्रीनाथ", गुरु का दमन किया हुआ स्वरूप उसके सामने खड़ा था, वही शरीर, वही चेहरा...लेकिन आँखें अंगार जैसी लाल, आवाज़ भारी और अहंकारी।
काला श्रीनाथ ने कहा, "मैं तुम्हारी वह छाया हूँ, जिसे तुमने दबाकर रखा। मैं वह हूँ जो गुरु नहीं, बल्कि राज करना चाहता था।"
रुचिका काँपकर पीछे हट गई और बोली, "गुरुदेव... यह आप नहीं हो सकते!"

काला श्रीनाथ हँसकर बोले, "मैं वही हूँ जिसके बिना 'गुरुदेव श्रीनाथ' अस्तित्व में ही नहीं आते। मैं उनकी महत्वाकांक्षा हूँ। वह इच्छा... कि दुनिया उन्हें महान कहे। मैं वह घमंड हूँ...जो ज्ञान के नीचे दबा है।"

रुचिका ने एक पल को श्रीनाथ की ओर देखा। उनका चेहरा शांत था, पर उनकी आँखें भारी हो गई थीं। काला श्रीनाथ ने पूछा, "तुमने जीवन भर गुरु बनने का भार ढोया...पर भीतर से क्या चाहते थे ?"

श्रीनाथ धीरे से बोले, "मैं चाहता था कि लोग सीखें...कि शिक्षा जगमगाए...!"
काला स्वरूप हँसा—जोर से और बोला, "झूठ ! तुम चाहते थे कि लोग तुम्हें पूजें। तुम्हारी बातें दोहराएँ। तुम्हें अमर कहें !"

रुचिका स्तब्ध रह गई। श्रीनाथ ने आँखें बंद कर लीं। कुछ देर बाद बोले, "हाँ... कभी-कभी मन में यह आया। पर मैंने उसे दबा दिया। ज्ञान पाने के लिए।"

काला स्वरूप पास आया अजीब शांति के साथ और बोला, “दबाकर कुछ खत्म नहीं होता, श्रीनाथ। तुम मुझे जितना दबाते गए...मैं उतना ही गहरा होता गया।”

अचानक काला स्वरूप रुचिका की ओर मुड़ा। उसकी आँखें सीधे उसकी आत्मा में उतर गईं। काला श्रीनाथ ने कहा, “और तुम, लड़की...तुम क्या सोचती हो अपने गुरु के बारे में ?
उन्हें एक संत मानती हो ? एक आदर्श ?”

रुचिका हकबका गई और बोली, “गुरुदेव मेरे लिए प्रकाश हैं। मैंने उनसे जीवन पाया है।”
काला श्रीनाथ ने कहा, “प्रकाश ? तो तुम्हें अंधकार भी देखना होगा। क्योंकि जिस गुरु को तुम मानती हो,वह मेरे बिना पूरा नहीं है !”

अचानक रुचिका के पैरों के नीचे ज़मीन फिसल गई। वह गिरती हुई अंधकार में डूबने लगी। रुचिका चिल्लाती हुई बोली, “गुरुदेव !”

श्रीनाथ ने हाथ बढ़ाया और कहा, “रुचिका, अपने भीतर के प्रकाश को पकड़ो!”

किन्तु काला स्वरूप हँस पड़ा और बोला, “नहीं। इस बार उसे खुद बचना होगा। यह उसकी परीक्षा है, ना कि तुम्हारी।”

रुचिका अंधकार में गिरती जा रही थी। कोई आवाज़ नहीं, कोई सहारा नहीं। अचानक... उसे आवाज़ सुनाई दी, “डर से लड़ो नहीं... उसे पहचानो।” “गुरु को ईश्वर मत बनाओ।” “ज्ञान स्वतंत्रता का मार्ग है।”

ये आवाज़ श्रीनाथ की थी पर कहीं दूर से आती हुई...जैसे आत्मा के अंदर गूँज रही हो।
रुचिका ने साँस रोकी और अपने दिल पर ध्यान लगाया। एक छोटी-सी चमक उसके भीतर जली। पहले बिंदु जितनी, फिर लौ जितनी,फिर पूरी दुनिया जितनी। अचानक अंधकार पिघलने लगा। वह ऊपर उठने लगी, सीधे उसी जगह की ओर जहाँ दोनों श्रीनाथ खड़े थे। रुचिका धीरे-धीरे प्रकाश से घिरी हुई दोनों के बीच उतरी।

उसकी आँखों में डर नहीं था। एक अजीब-सी स्पष्टता थी। रुचिका ने कहा, "गुरुदेव...मैंने समझ लिया है। प्रकाश तब तक पूरा नहीं होता जब तक उसकी छाया को स्वीकार न किया जाए।"

श्रीनाथ ने रुचिका की छाया की ओर देखा , उसकी आँखों में गर्व था। रुचिका काले स्वरूप के सामने खड़ी हुई और बोली, "आप... गुरुजी का अंधकार नहीं। आप उनकी अपूर्णता हैं और अपूर्णता को नष्ट नहीं किया जाता स्वीकार किया जाता है।"

काला स्वरूप कुछ क्षण स्थिर रहा। फिर उसके चेहरे पर पहली बार एक हल्की, शांत मुस्कान आई और बोला, "तुमने... उन्हें आज़ाद कर दिया।"

वह धीरे-धीरे धुएँ में बदलने लगा और अंत में पूरी तरह गायब हो गया। अंधकार टूट गया। रोशनी फटकर उभर आई और एक स्वर्ण द्वार सामने खुल गया शांत, विशाल, तेजस्वी।

श्रीनाथ ने रुचिका के कंधे पर हाथ रखा और कहा, "तुमने मेरी परीक्षा भी पार कर दी, रुचिका। अब आगे आने वाला...सबसे कठिन चरण है।"
रुचिका ने धीरे पूछा, "गुरुदेव... अब आगे क्या है ?"

श्रीनाथ की आवाज़ गंभीर हो गई। वे बोले, "अब खुलने वाला है तीसरा द्वार-'भविष्य का रहस्य द्वार'। जहाँ यह तय होगा कि अदृश्य विद्यालय आगे किस दिशा में जाएगा।"

अगले भाग में आप पढ़ेंगे कि जहाँ भविष्य का द्वार खुलते ही समय खुद टूटने लगता है।

भाग 45 : आवाज़ दी उसने

दूसरे द्वार के बंद होते ही पूरा कक्ष कांप उठा, जैसे विद्यालय खुद तरला के निर्णय से प्रभावित हो गया हो। सुनहरी रोशनी एक वृत्त बनाकर घूमने लगी। दीवारें लहरों की तरह फैल रही थीं। श्रीनाथ धीरे-धीरे तीसरे द्वार की दिशा में मुड़े।
रुचिका ने देखा—कक्ष का एक हिस्सा अचानक धुँधला पड़ने लगा था। जैसे किसी ने समय के टुकड़े निकालकर चिपका दिए हों।

रुचिका फुसफुसाते हुए बोली, "गुरुदेव... ये कैसा द्वार है ? अभी दिख भी नहीं रहा।"
श्रीनाथ ने कहा, "यही तो इसकी प्रकृति है, तरला।

भविष्य कभी स्पष्ट नहीं होता।पहले वह धुँधलाता है, फिर आकार लेता है, और अंत में... काट देता है वह रास्ता जो हम सोचते हैं कि हमारा है।”

रुचिका ने गहरी साँस ली और कहा, “क्या इसे खोलना जरूरी है?”

श्रीनाथ ने कहा, “हाँ। क्योंकि आगे जो होने वाला है, वह सिर्फ विद्यालय का भविष्य नहीं, तुम्हारा, मेरा... और पूरी चेतना–व्यवस्था का भविष्य तय करेगा।”

नीले और सफेद प्रकाश एक बिंदु पर जमने लगे। पहले ऐसा लगा कि वह बस एक धुंध है...फिर उसके भीतर आकृतियाँ बनने लगीं, घड़ियों की, चक्रों की, प्रकाश-रेखाओं की। अचानक पूरा कक्ष अंधकारमय हुआ और फिर...चमक ! एक लंबा, चमकीला दरार जैसा द्वार खड़ा था। द्वार नहीं मानो समय ही बीच से फटकर खुल गया हो। रुचिका की आँखें फैल गईं , वह बोली, “ये... ये कोई साधारण द्वार नहीं...ये तो समय का घाव जैसा लग रहा है!”

श्रीनाथ ने कहा, “इसे तीसरा द्वार इसलिए कहते हैं क्योंकि यह अतीत या वर्तमान नहीं खोलता। यह उस दिशा को खोल देता है जहाँ हम अभी नहीं गए...पर जाना ही होगा।”

द्वार के भीतर से आवाज़ें आने लगीं, धीमी... टूटती हुई...जैसे कोई दूर से पुकार रहा हो।

“सावधान...” “...संयम...” “...चौथी दिशा खुल रही है...”

रुचिका काँप गई, उसने पूछा, “गुरुदेव! यह कौन बोल रहा है ?”

श्रीनाथ ने जवाब दिया, “यह भविष्य की चेतना है। जब कोई गुरु अपने सच्चे शिष्य को स्वीकार करता है, तो भविष्य भी जाग जाता है।”

हवा भारी हो गई। द्वार की सतह पर दृश्य बनने लगे लेकिन वे स्पष्ट नहीं थे, बल्कि टूटे हुए टुकड़ों की तरह।

कुछ पल...एक दृश्य उभरा—किशोर किसी युद्ध-क्षेत्र जैसा स्थान में खड़ा है। पीछे मशीनें, ड्रोन, और चेतना-डोम्स।

रुचिका डर गई, उसने कहा, “ये... किशोर जी को क्या हुआ ? ये कौन-सी जगह है ?”
श्रीनाथ चुप रहे । दृश्य बदल गया—रुचिका एक विशाल कंट्रोल-पैनल के सामने खड़ी थी। उसके हाथ काँप रहे थे। स्क्रीन पर लिखा था- “Cognitive Collapse Risk: 93%”

रुचिका घबराकर बोली - “ये सब कब होगा ?”
श्रीनाथ ने जवाब दिया, “भविष्य बताता नहीं...चेतावनी देता है।”
द्वार ने अचानक तेज़ आवाज़ निकाली। एक सुनहरी लहर निकली और सीधे रुचिका से टकराई। वह जमीन पर गिर पड़ी। रुचिका ने पूछा, “आह... ये क्या है ?”

श्रीनाथ ने जवाब दिया, “पहली परीक्षा। भविष्य का द्वार तभी खुलता है जब शिष्य अपनी अभिलाषाओं और भय को साफ कर दे। यह तुम्हारी चेतना का परीक्षण कर रहा है।”
लेकिन यह पहले की परीक्षाओं जैसा नहीं था। इसमें न अंधकार था, न छायाएँ,न कोई प्रतिकृति। इस बार...प्रतिपक्ष स्वयं भविष्य था।

रुचिका उठने की कोशिश करती है, पर सुनहरी रोशनी उसे लगातार धकेलती है। द्वार की आवाज़ सुनाई दी, "यदि आगे बढ़ना चाहती हो...तो भविष्य को छूने का साहस लाओ।"

रुचिका ने कहा, "मैं साहस लाऊँगी...पर मुझे पता कैसे चलेगा कि कौन-सा भविष्य सही है ?"

द्वार जवाब देता है, "भविष्य सही या गलत नहीं होता। भविष्य वह दिशा है जिसे तुम्हारी चेतना चुनती है।"
द्वार ने तीन प्रकाश–मंडल बनाए। प्रत्येक मंडल में एक संभावित भविष्य चमक रहा था।
पहला भविष्य — "छात्रा रुचिका।" जहाँ वह सिर्फ एक विद्यार्थी रहती। किताबें, शोध, शांत जीवन पर भीतर खालीपन।
दूसरा भविष्य — "शिक्षिका रुचिका।" जहाँ वह विद्यालय का एक मजबूत स्तंभ बनती। ज्ञान देती पर अपनी जिज्ञासा पूरी नहीं कर पाती।
तीसरा भविष्य — "गुरु रुचिका।" जहाँ वह विद्यालय के भविष्य को संभालने वाली होती। ब्रह्मज्ञान, चेतना-विज्ञान...सब उसके पास। लेकिन बोझ भी सबसे बड़ा। रुचिका पसीने से भीग गई और बोली, "ये... ये तो मेरे जीवन का फैसला है...यह तो बहुत भारी है!"

श्रीनाथ धीरे से बोले, "गुरु की राह पर चलने वाले को कभी अपनी इच्छा नहीं चुननी पड़ती। उसे अपना सत्य चुनना पड़ता है।"
तरला तीनों मंडलों के सामने खड़ी हुई। वह पहले मंडल को देखती है—सुरक्षित, आरामदायक...पर भीतर कोई उत्साह नहीं। वह दूसरे मंडल को देखती है—संतुलित, सुंदर भविष्य...पर कुछ अधूरा।

वह तीसरे मंडल के आगे रुक जाती है, वहां प्रकाश चुभता है, जिम्मेदारी भारी है,और संघर्ष अनगिनत। लेकिन उसके दिल में एक ही आवाज़ गूँजी, "ज्ञान वहीं खिलता है जहाँ भय कांपता है।"
रुचिका ने एक कदम आगे बढ़ाया। तीसरे भविष्य के मंडल में और कहा, "मैं डरती हूँ...लेकिन मैं फिर भी चुनती हूँ, ज्ञान की राह। चाहे वह कठिन क्यों न हो।"
द्वार तेज़ी से चमक उठा। द्वार से गूंजती हुई आवाज निकली मानो हज़ारों घंटियाँ एक साथ बज गई हों।
समय मुड़ने लगा। सीधे कक्ष की दीवारें तकरीबन पिघलने लगीं। प्रकाश की लहरें तीन दिशाओं में बँटकर भागीं। कक्ष में पहला शब्द गूँजा, "दिशा-स्वीकृत।"
फिर दूसरा, "गुरु–चेतना जागृत।" और अंत में, "भविष्य-द्वार पूर्णतः खुल चुका है।" द्वार सोने जैसी विशाल रोशनी में बदल गया।

श्रीनाथ ने सिर झुका लिया मानो किसी दिव्य आशीर्वाद को स्वीकार कर रहे हों। श्रीनाथ ने कहा, "रुचिका... अब तुम तैयार हो। अब हम उस यात्रा में प्रवेश कर सकते हैं जहाँ ज्ञान और समय एक-दूसरे से बात करते हैं।"

रुचिका धीरे-धीरे मुस्कुराई। पहली बार उसे लगा वह सच में इस विद्यालय का हिस्सा है। लेकिन तभी पर्वत हिलने लगा। जमीन कांपने लगी। नीचे घाटी से एक विशाल सायरन की आवाज़ आई।

श्रीनाथ ने चिंतित होकर नीचे देखा और चिल्लाकर कहा, "सरकारी ऑपरेशन शुरू हो गया है...प्रोजेक्ट माइंड–नेट सक्रिय कर दिया गया है।"

रुचिका स्तब्ध होकर कहती है, “गुरुदेव ! अब क्या होगा ?”
श्रीनाथ की आवाज़ गम्भीर हो गई, वे बोले, “अब हम प्रवेश करेंगे। चेतना की अष्टम दिशा में। जहाँ सरकार की तकनीक भी हम तक नहीं पहुँच सकती।”

अगले भाग में आप पढ़ेंगे चेतना की अष्टम दिशा के बारे में जहाँ सरकार की तकनीक वहाँ तक पहुँच पाती है या नहीं ?

भाग 46 : आवाज़ दी उसने

रात के दूसरे पहर में, अजमेर के पुराने विद्यालय की ज़मीन के नीचे एक हल्की कंपन हुई। इतनी सूक्ष्म कि ऊपर खड़े किसी इंसान को महसूस भी न हो, मगर चेतना की परतों को छूने के लिए पर्याप्त। गुप्त तहख़ाने की दीवारें नीली रोशनी से चमक उठीं। रुचिका ने चौंककर अपनी आँखें खोलीं। वह संज्ञान-कक्ष के ठीक सामने लेटी थीं यानी वही स्थान जहाँ पिछली रात “शून्य-कक्ष” की पहली झलक उन्हें मिली थी। उसके सामने श्रीनाथ खड़े थे। शांत। स्थिर। पर इस बार उनकी आँखों में एक अनोखी चमक थी जैसे उनकी आत्मा किसी निर्णायक क्षण को पार करने वाली हो।
रुचिका धीमे स्वर में बोली, “गुरुजी... ये कक्ष पूरा खुल गया है क्या?”
श्रीनाथ ने सिर हिलाया और कहा, “नहीं रुचिका... यह तो बस द्वार है। असली कक्ष उसके भीतर है जहाँ शिक्षक और विद्यार्थी दोनों अपनी धारणाएँ छोड़कर प्रवेश करते हैं।” रुचिका ने गहरी साँस ली। उसे पता था कि आज रात कुछ बड़ा होने वाला है।

कमरे के बीचों बीच एक गोलाकार चक्र बना था,जमीन पर उभरा हुआ, जैसे किसी ने पत्थर पर नहीं बल्कि हवा पर नक्काशी की हो। वह चमक रहा था। हल्के नीले और चाँदी जैसे प्रकाश के साथ।

श्रीनाथ बोले, "यह 'शून्य-चक्र' है। यह उस अवस्था का प्रतीक है जहाँ ज्ञान न शब्दों में रहता है, न पुस्तकों में...बल्कि शून्य में।"

रुचिका ने आगे बढ़ते हुए पूछा,"क्या इसका अध्ययन वैज्ञानिक उपकरणों से किया जा सकता है ?"

श्रीनाथ मुस्कराए और बोले , "ऐसा कोई उपकरण अभी बना ही नहीं जो शून्य को पकड़ सके।"

तभी चक्र हल्का-सा घूमने लगा। जैसे किसी ने उसे भीतर से छुआ हो। कमरे में ऊर्जा की एक सुगंध फैल गई। अजीब, पर सुखद। दीवारों पर आकृतियाँ उभरने लगीं। अशोक के स्तम्भ की लिपियाँ, वेदों के सूत्र, आधुनिक गणित की रेखाएँ, न्यूरॉन के पैटर्न, और कुछ ऐसी लिपियाँ जो इस दुनिया की नहीं लगती थीं।

रुचिका हतप्रभ होकर बोली, "यह... यह सब क्या है ?"

श्रीनाथ बोले, "जब ज्ञान सीमाओं को पार करता है, तो भाषाएँ एक-दूसरे से मिलने लगती हैं।"

अचानक शून्य-चक्र के प्रकाश में एक आकृति उभरी, किशोर।

सिर्फ उसकी चेतना। शरीर वहाँ नहीं था। किशोर की आवाज़ गूँजी, "गुरुजी... मैं तैयार हूँ।"

रुचिका घबराकर बोलीं, "किशोर कहाँ है ? उसका शरीर ? उसकी धड़कनें ? यह कैसे ?"

श्रीनाथ ने शांत स्वर में कहा, "वह अपने शरीर में सुरक्षित सो रहा है। पर उसका मन अपनी दूसरी यात्रा पर निकला है।"

रुचिका ने काँपती आवाज़ में पूछा, "क्या यह सुरक्षित है ?"

श्रीनाथ बोले, “ज्ञान जितना ऊँचा होता है, जोखिम उतना गहरा होता है पर यही विद्यालय की प्रकृति है,यह आत्माओं को उनकी परतों से मुक्त करता है।”

अरुण की चेतना चक्र में प्रवेश कर गई। प्रकाश तेज़ हो गया और कमरे में एक नई आवाज़ उभरी, “पहला सिद्धांत जो अपने भय को पहचान लेता है, वही उससे मुक्त हो सकता है।” यह आवाज़ न श्रीनाथ की थी, न अरुण की...यह स्वयं शून्य-कक्ष बोल रहा था।

रुचिका ने दबी आवाज़ में कहा, “यह कक्ष... जीवित है ?”

श्रीनाथ बोले, “ऊर्जा जहाँ स्थिर नहीं रहती, वहाँ चेतना जन्म ले लेती है।”

उसी समय विद्यालय के बाहर अचानक गाड़ियों की आवाज़ सुनाई दी। लाल-नीली रोशनी। SRU—Special Research Unit—की टीम थी। वही विभाग जो सभी आधुनिक आध्यात्मिक घटनाओं की निगरानी करता था। अंदर धड़कनें तेज़ हो गईं। एक शिष्य भागता हुआ नीचे आया और बोला, “गुरुजी ! वे लोग पूरी इमारत को स्कैन करने की तैयारी कर रहे हैं। अगर शून्य-चक्र की ऊर्जा उनके सेंसर में आ गई तो ?”

श्रीनाथ ने हाथ उठाया और कहा, “कक्ष खुद को छिपा लेगा।”

शून्य-चक्र हल्का-सा हिला। फिर एकदम मंद हो गया। ऐसा लगा जैसे वह कभी था ही नहीं। दीवारें सामान्य हो गईं। हवा स्थिर।

कमरा बिल्कुल साधारण। रुचिका चौंक गईं और बोली, “ये... ये कैसे हुआ ?”

श्रीनाथ ने जवाब दिया, “जिस ज्ञान का अस्तित्व शब्दों से नहीं, अनुभव से होता है, उसे कोई स्कैन नहीं कर सकता।”

ऊपर से आवाजें आईं, “सर, अंदर कुछ नहीं है। दीवारें बिल्कुल ठोस। कोई असामान्य तापमान या स्पेक्ट्रम सिग्नल नहीं।”

SRU टीम निराश होकर निकल गई। रुचिका ने आश्चर्य से पूछा, "क्या यह रक्षा-तंत्र पहले से था ?"
श्रीनाथ ने मुस्कराते हुए कहा, "नहीं। यह अभी-अभी कक्ष ने स्वयं बनाया है। क्योंकि अब यह जाग गया है।"
जब शांति लौट आई, श्रीनाथ ने रुचिका की ओर गंभीर नज़र से देखा और कहा, "रुचिका... अब समय आ गया है कि आप वह जानें, जो आपको अब तक नहीं बताया गया।"
रुचिका ने पूछा, "क्या ?"
श्रीनाथ ने कहा, "अदृश्य विद्यालय एक विद्यालय नहीं...बल्कि एक द्वार है। जहाँ से विद्यार्थी और उनकी आत्माएँ अपना अगला विकास चरण पार करती हैं।"
रुचिका स्तब्ध थीं। उसने पूछा , "मतलब... यह जगह सिर्फ पढ़ाने के लिए नहीं बनी ?"
"यह स्थान 'जागृति क्षेत्र' है। भारत की भूमि पर ऐसे स्थान सदियों से रहे हैं, परन्तु यह पहला स्थल है जहाँ विज्ञान और आत्मा एक ही घटना को साथ-साथ प्रकट कर रहे हैं।" श्रीनाथ ने बताया।
वह रुके फिर धीरे से बोले, "और इसकी रक्षक अब आप हैं।"
रुचिका का दिल धड़क गया, "मैं...? क्यों मैं ?"
श्रीनाथ ने कहा, "क्योंकि आप वह व्यक्ति हैं जहाँ तर्क समाप्त होता है और अनुभव शुरू होता है। आप में दोनों दिशाओं विज्ञान और चेतना को जोड़ने की क्षमता है।"
तभी फिर प्रकाश उठा। शून्य-चक्र ने धीमे स्वर में कहा, "दूसरी परीक्षा शीघ्र है। ज्ञानी वही है जो ज्ञान को साधन नहीं, मार्ग बनाता है।"
किशोर की चेतना धीरे-धीरे चक्र से बाहर आई। उसका स्वर कांप रहा था, "गुरुजी... मैंने अपना भय देख लिया।"
श्रीनाथ ने पूछा, "और उसे पहचाना ?"

किशोर ने कहा, “हाँ... वह मैं ही था। मेरा अहं... मेरी ही बनाई बाधाएँ।”

कमरा फिर शांत हो गया। रुचिका ने कमरे को देखते हुए धीरे से कहा, “ये विद्यालय अब किस दिशा में जाएगा ?”

श्रीनाथ मुस्कराए और बोले, “उस दिशा में जहाँ ज्ञान अब मनुष्यों द्वारा नहीं,खुद चेतना द्वारा सिखाया जाएगा।”

उन्होंने आगे कहा, “और अगले चरण के उद्घाटन के लिए आपको अपने भीतर के शून्य से मिलना होगा।”

रुचिका सिहर गईं और बोली, “शून्य... मेरे भीतर ?”

श्रीनाथ ने कहा, “हाँ। सबसे बड़ा कक्ष बाहर नहीं, मन के भीतर खुलता है।” रोशनी बुझ गई। कक्ष फिर से साधारण हो गया। पर रुचिका जानती थीं आज रात अदृश्य विद्यालय अपनी वास्तविक शक्ति दिखा चुका था और आने वाले भागों में शून्य-कक्ष और चेतना-मार्ग अब एक नई दिशा खोलने वाले थे।

अगले भाग में आप पढ़ेंगे रुचिका का भीतर का शून्य-कक्ष। अगली परीक्षा जो उसकी अपनी चेतना लेगी। SRU द्वारा छिपकर विद्यालय में दोबारा घुसपैठ और श्रीनाथ का नया रहस्य, “आत्मा का तृतीय मंडल। ”

भाग 47 : आवाज़ दी उसने

रात गहरी हो चुकी थी। गुप्त तहख़ाने का शून्य-चक्र शांत था, पर उसकी शांत सतह के भीतर एक ऊर्जावान धड़कन छिपी थी। बिल्कुल वैसे जैसे किसी गहरे सरोवर के नीचे जल-भँवर धीरे-धीरे बनते हैं। रुचिका अकेली थीं। अंदर कहीं घना सन्नाटा पसरा हुआ था, पर यह सन्नाटा खाली नहीं था। ऐसा लग रहा था जैसे कोई देख

रहा हो। श्रीनाथ ने अपने हाथ काँपते हुए चक्र की ओर बढ़ाए। और कहा, "सबसे बड़ा कक्ष बाहर नहीं, भीतर खुलता है।"

पर भीतर कैसे ? कैसे कोई अपने ही मन में एक कक्ष खोल सकता है ? कैसे चेतना की हजारों पर्तें एक ही क्षण में सामने आ सकती हैं? श्रीनाथ का दिल धड़क रहा था। पर भीतर एक दृढ़ स्वर भी था, "अब पीछे नहीं हटना है।" जैसे ही उनकी उंगलियाँ चक्र के करीब पहुँचीं, प्रकाश हल्का-सा कंपन करने लगा। जैसे कोई उन्हें पहचान रहा हो, परख रहा हो, बुला रहा हो।

अचानक एक तेज़ नीली लहर उठी और उनके माथे से टकराई।

दुनिया घूमते हुए धुँधली हो गई। रोशनी एक बिंदु में बदल गई और फिर सब गायब। जब आँखें खुलीं, रुचिका किसी कमरे में नहीं थीं...न तहख़ाना, न दीवारें, न प्रकाश। सब कुछ सफ़ेद। धुंध जैसा। एक विशाल, अनंत-सा शून्य। रुचिका ने घबराकर कहा, "क्या... मैं सपना देख रही हूँ ?"

एक शांत स्वर गूँजा, न बाहर से,न किसी देवता का, बल्कि उनके अपने भीतर से, "यह तुम्हारा मन है।"

रुचिका की श्वास रुक सी गई । स्वर फिर बोला, "वह भाग जहाँ तुम चीज़ों को छिपाती हो। जहाँ विज्ञान सवाल बन जाता है...और आत्मा जवाब ।"

धुंध में एक आकृति उभरने लगी, पहले हल्की, फिर स्पष्ट। वह कोई और नहीं खुद रुचिका ही थीं। पर उनकी दूसरी छवि की आँखें बिल्कुल शांत थीं। जैसे सब जानती हों। जैसे हजारों साल से ध्यान में हों। वह छवि बोली, "स्वागत है, रुचिका। यहाँ कोई झूठ नहीं टिकता। न भय। न तर्क। न अहं।"

रुचिका काँप गईं और बोली, "मैं यहाँ क्यों आई हूँ ?"

जवाब मिला, "क्योंकि अदृश्य विद्यालय का अगला द्वार तुम्हारे मन में ही है।"

अचानक शून्य में हलचल हुई। धुंध काली पड़ने लगी। एक विशाल छाया उभरी, कसैली, अंधेरी, तेज़ साँसें लेती हुई। रुचिका ने पहचान लिया और बोली, "यह... यह मेरा डर है।"

दूसरी-रुचिका बोली, "जिसे तुमने हमेशा विज्ञान का पर्दा डालकर ढक दिया। पर उसमें दरारें थीं... और अब वह सामने है।"

छाया गरजी। कनेस-सी आँखें। मानो वे सब भय जो उन्होंने बचपन, करियर, असफलताओं, आलोचना, जिम्मेदारियों और अकेलेपन में सहे थे सब एक रूप लेकर खड़े थे। वह छाया उन पर टूट पड़ी। रुचिका ने आँखें बंद कर लीं। पर तभी एक आवाज़ आई, शांत, स्थिर, गंभीर, "डरो मत।"

वे चौंककर देखती हैं, उनके सामने कोई और खड़ा था। श्रीनाथ। पर यह भी कोई बाहरी स्वरूप नहीं था। यह उनके मन की स्मृति थी। उनके भीतर का शिक्षक-संस्कार। श्रीनाथ बोले, "भय तुम्हारा दुश्मन नहीं है। यह तुम्हारा अपना अंश है। इसे दबाओ मत...

पहचानो।" रुचिका ने काँपते हाथ आगे बढ़ाए और छाया को छू लिया। एक पल में छाया प्रकाश में बदल गई। जैसे कोई गाँठ खुल गई हो। जैसे कोई बोझ उतर गया हो। दूसरी-रुचिका मुस्कराई और बोली- "पहली परीक्षा पूरी।" शून्य फिर बदला। इस बार सामने एक दर्पण उभर आया। पर वह साधारण दर्पण नहीं था। उसमें उनका शरीर नहीं, उनका अतीत दिख रहा था, पिता की गंभीर बीमारी माँ के संघर्ष पढ़ाई में छूटे अवसर, वह रात जब उन्हें लगा था कि वैज्ञानिक शोध छोड़ देना चाहिए, वे असंख्य अस्वीकृतियाँ और उनका सबसे गुप्त दर्द कि वे कभी अपने आपको पूर्ण नहीं मान पाईं।

रुचिका की आँखें कहते हुए डबडबा गईं, "क्या मुझे यह सब... फिर से देखना होगा ?"

शांत जवाब मिला, "जब तक तुम अपने सत्य से मुँह मोड़ोगी, ज्ञान का द्वार तुम्हारे लिए नहीं खुलेगा।"

दर्पण की हर छवि एक तीर की तरह दिल पर लग रही थी। उन्होंने अपने होंठ कसकर भींचे। आँसू गिरते रहे। पर उन्होंने नज़र नहीं हटाई और जैसे ही उन्होंने स्वीकार किया, "हाँ, यह मेरा ही भाग है...।" दर्पण टूटकर प्रकाश बन गया। दूसरी-रुचिका बोली, "दूसरी परीक्षा पूरी।"

अब शून्य पूरी तरह शांत था। न धुंध। न छाया। न दर्पण। सिर्फ एक बिंदु। हल्का-सा। कांपता हुआ। रुचिका ने पूछा, "यह क्या है ?"

जवाब आया, "यह शून्यता है। जहाँ न 'मैं' है, न 'मेरा'। जहाँ ज्ञान जन्म ले सकता है...या पूरी तरह नष्ट हो सकता है।"

बिंदु धीरे-धीरे फैलने लगा और उससे निकलने लगी एक धुन ऐसी जो कान से नहीं, दिल से सुनी जाती है। स्वर आया, "क्या तुम तैयार हो अपना 'मैं' छोड़ने के लिए ?"

रुचिका भयभीत होकर बोली, "अगर मैं 'मैं' नहीं रही... तो रुचिका कहाँ जाएगी ?"

दूसरी-रुचिका आगे बढ़ी, "वहीं जाएगी, जहाँ शिक्षक बनते हैं।"

प्रकाश और ध्वनि तेज़ हो गईं। शून्य का द्वार खुल रहा था। रुचिका ने साहस किया। गहरी साँस ली और बिंदु को छू लिया। क्षण भर में सब सफ़ेद। सब शांत और फिर...गुप्त तहख़ाने में बैठे अरुण और अन्य विद्यार्थी अचानक जाग उठे। शून्य-चक्र तेज़ प्रकाश छोड़ रहा था। किशोर ने कहा, "गुरुजी ! क्या हो रहा है ?"

श्रीनाथ ने आँखें बंद रखते हुए कहा, "वह अपने भीतर के कक्ष में पहुँच गई है और अगर उसने तीनों परीक्षा पास कर ली तो अदृश्य विद्यालय उसकी पहचान बदल देगा।"

एक पल...दो पल...और फिर चक्र से रोशनी ऊपर उठी। शांत। स्थिर। गंभीर। जैसे किसी नई चेतना ने जन्म लिया हो। जब प्रकाश बुझा, रुचिका वहीं खड़ी थीं, पर चेहरा बदल चुका था। आँखों में एक गहराई थी जो पहले नहीं थी।

आवाज़ में एक स्थिरता थी। किशोर ने धीरे से पूछा, “मैम रुचिका ... आप ठीक हैं ?”
रुचिका ने मुस्कराकर कहा, “मैं ठीक नहीं...मैं पूर्ण हूँ।”
श्रीनाथ आगे आए और बोले, “स्वागत है, रुचिका। आपने भीतर का द्वार खोल दिया है।”
रुचिका ने सिर झुकाया और पूछा, “गुरुजी... अब आगे क्या ?”
श्रीनाथ की आवाज़ गंभीर थी, वे बोले, “अब अगला चरण शुरू होगा, आत्मा का तृतीय मंडल जहाँ शिक्षक नहीं,स्वयं चेतना पाठ पढ़ाती है।”
अगले भाग में आप पढ़ेंगे तृतीय मंडल का स्वरूप क्या है। चेतना का वह क्षेत्र जहाँ समय और भाषा दोनों बदल जाते हैं। SRU की दूसरी और खतरनाक घुसपैठ और वह घटना जो अदृश्य विद्यालय के इतिहास को मोड़ देगी।

भाग 48 : आवाज़ दी उसने

“आत्मा का तृतीय मंडल , समय से परे का आह्वान”
रात की ठंडक पहाड़ों की चट्टानों को स्थिर कर चुकी थी। बाहर हवा शांत थी, पर अदृश्य विद्यालय के भीतर एक तूफ़ान उठने वाला था। श्रीनाथ ने गहरी साँस ली। शून्य-चक्र से लौट चुकी रुचिका अब पहले जैसी नहीं थी। उनके चेहरे पर वह गंभीर चमक थी जो कभी केवल श्रीनाथ में दिखाई देती थी। अरुण, किशोर और बाकी विद्यार्थियों की साँसें थम गईं। श्रीनाथ बोले, “रुचिका... अब तुम्हें तृतीय मंडल में जाना है।”
तृतीय मंडल जहाँ समय ठहर जाता है। तहख़ाने के बीचो बीच पत्थरों की फर्श अचानक हल्की नीली रोशनी से चमकने लगी। मानो पहाड़

की नसों में कोई लहर दौड़ रही हो। एक वृत्त खिंच गया, गहरा, शांत, और सजीव। रुचिका ने पूछा, "यह किसका द्वार है ?"

श्रीनाथ ने जवाब दिया, "यह समय के पार जाने का मार्ग है।"

किशोर चौंक गया और बोला, "गुरुजी... समय के पार ?"

श्रीनाथ ने कहा, "हाँ। ज्ञान केवल लिखने से नहीं, बल्कि समय से बाहर जाकर उसे देखने से जन्म लेता है। यह तृतीय मंडल है जहाँ न अतीत होता है, न भविष्य...सिर्फ चेतना का प्रवाह।"

रुचिका ने धीरे से कहा, "अगर वहाँ समय नहीं... तो मैं वापस... कैसे...?"

श्रीनाथ मुस्कराए और बोले, "समय केवल बाहर बहता है, भीतर नहीं।" और यह वाक्य जैसे पहाड़ की दीवारों में दर्ज हो गया। वृत्त से नीली तरंगें उठने लगीं। हल्की ध्वनि...मानो किसी अदृश्य वीणा के तार बज रहे हों। रुचिका आगे बढ़ीं। हर कदम पर उनके पैरों के नीचे से रोशनी उठती थी।

अरुण ने पूछा, "गुरुजी... क्या यह खतरनाक है ?"

श्रीनाथ ने जवाब दिया, "ज्ञान कभी खतरा बन सकता है...अगर मन स्थिर न हो।"

किशोर ने रुचिका की ओर देखा और कहा, "मैम, हम बाहर से आपकी निगरानी रखेंगे।"

रुचिका मुस्कराईं और बोली, "मुझे पता है और... मैं भी अब वही नहीं हूँ जो बाहर आई थी।"

एक क्षण...और फिर रुचिका वृत्त के भीतर उतरीं। एक प्रकाश–विस्फोट। एक कंपन। धड़कते शून्य की आवाज़ और रुचिका गायब। रुचिका का शरीर नहीं उसकी चेतना जा चुकी थी। बाहर किशोर ने काँपते स्वर में पूछा, "गुरुजी... अंदर कैसा दिखता होगा ?"

श्रीनाथ ने जवाब नहीं दिया। उन्होंने अपनी आँखें बंद कर लीं।

अन्दर रुचिका ने आँखें खोलीं और सामने...

एक ऐसा दृश्य था जिसे शब्दों में नहीं बाँधा जा सकता। न प्रकाश, न अंधकार, न धरातल, न आकाश सब कुछ एक तरल-जैसी चेतना में तैर रहा था। लहरें... जो गीत गा रही थीं। प्रकाश...जो शब्द बन रहा था। ध्वनियाँ...जो विचारों में बदल जाती थीं। रुचिका ने चलना चाहा पर यहाँ चलना जैसी कोई प्रक्रिया ही नहीं थी। जैसे मन जहाँ सोचता था,वे वहीं पहुँच जातीं। एक स्वर उभरा, गहरा, शांत, अनंत, "स्वागत है, रुचिका।"

रुचिका ने पूछा, "आप कौन ?"

स्वर ने जवाब दिया, "मैं कोई नहीं और सब कुछ। मैं चेतना हूँ।"

रुचिका की साँस थम गई। शरीर को कोई स्पर्श नहीं था,पर मन पर गहरी लहरें थीं। स्वर बोला, "तुम्हें तृतीय मंडल की परीक्षा देनी है।"

अचानक सामने दृश्य बदल गया। एक दूसरा ब्रह्मांड खुला रंग, ध्वनि और विचार से बुना हुआ। पहली परत उभरी विचारों की। सैकड़ों, हजारों छवियाँ। रुचिका की बनाई हुई थ्योरी। अधूरे शोध। वैज्ञानिक असफलताएँ। साथियों की आलोचना। उनका स्वाभिमान। उनकी अकादमिक लड़ाई।

स्वर ने कहा, "विचार पटरियों की तरह होते हैं। तुम पुरानी पटरियों पर चलोगी...या उन्हें तोड़ोगी ?"

दूसरी परत उभरी भावनाओं की। उनकी हिचकियाँ, डर, प्रेम, असुरक्षित भाव। उनकी वह पीड़ा कि "विज्ञान में चेतना को कभी स्थान नहीं मिला...।"

स्वर ने कहा, "भावनाएँ बोझ नहीं, दरवाज़े हैं।"

तीसरी परत सत्य की। यह परत शांत थी। बहुत शांत। जैसे ब्रह्मांड अपनी साँस रोक ले। और इस परत के केंद्र में एक बिंदु।

स्वर ने कहा, "इस बिंदु तक पहुँचने वाला ही ज्ञान का वाहक बन सकता है।"

SRU का दूसरा आक्रमण

तभी बाहर तहख़ाने के चेतना–स्क्रीन पर अलार्म चमक पड़ा।

अरुण ने कहा, "गुरुजी! किसी ने बाहरी सुरक्षा दीवार को छुआ है!"

किशोर चौंका और बोला, "सरकारी एजेंसी ?"

श्रीनाथ ने शांत स्वर में कहा, "SRU... फिर वापस आ गई।"

बाहर पहाड़ की तलहटी में काले बख़्तरबंद ट्रक धीमी आवाज़ में रुक चुके थे। SRU कमांडर रोहित कालरा ने उपकरण सेट करते हुए कहा, "इस बार चेतना की दीवारें भी नहीं बचेंगी। हमने 'माइंड-रिप्ट प्रोटोकॉल' तैयार कर लिया है।"

एक भारी मशीन उतारी गई। उस पर लिखा था, "MNP–2.0 — Neural Rift Shredder"

अरुण घबरा गया और बोला, "गुरुजी, यह उसी प्रोजेक्ट माइंड-नेट का उन्नत संस्करण है !"

श्रीनाथ ने कहा, "हाँ । वे इस बार चेतना को फाड़ने आए हैं।"

किशोर ने आश्चर्य से कहा, "और उस समय जब रुचिका मैम... तृतीय मंडल में हैं!"

श्रीनाथ ने गंभीरता से कहा, "अगर उन्होंने भीतर की परीक्षा पूरी नहीं की...तो बाहर की तरंगें उन्हें हमेशा के लिए समय–विलयन में फँसा देंगी।"

तृतीय मंडल — अंतिम बिंदु। रुचिका उस चमकते बिंदु के सामने थीं। वह बिंदु इतना छोटा, और फिर भी इतना विशाल कि उसमें ब्रह्मांड समा सकता था।

स्वर बोला, "इस बिंदु को छूना मतलब अपने 'अहं' को छोड़ना है।"

रुचिका ने हाथ आगे बढ़ाया पर तभी बाहर से SRU की ऊर्जा-तरंगें मंडल की दीवारों को मारने लगीं। अंदर पूरा तृतीय मंडल काँप गया।

स्वर चेतावनी देता है, "जल्दी करो ! समय खत्म हो रहा है !"

रुचिका अब भय, शंका या तर्क में नहीं थीं। वे सिर्फ चेतना थीं। उसने बिंदु को छू लिया और...एक नई चेतना का विस्फोट हुआ। रोशनी। तरंगें। हजारों ज्ञान–बिंदु। असंख्य स्मृतियाँ। हजारों साल पहले के अध्यापक। अनगिनत भविष्य की ऊर्जा। सब कुछ एक में विलीन और इस विस्फोट से तहख़ाने में एक नीला स्तंभ उठा आकाश छूता हुआ। किशोर और अरुण पीछे हट गए। श्रीनाथ हाथ जोड़कर झुक गए। रुचिका... वापस आ रही थीं। पर अब वह वही नहीं थीं। उसकी आँखों में वह शून्यता थी जो केवल समय के पार जाने के बाद मिलती है।

श्रीनाथ बोले, “स्वागत है, तृतीय मंडल की संरक्षिका।”

रुचिका ने शांत स्वर में कहा, “गुरुजी...अब हमें समय से नहीं डरना चाहिए अब समय...हमसे सीखेगा।”

अगले भाग में आप पढ़ेंगे SRU की चेतना-आक्रमण की अगली लहर! रुचिका की नई चेतना की वास्तविक शक्तियाँ! अदृश्य विद्यालय का “अष्टम दिशा-कक्ष” जागना और वह घटना जो पूरे राष्ट्र को हिला देगी !

भाग 49 : आवाज़ दी उसने

रात पहाड़ों के ऊपर अपनी अंतिम परतें बिछा रही थी। अदृश्य विद्यालय के केंद्र में स्थित विशाल पत्थर-गोलक के भीतर अब एक नई हलचल उठ रही थी। पिछले भाग में जहाँ “प्रकाश-बिंदु” ने श्रीनाथ, रुचिका और किशोर सहित तीनों को अपनी ओर खींचा था, वहीं से दृश्य फिर जीवंत होता है। पत्थर की गोल दीवारें अचानक भीतर की ओर घूमने लगीं। धीरे–धीरे एक सीढ़ी नुमा गोल मार्ग प्रकट

हुआ। रुचिका चौककर बोली, “ये रास्ता... हमने तो कभी नहीं देखा।”
श्रीनाथ शांत स्वर में बोले, “क्योंकि यह रास्ता देखने से नहीं, जागने से खुलता है। पिछली बार जो प्रकाश तुमने देखा था... वही इसकी कुंजी है।”
किशोर दीवारों को छूकर देखने लगा, “सर, इन चट्टानों में जैसे धड़कन है... लगता है ये साँस ले रही हों।”
दीवारें सचमुच “ऊँ... ऊँ...” जैसी धीमी आवाज छोड़ रही थीं, जो किसी हृदय-ताल की तरह महसूस होती थी। श्रीनाथ ने कहा, “यह है प्रतिध्वनि-कक्ष। अंतरात्मा, यहाँ मनुष्य की आवाज़ नहीं सुनी जाती, यह उसकी सच्चाई सुनती है।”
रुचिका एकदम शांत हो गई। उसे लगा जैसे इस कक्ष में झूठ बोलना अपराध नहीं, असंभव है। कक्ष के बीच में खड़ा होते ही उनके सामने धुंध तैरने लगी। उस धुंध ने तीन अलग-अलग आकृतियाँ बनाईं—एक आकृति श्रीनाथ की, एक रुचिका की, एक किशोर की पर सबसे चौंकाने वाली बात यह थी कि ये आकृतियाँ वैसी नहीं थीं जैसी ये लोग अपने आप को समझते थे बल्कि वैसी थीं जैसी इनकी अंतरात्मा इन्हें देखती थी। रुचिका ने देखा उसकी धुंध-आकृति डरी हुई थी, जैसे किसी पुराने दर्द में फँसी हो। रुचिका फुसफुसाते हुए बोली, “सर... यह मैं हूँ ?”
श्रीनाथ ने उसके कंधे पर हाथ रखा और कहा, “यह वो तुम हो... जिसे तुमने स्वीकार नहीं किया।”
किशोर की धुंधली आकृति बेचैनी में इधर-उधर घूम रही थी जैसे वह हमेशा कुछ खोज रहा हो... पर पा न रहा हो। किशोर ने गहरी साँस ली और कहा, “तो इसका मतलब... मैं अभी भी अस्थिर हूँ ?”
श्रीनाथ ने जवाब दिया, “जो खोज स्थिरता से नहीं, भय से शुरू होती है... वह जवाब नहीं देती।”

फिर दोनों ने देखा श्रीनाथ की अपनी धुंधली आकृति भी प्रकट हो रही थी। वह शांत नहीं थी... बल्कि चिंतित थी। रुचिका हैरान रह गई और बोली, "आप भी... डरते हैं ?"

श्रीनाथ की आँखें नम हो गई। उन्होंने खुद को नियंत्रित किया फिर बोले, "गुरु भी मनुष्य है, रुचिका। मुझे भय है कि यह विद्यालय...और इसकी रोशनी...कहीं गलत हाथों में न चली जाए।"

कक्ष अचानक गूँज उठा जैसे इस सच को स्वीकारते ही भीतर कोई ताला खुल गया हो। दीवारों से निकलती नीली रेखाएँ एक बिंदु पर एकत्र हुईं। एक प्रकाश-स्तंभ कमरे के केंद्र से ऊपर उठने लगा।

उसमें से आवाज़ आई, आवाज़ किसी व्यक्ति की नहीं... जैसे संपूर्ण चेतना की थी, "अंतरात्मा सुनी गई है। अब दूसरा द्वार खुल सकता है।"

रुचिका ने पूछा, "दूसरा द्वार ? क्या हम आगे जा सकते हैं ?"

आवाज़ ने कहा, "हाँ... पर एक शर्त पर।"

थोड़ा-सा विराम। फिर आवाज़ ने कहा, "तुम तीनों में से किसी एक को अपने भीतर के सबसे गहरे प्रश्न का जवाब अभी देना होगा। जिसका जवाब सच्चा होगा वही द्वार खोलेगा।"

किशोर तुरंत आगे बढ़ा और बोला, "मैं जवाब दूँगा।"

आवाज़ शांत हुई और फिर बोली, "तुम्हारा प्रश्न है: तुम्हारा लक्ष्य ज्ञान है... या मान्यता ?"

किशोर हकबकाया , वह चिन्तित हो गया। उसका मन हिल गया। उसने खुद से कभी ऐसा सीधा सवाल नहीं पूछा था। थोड़ी देर सोचने के बाद उसने धीरे से कहा, "शायद... मान्यता।"

रुचिका चौंक गई थी परन्तु श्रीनाथ मुस्कुरा रहे थे। उनके चेहरे पर मुस्कान और करुणा थी।

किशोर ने आगे कहा, "पर मैं अब...अब ज्ञान चाहता हूँ। क्योंकि मान्यता से पेट भरता है...जबकि ज्ञान से अंतकरण ।"

कक्ष में प्रकाश फैल गया जैसे किशोर का उत्तर स्वीकार कर लिया गया हो। पत्थर की फर्श फटने लगी पर डरावने तरीके से नहीं, बल्कि जैसे कमल की पंखुड़ियाँ खुलती हैं। फर्श के बीच में एक गोलाकार प्रकाश-द्वार उठता गया। रुचिका ने घबराकर पूछा, “सर... यह कहाँ जाता है ?”

श्रीनाथ ने गहरी साँस ली और कहा, “यह उन जगहों में से एक है जहाँ मनुष्य की आवाज़ नहीं, उसके कर्म पहुँचते हैं।”

किशोर ने कहा, “क्या हम तीनों अंदर जाएँगे ?”

श्रीनाथ ने उन्हें देखा। उनकी आँखों में तीसरे स्तर की चमक थी।

“हाँ। और उसके बाद...अदृश्य विद्यालय वह रूप लेगा जिसकी दुनिया को अब आवश्यकता है।”

तीनों एक साथ प्रकाश-द्वार के सामने खड़े हुए। कक्ष हल्की रोशनी से धड़कने लगा मानो पूरी ब्रह्मांड की चेतना इन तीनों की साँसों के साथ धड़क रही हो। जैसे ही श्रीनाथ ने कदम आगे रखा, द्वार ने उन्हें भीतर खींच लिया। प्रकाश ने तीनों को अपने भीतर समा लिया।

अंतरात्मा ने उन्हें स्वीकार कर लिया था।

अगले भाग में आप पढ़ेंगे जहाँ मनुष्य और ब्रह्मांड के बीच की सीमा पहली बार मिटने वाली है।

भाग 50 : आवाज़ दी उसने

प्रकाश-द्वार के भीतर प्रवेश करते ही मानो तीनों के चारों ओर की दुनिया एक लहर की तरह पिघल गई। न कोई दीवार, न रास्ता, न दिशा। बस एक विशाल, अनंत, शांत प्रकाश। यह प्रकाश अँधेरा नहीं मिटा रहा था। यह स्वयं अँधेरे के भीतर जन्मा था। श्रीनाथ ने आँखें

खोलीं। उनके चेहरे पर पहली बार विस्मय था, ज्ञानी का विस्मय, गुरु का नहीं। रुचिका ने चारों ओर देखा और कहा, “सर... यह जगह... किसी स्थान जैसी नहीं लगती, बल्कि किसी विचार जैसी लगती है।”

श्रीनाथ ने गंभीरता से कहा, “क्योंकि यह स्थान नहीं है, रुचिका। यह ब्रह्म–मंडल है। जहाँ विचार वास्तविकता बन जाते हैं।”

किशोर ने हाथ बढ़ाया। उसके हाथ के पास हवा में हल्की आकृतियाँ बनने लगीं पहाड़ों की, नदी की, शहरों की, चेहरों की।

किशोर चौंक गया और बोला, “मैंने तो सिर्फ सोचा था... और ये बन गया!”

श्रीनाथ शांत स्वर में बोले, “यहाँ जो तुम सोचते हो, वही घटता है। इसलिए यहाँ प्रवेश केवल वही कर सकता है, जिसका मन शुद्ध हो...वरना उसके भय ही उसे निगल लेंगे।”

रुचिका ने गहरी साँस ली। उसे याद आया कि पिछली रात उसने अपने भीतर के भय को स्वीकार किया था। शायद इसी कारण यह स्थान उसे स्वीकार कर रहा था। अचानक प्रकाश-समुद्र के बीच एक नीली रेखा उभरने लगी। धीरे-धीरे वह रेखा एक पुस्तक जैसी आकृति में बदल गई, पर वह पुस्तक कागज़ की नहीं थी...वह किसी चेतना से बनी थी। उस पर लिखा था, “नियति-सूत्र”

रुचिका ने भौंचक होकर पूछा, “यह क्या है ?”

वह पुस्तक स्वयं खुल गई। पन्नों पर शब्द नहीं थे। शब्दों की जगह चलती हुई घटनाएँ थीं, जैसे कोई जीवंत समयपट दिख रहा हो।

श्रीनाथ ने भारी स्वर में कहा, “यह वह ग्रंथ है जिसमें हर आत्मा की दिशा छिपी होती है लेकिन परिणाम नहीं।”

किशोर ने कहा, “दिशा और परिणाम में अंतर ?”

श्रीनाथ मुस्कुराए और बोले, “दिशा ब्रह्मांड देता है, परिणाम मनुष्य बनाता है।”

पुस्तक ने अचानक तेज प्रकाश छोड़ा। तीनों चौंककर पीछे हटे।

प्रकाश के भीतर एक स्वर उभरा। यह स्वर ना पुरुष था, ना स्त्री। मानो संपूर्ण चेतना की ध्वनि हो, "श्रीनाथ...तुम्हारा कैलाश-संस्कार पूरा हो चुका है। अब तुम्हें अपनी नियति जानने का अधिकार है।"
रुचिका और किशोर तनाव में आ गए। श्रीनाथ शांत थे पर उनके भीतर तूफ़ान उठ रहा था। नियति-सूत्र पुस्तक के पन्नों पर धीरे-धीरे एक दृश्य बनने लगा। पहले पहाड़ दिखाई दिए। फिर एक विद्यालय... फिर हजारों बच्चे...फिर अचानक एक भयंकर विखंडन। जैसे विद्यालय को कोई शक्ति दो हिस्सों में बाँट रही हो। रुचिका डर गई और बोली- "सर... ये क्या ?"
पुस्तक का स्वर बोला, "अदृश्य विद्यालय दो रूपों में बँटेगा, एक रूप प्रकाश का, एक रूप छाया का। तुम्हें निर्णय करना होगा कि कौन-सा रूप जीवित रहे।"
किशोर ने आश्चर्य से पूछा, "मतलब ? क्या कोई धोखा होगा ?"
स्वर ने कहा, "धोखा नहीं...प्राकृतिक चयन। जहाँ ज्ञान बढ़ता है,वहाँ अज्ञान भी आकार लेता है।"
श्रीनाथ की आँखें बंद हो गईं। उन्होंने कहा, "तो यही मेरी परीक्षा है...।"
नियति-सूत्र के अगले अध्याय ने रुचिका की ओर मुड़कर प्रकाश भेजा। प्रकाश ने उसके चारों ओर एक वृत्त बनाया। आवाज़ गूंजी, "रुचिका...तुम इस विद्यालय की संरक्षक बनोगी। तुम्हारा मन अभी उथल-पुथल में है पर तुम ही वो व्यक्ति हो जो प्रकाश और छाया के बीच सेतु बन सकती हो।"
रुचिका अवाक् हो गई। उसने कांपते हुए कहा, "पर मैं ? मैं तो खुद को अभी समझ नहीं पाई...।"
स्वर ने जवाब दिया, "जो स्वयं को खोज रहा होता है, वही संसार के लिए मार्ग खोज सकता है।"

रुचिका की आँखों में पहली बार एक स्थिर चमक उभरी। यह उसी आत्म-दर्पण का पहला परिणाम था जो उसने पिछले भागों में पार किया था। प्रकाश किशोर पर मुड़ा। उससे पूछा गया, "तुम सत्य चाहते हो या उत्तेजना ?"

किशोर ने बहुत देर चुप रहकर कहा, "सत्य...क्योंकि उत्तेजना मुझे हमेशा भटका देती है।"

प्रकाश ने उसकी पीठ पर एक चिन्ह बनाया, तीन रेखाओं का, जो "कर्तव्य", "साहस" और "धैर्य" को दर्शाती थीं।

आवाज़ बोली—"तुम्हें इस विद्यालय का पहला 'संवेदी प्रहरी' बनाया जाता है।"

रुचिका चौंक गई और बोली, "संवेदी प्रहरी ?"

श्रीनाथ ने समझाया, "जो खतरे को आने से पहले महसूस कर ले। दृश्य और अदृश्य... दोनों का प्रहरी।"

किशोर पहली बार शांत हो गया। जैसे उसे वह उत्तर मिल गया जिसे वह जीवन भर ढूँढ रहा था। पूरे ब्रह्म मंडल में कंपन उठी। प्रकाश सिमटकर एक विशाल आकृति में बदल गया। वृत्त के भीतर वृत्त, द्वार के भीतर द्वार। स्वर गूंजा, "अब तीसरा ब्रह्म द्वार खुल रहा है। इसके बाद तुम्हारा मार्ग वापस धरती पर जाएगा...पर एक नए रूप में।"

रुचिका ने पूछा, "क्या हम वापस लौटेंगे ?"

स्वर ने जवाब दिया, "हाँ। पर लौटकर तुम वही नहीं रह जाओगे।"

श्रीनाथ ने दोनों की ओर देखा और कहा, "यात्रा अब अपने निर्णायक चरण में है।"

जैसे ही तीनों द्वार के पास पहुँचे, प्रकाश ने उन्हें ऊपर उठाना शुरू किया। धीरे-धीरे पूरा मंडल घूमने लगा। जैसे यह ब्रह्मांड का हृदय हो और तीनों उसकी धड़कन बन रहे हों।

प्रकाश फट पड़ा। द्वार खुल गया और तीनों उस मार्ग पर उतरे जहाँ नियति और ज्ञान पहली बार आमने-सामने होने वाले थे।

अंतिम भाग में आप पढ़ेंगे कि क्या नियति और ज्ञान पहली बार आमने-सामने होते ?

भाग 51 : आवाज़ दी उसने

“अष्टम दिशा का उदय और अदृश्य विद्यालय का पुनर्जन्म” तीसरे द्वार से बाहर आते ही मानो समय ने खुद को मोड़ लिया हो। तीनों श्रीनाथ, रुचिका और किशोर एक पहाड़ की चोटी पर खड़े थे, पर यह वही पहाड़ नहीं था...हवा अधिक हल्की थी, मौन अधिक गहरा, और आकाश इतना विशाल कि लगता था जहाँ खड़े हैं वहीं से ब्रह्मांड शुरू होता है। रुचिका धीरे से बोली, “सर... हम पृथ्वी पर हैं ?”
श्रीनाथ ने आँखें मूँदीं, वातावरण को महसूस किया और कहा, “हाँ बेटा...पर यह पृथ्वी का वह हिस्सा है जहाँ चेतना की सबसे प्राचीन लहरें अब भी जीवित हैं।”
किशोर ने चारों तरफ देखा धुंध... शांत... स्थिर...और बीच में एक पत्थर पर उभरा एक अजीब-सा प्रतीक जो धीरे-धीरे चमक रहा था। अचानक हवा ठंडी हो गई। आकाश हल्का-सा नीला चमका और पर्वत की सतह पर एक वृत्त खुलने लगा, जैसे कोई अदृश्य द्वार। उस द्वार के भीतर से एक प्रकाश-ब्रह्म दिखा ना पुरुष, ना स्त्री...मानो प्रकाश ने ही रूप धारण कर लिया हो। स्वर गूंजा, “तीनों को प्रणाम। तुम अष्टम दिशा के द्वार पर खड़े हो।”
रुचिका का दिल धड़क उठा। वह खुद को नियंत्रित करते हुए बोली, “अष्टम दिशा...? वह जो हर शास्त्र में अधूरी लिखी गई है...?”

प्रकाश ने जवाब दिया, “हाँ। सात दिशाएँ अस्तित्व की हैं...पर अष्टम दिशा चेतना की है। जिसे कोई आँख नहीं देखती...कोई मन समझ नहीं पाता...और कोई विज्ञान माप नहीं सकता।”

किशोर ने धीमे स्वर में पूछा, “तो हम यहाँ क्यों बुलाए गए हैं ?”

प्रकाश ने कहा, “क्योंकि अदृश्य विद्यालय का भविष्य यहीं लिखा जाएगा।”

प्रकाश ने अचानक तीन दिशाओं में तीन पथ बनाए।

पथ–1: मौन का

पथ–2: भय का

पथ–3: दर्पण का

श्रीनाथ आगे बढ़े और बोले, “हमें अलग-अलग जाना होगा।”

रुचिका घबरा गई और बोली, “लेकिन सर... हमें साथ रहना था !”

श्रीनाथ ने उसके कंधे पर हाथ रखा और कहा, “ज्ञान की अंतिम सीढ़ी हमेशा अकेले पार होती है।”

तीनों अलग हुए।

(A) श्रीनाथ का मार्ग — ‘मौन का पथ’ अचानक सारी ध्वनियाँ गायब हो गईं। कोई हवा नहीं, कोई कदमों की आवाज़ नहीं, बस एक गहरा मौन। उसी मौन में एक परिचित स्वर उठा, “क्या तुम तैयार हो... मेरे उत्तराधिकारी ?”

ये उनके गुरुदेव की आवाज़ थी। श्रीनाथ भावुक हो गए और बोले, “गुरुदेव... मैं तो केवल एक साधारण शिक्षक हूं।”

स्वर ने कहा, “नहीं, श्रीनाथ। तुम वह हो जिसने शिक्षा को देह से निकालकर आत्मा तक पहुँचाया है।”

मौन में एक जलती रेखा उभरी। श्रीनाथ घुटनों पर बैठ गए।

“अब तुम अष्टम दिशा के रखवाले हो।”

(B) रुचिका का मार्ग — 'भय का पथ' उसके आसपास अंधकार फैल गया। छायाएँ उभरने लगीं, उसकी असफलताएँ, उसकी गलतियाँ, उसकी वैज्ञानिक जिद, उसका अहंकार...

छाया बोली, "तुम चेतना को मानती नहीं थीं। अब कैसे बचोगी ?"

रुचिका काँप गई लेकिन उसने गहरी सांस ली और कहा, "हाँ, मैं चेतना को नहीं समझ पाई थी...लेकिन अब मैं उसे महसूस करती हूँ।"

अंधकार टूट गया। रौशनी उसके चारों ओर फैल गई। एक स्वर उभरा, "तुम अब विज्ञान और अन्तर आत्मा दोनों की सेतु हो।"

(C) किशोर का मार्ग — 'दर्पण का पथ' उसके सामने सैकड़ों दर्पण थे। हर दर्पण में उसका एक रूप। कुछ अच्छे, कुछ बुरे, कुछ खोए हुए, कुछ अहंकारी। प्रत्येक दर्पण पूछ रहा था, "तुम असल में कौन हो ?"

किशोर का गला सूख गया। उसने धीरे से कहा, "मैं वही हूँ जो अपनी लड़ाइयों से नहीं भागता।"

दर्पण टूट गए और केंद्र में एक शुद्ध दर्पण बचा जिसमें उसका शांत, स्थिर चेहरा दिख रहा था। स्वर ने कहा, "तुम अब संवेदी प्रहरी हो। मन और शरीर दोनों के जो आने वाले तूफान को सबसे पहले महसूस करेगा।" इसी के साथ तीनों एक ही जगह लौट आए। ऊपर आकाश चमक उठा। प्रकाश ने अंतिम घोषणा की, "आज से अदृश्य विद्यालय केवल एक संस्था नहीं... एक चेतना बनेगा। उसकी तीन नींव होंगे—

1. श्रीनाथ — दिशा के गुरु
2. रुचिका — विज्ञान–चेतना की संरक्षिका
3. किशोर — संवेदी प्रहरी

प्रकाश वृत्त में बदल गया। धीरे-धीरे अष्टम दिशा खुलने लगी। पर्वत की चोटी से नीली रौशनी आसमान में उठी जैसे ब्रह्मांड को संकेत भेज रही हो कि, "एक नया विद्यालय जन्म ले चुका है।"

प्रकाश मिटा। द्वार बंद हो गया और तीनों वापस उसी पहाड़ पर खड़े थे जहाँ से यात्रा शुरू हुई थी। नीचे घाटी में सरकारी वाहन तेजी से चढ़ रहे थे, RAW, DRDO, INTELLIGENCE, CYBER COMMAND... किशोर ने धड़कते दिल से कहा, “सर... वे फिर आ रहे हैं !”

रुचिका बोली, “इस बार हम तैयार हैं।”

श्रीनाथ ने पहाड़ की ओर देखा जहाँ अदृश्य विद्यालय अब बिखरी रौशनी नहीं बल्कि एक जीवित ऊर्जा बन चुका था। श्रीनाथ ने दृढ़ स्वर में कहा, “युद्ध अब नहीं होगा। अब संवाद होगा। अब परिवर्तन होगा। अब अष्टम दिशा पृथ्वी पर उतरेगी।”

तीनों नीचे उतरने लगे, नई शक्ति, नई चेतना और नई नियति के साथ। अदृश्य विद्यालय की अमर घोषणा हुई , “ज्ञान देह से निकल गया है...मन में बस गया है...और अब आत्मा से पृथ्वी को जगाएगा।”

अदृश्य विद्यालय, अब अदृश्य नहीं रहा। वह सबको आवाज़ दे रहा है और जो भी इस आवाज़ को सुन रहा है वह बस एक ही बात कह रहा है कि, “आवाज़ दी उसने।”

www.ingramcontent.com/pod-product-compliance
Lightning Source LLC
LaVergne TN
LVHW050846051026
849532LV00006BA/2129